ESTÉTICA E POLÍTICA NO ÚLTIMO MÁRIO DE ANDRADE

Philippe Curimbaba Freitas

ESTÉTICA E POLÍTICA NO ÚLTIMO MÁRIO DE ANDRADE

Um estudo sobre a ópera *Café*

alameda

Grafia atualizada segundo o Acordo Ortográfico da Língua Portuguesa de 1990, que entrou em vigor no Brasil em 2009.

Edição: Haroldo Ceravolo Sereza/ Joana Monteleone
Projeto gráfico, diagramação: Maria Beatriz de Paula Machado
Assistente acadêmica: Tamara Santos
Revisão: Alexandra Colontini
Capa: Ana Júlia Ribeiro
Imagens da capa: Marc Ferrez, circa 1895-1900.

CIP-BRASIL. CATALOGAÇÃO NA PUBLICAÇÃO
SINDICATO NACIONAL DOS EDITORES DE LIVROS, RJ

F936E

Freitas, Philippe Curimbaba
Estética e política no último Mário de Andrade : um estudo sobre a ópera Café / Philippe Curimbaba Freitas. - 1. ed. - São Paulo : Alameda, 2023
288 p. ; 21 cm.

Inclui bibliografia
ISBN 978-65-5966-139-8

1. Andrade, Mário de, 1893-1945 - Crítica e interpretação. 2. Literatura brasileira - História e crítica. I. Título.

22-80470 CDD: 869.09
CDU: 821.134.3.09(81)

Alameda Casa Editorial
Rua 13 de Maio, 353 – Bela Vista
CEP 01327–000 – São Paulo, SP
Tel. (11) 3012–2403
www.alamedaeditorial.com.br

Sumário

Prefácio

Maria Sílvia Betti

Estética e política no último Mário de Andrade: um estudo sobre a ópera Café é a versão final da tese de doutorado de Philippe Curimbaba Freitas, defendida em novembro de 2019 no Departamento de Filosofia da UNIFESP com o título *Épica e engajamento na ópera* Café, *de Mário de Andrade*. Nela Philippe, pesquisador da área de música por formação, dirige atenção central para a análise dos processos compositivos da ópera, e realiza uma discussão detalhada do aspecto do engajamento, de suas configurações e implicações formais.

O engajamento é um eixo de preocupações recorrentes no trabalho de Mário de Andrade, mas mapeá-lo e examiná-lo é uma tarefa laboriosa, pois nele estão conflagrados elementos nem sempre harmoniosos entre si. Em seu trabalho Philippe procura investigar as origens do conceito de engajamento na obra de Mário, apontando-as em *Há uma gota de sangue em cada poema*, de 1917, e rastreando suas ocorrências posteriores em dois trabalhos da fase final do autor: a introdução para a edição brasileira de *Shostacovich*, de Victor Seroff, e o inacabado *O banquete*. Philippe destaca o fato de Mário ter valorizado um tipo de relação obra de arte – público baseada não só em conteúdos mas também em estímulos apresentados pela obra no terreno dos comportamentos morais. Mário teria encontrado esses elementos tanto na música de Shostacovich como nas músicas políticas que tomava por base em seus ensaios sobre o assunto. Isso teria se tornado um princípio compositivo aplicado por ele no libreto da ópera *Café*, de 1942.

Nos anos 1940, num contexto marcado pelo Estado Novo e pela Segunda Guerra Mundial, Mário teria passado a olhar com crítica as obras caracterizadas por um sentido absenteísta de arte, passando a sentir uma urgência de criar trabalhos engajados. Como observa Philippe, *Café*, escrito para ser musicado por Francisco Mignone, é, desde sua concepção, um trabalho que exalta a revolução socialista ao recorrer ao repertório popular de danças dramáticas brasileiras.

Tal como em *O banquete*, existe um compromisso indiscutivelmente político nos conflitos sociais apresentados na ópera, associados por Philippe ao repúdio de Mário diante do conservadorismo da era Vargas e da assimilação perpetrada pelo Estado Novo do nacionalismo modernista. Mário teria vislumbrado na ópera a possibilidade de trazer à consciência de seu público noções como as da existência da exploração do trabalho, da luta de classes e da possibilidade de uma articulação revolucionária.

Estaria configurada em seu texto, assim, uma função moralizadora que era uma das preocupações centrais de Mário na busca de um novo papel para a arte dentro desse contexto de crise civilizacional, já antes abordada em *Macunaíma*. Mário só teria dado por cumprido o dever de artista que acreditava ter perante seu tempo ao criar a ópera e ao norteá-la por essas características compositivas ligadas ao engajamento desejado.

A ópera *Café* é, como evidencia o trabalho de Philippe, um dos principais elos de reflexão de Mário de Andrade com o sentido do engajamento na arte. Embora o conceito de sacrifício que lhe é associado também esteja necessariamente presente, o engajamento constitui-se numa espécie de centro de gravidade do trabalho, e responde ao eixo principal do impulso artístico e político presente nele.

O assunto “café” tinha papel fundamental não só como base econômica da sociedade, mas também como esteio de uma forma coletiva de vida na época. Ao colocar em foco o uso de conceitos como drama e épico, sacrifício e demagogia para abordá-lo, o estudo aqui realizado o faz a fim de analisar os processos determinantes da escritura. É importante frisar que o pressuposto teórico que o orienta é o do entendimento da forma como elemento portador de um conteúdo maior do que aquele ao qual remete a sua materialidade sensível, e que a atenção analítica mobilizada nele se volta não para o exame da relação entre a obra e suas condições externas contextuais, mas para o modo pelo qual a dinâmica interna e as soluções postas em prática pelo escritor foram influenciadas pela relação visada com seu público.

Do ponto de vista de sua tessitura compositiva, *Café* é uma obra híbrida e multifacetada, que mobiliza elementos e técnicas heterogêneos. Para Philippe ela não é apenas híbrida, mas paradoxal, pois composta a partir de pressupostos que aparentemente conflitam entre si. Ainda assim, observa-se nela, à luz da análise minuciosa realizada por ele em seu estudo, a predominância de uma coerência dramática, uma vez que as partes que a constituem apresentam ligações com o todo ou são justificadas por ele, o que lhe dá unidade e coerência.

Tanto elementos dramáticos associados ao aspecto conflitual, como épicos, associados aos coros e à justaposição de quadros são amplamente utilizados. O hibridismo compositivo não assegura o predomínio da forma dramática, mas também não apaga por completo os seus resíduos. Existe uma primazia do aspecto plástico no emprego de quadros vivos (*tableaux vivants*), apontando para a não causalidade dramática entre as cenas em sua sucessão, e existe também um regime formal anti dramático nas linhas de concepção cênica e visual, apoiadas no lirismo e no simbolismo profético. O uso de recursos épicos não remete, como ocorreria em Brecht, a processos e relações sociais. O coro, por exemplo, atua como entidade coletiva a partir da qual se colocam visões de mundo e perspectivas de vida ligadas às classes populares e à sua representação, mas sua utilização não impede que ocorra, em outros momentos e por outras perspectivas, a representação das classes dominantes.

Ao examinar a ocorrência tanto de padrões burgueses como anti burgueses em *Café*, Philippe faz observações de análise que indicam que essa coexistência não constitui contradição, mas que aponta para a unidade que se configura a despeito da heterogeneidade.

Uma passagem importante de sua análise a esse respeito coloca em foco a divergência de entendimento verificada entre Mário de Andrade e Sérgio Milliet a propósito da dificuldade de entendimento do público diante de obras contemporâneas no campo da pintura. Para Milliet a dificuldade resultava do fato de ter havido uma transição histórica da técnica ligada a um padrão artístico aristocrático para a técnica ligada a um padrão artístico burguês. Para Mário, porém, a dificuldade era acarretada não pela mudança da técnica, e sim pela mudança do próprio assunto, que havia passado a ser burguês, gerando a necessidade de uma nova perspectiva de leitura e recepção.

Outra reflexão de análise igualmente importante diz respeito ao paralelo entre as formulações de Walter Benjamin sobre os efeitos da reprodutibilidade da obra de arte, e a concepção de Mário, que via na reprodutibilidade técnica na música um elemento que não só influenciaria os processos de sua recepção, mas traria consigo a possibilidade de restauração de um *ethos* artístico perdido com o desenvolvimento do individualismo cristão e a organização das sociedades com base num princípio democrático.

O estudo da ópera *Café* realizado por Philippe Curimbaba Freitas abre caminho para futuras ligações de estudo e de análise em múltiplas direções e em diferentes terrenos artísticos, e convida seus leitores para que percorram com interesse investigativo o instigante percurso de criação trilhado por Mário de Andrade em seu libreto.

Introdução

Poucos anos depois da Crise de 1929, da queda dos preços do café no mercado internacional e da Revolução de 1930, Mário de Andrade começou a cultivar as primeiras sementes de um longo projeto que o acompanhou quase até o final da vida: a criação de uma ópera que retrataria a miséria e expressaria o sofrimento dos trabalhadores rurais com a crise da economia cafeeira. Esse projeto foi tomado pelo escritor modernista como um grande desafio, uma última chance em vida de se colocar à altura do tempo histórico em que estava vivendo – marcado por fenômenos como a ditadura do Estado Novo, a Segunda Guerra Mundial e a ascensão mundial do fascismo – e cumprir com o que considerava ser o seu dever de artista. A ópera *Café* foi um dos principais resultados artísticos de suas reflexões sobre o engajamento social e político da arte nesse novo contexto, em que o horizonte se tornava bastante estreito para alguém que, como ele, sempre perseguiu o ideal de um Brasil culturalmente – e, por extensão, socialmente – integrado. Em suma, *Café* foi concebido como uma obra engajada. Para além das intenções do autor, manifestas sobretudo na sua "Introdução" à ópera, esse ideal de engajamento pode ser apreendido objetivamente no assunto popular e social, na forma coral e em seu tom frequentemente demagógico. Além disso, sua natureza espetacular também indica que ela foi pensada como uma arte para as massas.

Diante disso, a pesquisa da qual este livro resultou teve por objetivo apresentar um estudo de *Café* a partir da questão do engajamento da arte, tomando-a como centro de gravidade da obra de Mário de Andrade e mantendo-se, assim, fiel ao impulso artístico e político do qual ela nasceu. Nesse sentido, sua intenção foi tematizar o engajamento enquanto uma ideia concreta, em seu movimento próprio e suas contradições, e não apenas como um preceito teórico abstrato. Para evitar este último risco, convinha desenvolver também um estudo que visasse apreender as principais linhas de força da obra, e, para isso, foram mobilizados os conceitos de "drama" e "épica", fundamentalmente segundo as teorias de Anatol Rosenfeld e Peter Szondi, mas extrapolando, em alguma medida, o seu campo de problemas mais imediatos. Outro conceito profundamente ligado, em Mário de Andrade, à questão do engajamento, embora não redutível a ela, é o de sacrifício, que também foi norteador da análise. A partir desses elementos, foi possível construir um esquema analítico capaz delinear a natureza da ópera, bem como os seus impulsos estéticos, políticos e sociais, a partir de uma visão que conjugasse a análise da lógica interna da forma à problemática da relação entre obra e espectador; em seguida, a questão do engajamento ganhou uma formulação teórica, o que permitiu observá-la no interior da constelação das ideias que lhe são correlatas, e não em abstrato. Embora essa constelação tenha sido concebida a partir da análise de uma obra específica, o autor deste livro crê que, feitas as devidas mediações, ela possa vislumbrar um alcance mais geral, já que nasce de uma problemática ampla, compartilhada, a seu modo, pelas gerações subsequentes do teatro de esquerda no

Brasil, bem como por dramaturgos de outros países, dentre os quais caberia mencionar Brecht, que, entretanto, encaminhou esses problemas de maneira bastante diferente.

A preocupação do escritor com o engajamento da arte não surge nessa última década de sua vida. Pelo contrário, ela já é visível desde 1917, quando Mário publica o seu primeiro livro de poemas, *Há uma gota de sangue em cada poema*,[1] em que as referências à Primeira Guerra Mundial são centrais. Numa primeira fase, a tônica era a de uma luta contra o passadismo, pela liberdade estética e o direito ao erro – em perfeita sintonia, pois, com a Semana de 22 –, mas também, implicitamente, contra uma burguesia culturalmente conservadora.[2] A sua principal formulação teórica se encontra na *Pauliceia desvairada*[3] e n'*A escrava que não é Isaura*.[4] Em meados dos anos 1920, o sentido do engajamento artístico foi ampliado, passando a significar, adicionalmente, uma aposta na formação de uma arte e cultura nacionais, o que exigiria uma disciplina de pesquisa folclórica como forma de conhecimento da "alma popular". Esse foi o programa definido pelo principal manifesto desse novo período, o *Ensaio sobre a música brasileira*.[5] O tom desse projeto de formação cultural era dado em grande medida pela disputa

1 ANDRADE, Mário de. *Obra imatura*. Rio de Janeiro: Nova Fronteira, 2013.

2 A esse respeito, cf. CANDIDO, Antonio. A literatura na evolução de uma comunidade. In: ______. *Literatura e sociedade*. Rio de Janeiro: Ouro Sobre Azul, 2014, p. 168.

3 ANDRADE, Mário de. *Poesias completas*. Rio de Janeiro: Nova Fronteira, 2013. v. 1.

4 ANDRADE, Mário de. *Obra imatura, op. cit.*

5 ANDRADE, Mário de. *Ensaio sobre a música brasileira*. São Paulo: Martins; Brasília: INL, 1972.

imperialista entre as grandes potências europeias. Assim, a formação cultural era vista, entre outros aspectos, como um meio de fortalecimento nacional para que o país resistisse à hostilidade do imperialismo político e econômico. Além desse condicionamento externo, o projeto de formação cultural visava constituir uma rede de intercâmbio cultural em escala nacional, conectando não apenas diferentes culturas que ocupavam a extensão do país, como também as expressões culturais de diferentes extratos, desde a arte erudita até as culturas populares e folclóricas, superando, inclusive, a falta de coesão cultural e social no Brasil, isto é, a distância quase impercorrível entre a elite intelectual e o povo. Em suma, seja como defesa da liberdade estética contra os grilhões do passadismo, seja enquanto um projeto artístico de assimilação técnica do folclore nacional, até os anos 1930 o tipo de engajamento que Mário de Andrade esperava da arte era *cultural*.

Em sua tese de livre-docência sobre a música no modernismo brasileiro, o professor e historiador Arnaldo Daraya Contier explicita que, nesse período, o chamado nacionalismo modernista ganhava o sentido de um:

> contradiscurso aflorado no interior de um contexto sociocultural fortemente marcado pela presença da música romântica universal, vista pela elite burguesa como um símbolo de seu status, de seu poder e de sua inserção no panorama cultural eminentemente cosmopolita.[6]

---

6 CONTIER, Arnaldo Daraya. *Brasil novo* – música, nação e modernidade: os anos 20 e 30. 1988. Tese (Livre-docência em História) – Faculdade de Filosofia, Letras e Ciências Humanas da Universidade de São Paulo, São Paulo, 1988, p. 111.

Com a Revolução de 1930 e o populismo cultural varguista, o nacionalismo se tornou o discurso oficial, obrigando alguém como Mário de Andrade, que desde o início se colocou em uma posição bastante crítica em relação ao governo, a rever as suas posições a respeito dessa concepção de engajamento, pensada nos limites de uma nacionalização da consciência artística. Esse reposicionamento aparece claramente em uma conferência que o escritor apresentou em 1942, na qual, sem desconsiderar os frutos benéficos da nacionalização da consciência artística, por meio de uma pesquisa profunda do nacional, admite as limitações do movimento modernista enquanto inteligência capaz de se opor consistentemente a esse contexto sociocultural burguês, marcado pelo academicismo estético e pelo sentimento antinacional e antipopular, e reconhece que, "apesar da nossa atualidade, da nossa nacionalidade, da nossa universalidade, uma coisa não ajudamos verdadeiramente, duma coisa não participamos: o amilhoramento político-social do homem. E esta é a essência mesma da nossa idade".[7] Em suma, um novo horizonte de problemas se abria para o escritor sob o signo da mesma ideia de engajamento. Embora não tenha desaparecido do horizonte, a chave culturalista de abordagem desse problema abre espaço para uma preocupação com a participação diretamente política da arte e da cultura na sociedade. Assim, a relação entre a arte e a política, praticamente ausente no discurso estético do escritor ao longo dos anos 1920, passou a estar na ordem do dia.

7 ANDRADE, Mário de. Movimento modernista. In: _______. *Aspectos da literatura brasileira*. São Paulo: Martins, 1978, p. 255.

Ainda que Mário de Andrade nunca tenha se alinhado ao governo varguista, nele ocupou cargos importantes, dentre os quais o de maior destaque certamente foi o de diretor do Departamento Municipal de Cultura de São Paulo, a convite do ministro da Educação e Saúde Pública, Gustavo Capanema. Com efeito, o governo varguista via nesse recrutamento de intelectuais não alinhados a ele uma forma de forjar a sua legitimidade, buscando reconhecimento por parte da elite intelectual como um todo. Mário de Andrade se engajou veementemente em projetos institucionais enquanto lhe foi possível, e inclusive defendeu, na oração de paraninfo de 1935 – posteriormente publicada como parte de *Aspectos da música brasileira*–[8], um tipo de engajamento cultural que tivesse essa natureza institucional, em consonância até mesmo com as diretrizes do escolanovismo, no momento do auge de suas possibilidades. Entretanto, a partir do golpe de 1937 e da instauração do regime autoritário do Estado Novo, o cenário mudou consideravelmente, e essa perspectiva de engajamento associada ao projeto de construção institucional de um sistema cultural integrado (mas não horizontal) saía do panorama do escritor modernista. Certamente, o desligamento de Mário de Andrade do cargo que ocupava frente ao Departamento Municipal de Cultura também contou de maneira significativa para a sua desilusão. Seja como for, por volta desse período – que coincidia com a ascensão do fascismo, com o início da Segunda Guerra Mundial e com uma forte polarização política, em escala internacional, en-

8 ANDRADE, Mário de. Cultura musical. In: ______. *Aspectos da música brasileira*. Belo Horizonte; Rio de Janeiro: Villa Rica Editoras Reunidas, 1991.

tre comunismo e fascismo – o escritor parecia abandonar a perspectiva de um projeto de construção cultural nos marcos da institucionalidade, isto é, que fosse vislumbrada por meio de uma disputa pelo Estado e de uma prática no sentido de moldá-lo segundo um modelo de sociedade integrada, em oposição à tendência antinacional e antipopular das elites, sobretudo as mais urbanas, ligadas à indústria e às finanças. A arte desse período do escritor, que se estende entre o seu desligamento do Departamento Municipal de Cultura, em 1937, e a sua morte, em 1945, pode ser vista, entre outros aspectos, como um processo de reflexão ou assimilação estética de uma desilusão que transcende a frustração com a prática institucional e ganha o sentido mais profundo de um pessimismo sobre o destino do Brasil e de um pressentimento de que este permaneceria, pelo menos por um tempo considerável, sob o comando de uma elite antipopular, contra a qual tanto as classes populares quanto a intelectualidade afinada ao comunismo dificilmente teriam meios para se impor.

Eis a nova condição pessoal e intelectual do outrora eufórico agitador modernista ao escrever as suas últimas obras. *A meditação sobre o Tietê*, *O banquete*, a ópera *Café* e o romance homônimo inacabado, que possivelmente contam entre as obras mais significativas desse período, representam, cada qual a seu modo, diferentes respostas artísticas ao sentimento de desterro e agonia frente a esse estreitamento de horizontes. No âmbito da teoria, para além de uma reflexão sobre o problema da técnica e da valorização da parte artesanal do trabalho artístico,[9] Mário se ocupa da questão

9 Embora esse posicionamento adquira um sentido até certo ponto antivanguardista, por limitar a liberdade da criação e,

do engajamento fundamentalmente em dois textos: na introdução que escreve para a edição brasileira do livro de Victor Seroff sobre Shostakovich,[10] alinhando-se à estética soviética, e n'*O banquete*, que, além de um diálogo literário ficcional, é um texto de reflexão teórica. De acordo com este último, o problema do engajamento se traduzia esteticamente em uma alternativa bastante espinhosa. De um lado, haveria a aposta em uma técnica radical, que visasse se contrapor tanto à tendência à rotinização das conquistas estéticas quanto àquilo que o autor denominava "individualismo" artístico, isto é, a uma afirmação do indivíduo não mediada pela objetividade da técnica. Sob o nome de "técnicas do inacabado", Mário designava os procedimentos artísticos que tendiam à suspensão em detrimento da conclusão, à dúvida em detrimento da certeza, ao questionamento em detrimento da afirmação e, poderíamos continuar, à revolta em detrimento do comodismo. Concebido como um diálogo que desconhece não apenas a

---

aparentemente, contradizer o princípio da livre pesquisa estética pregado pelo próprio autor nos anos 1920, ele tem como alvo uma literatura que se orientaria, de acordo com Mário de Andrade, por uma liberdade apenas aparente: não pela conquista da técnica, mas pela sua ausência. Cf. ANDRADE, Mário de. A elegia de abril. In: ______. *Aspectos da literatura brasileira*, cit., p. 253; ANDRADE, Mário de. Feitos em França. In: ______. *O empalhador de passarinho*. Belo Horizonte: Itatiaia, 2002.

10 ANDRADE, Mário de. Introdução a *Shostakovich*. In: COLI, Jorge. Música final: Mário de Andrade e sua coluna jornalística *Mundo Musical*. Campinas: Editora da Unicamp, 1998, p. 396-407. Esse texto foi originalmente publicado como introdução ao livro *Shostakovich* de Victor Illich Seroff, publicado em 1945 pela editora O Cruzeiro, sob a tradução de Guilherme Figueiredo.

síntese, mas também a mediação entre as diferentes perspectivas, *O banquete* é uma realização estética desse princípio do inacabado. Porém, se, por um lado, uma obra construída segundo esses critérios certamente cumpriria o programa de uma arte radical e não conformista, por outro, a sua inevitável impopularidade trairia o projeto de uma aliança com as classes populares, vista pelo autor, nesse momento, como inadiável. Isso engendrou um tipo de comprometimento com as classes populares que o autor caracteriza, pelas palavras do personagem Janjão, como uma "*servitude e grandeur militaires* do artista que só pode estar satisfeito da sua liberdade e da sua indiferença ao Bem e ao Mal, nessa contradição trágica de cumprir o seu dever".[11] Trocando em miúdos, a aliança com as classes populares só é possível por meio de um sacrifício do ideal de liberdade artística – e, por extensão, moral –, mediante o qual o artista assume um dever semelhante ao de rezar para um deus em que não acredita.

Seja como for, desse impulso de uma aliança de classe nasceu a ópera *Café*. Por intermédio dela, o seu autor assumiu o desafio de escrever não mais para os seus pares, mas para o povo, seja buscando-o por meio de um lirismo nascido como sublimação poética dos sentimentos dos trabalhadores do café lançados à miséria, filtrados pelo olhar do intelectual; seja incitando-o à reflexão, à elaboração simbólica da experiência e, em certos momentos, ao exercício intelectual das relações; seja ainda acentuando-lhe a união, o ódio de classe e as disposições insurrecionais, ao levá-lo a um estado patético. Assim, o caráter popular da ópera já

11 ANDRADE, Mário de. *O banquete*. São Paulo: Duas Cidades, 1977, p. 63.

não se limitava à inspiração no folclore ou à sua assimilação técnica, mas, sem negar isso, implicava também a sua destinação popular, fato que marcava uma posição bastante singular no nosso modernismo.

Uma das maiores contradições desse projeto foi a escolha da ópera como gênero capaz de levar a cabo essa intenção de escrever uma arte para o povo. Certamente, em um país com taxas mirabolantes de analfabetismo, era impensável pretender chegar ao povo por meio de uma arte escrita, como o romance, a poesia etc., e a ópera apresentava a vantagem de não exigir um receptor alfabetizado. Além disso, o seu caráter espetacular a aproximaria de uma arte feita para as massas urbanas, ao passo que a representação dos camponeses e do trabalho no campo poderia no máximo acolher o lavrador que, por um improvável acaso, comparecesse à grande cidade... para assistir a uma ópera. Por mais abstrusa que nos pareça hoje, essa escolha só é um equívoco em relação ao contexto nacional, mas não às circunstâncias em que esse tipo de ópera popular e política emergiu e que subjazem à aposta marioandradina. A ópera romântica que se desenvolvia na Europa estava frequentemente em grande consonância com os ideais burgueses da Revolução Francesa, substituindo os antigos temas mitológicos pelos políticos. Além disso, em um país como a Itália, diferentemente do que ocorria no Brasil, a ópera era um gênero popular, além de político, e não é por outra razão que estava constantemente sob as pressões da censura. Mário de Andrade não apenas tinha isso em mente como também fazia questão de ressaltar o papel diretamente político que algumas óperas teriam exercido em certas ocasiões, ao longo do século XIX, como afirma em um artigo sobre a ópera *Guilherme Tell*, de Rossini:

> [Ernest] Newman conta a repercussão pública enorme que causou essa conjuração dos inconfidentes montanheses [retratada em *Guilherme Tell*]. "Poucas cenas de ópera, ele diz, nos princípios do século XIX comoviam tanto os auditórios como essa "Convocação dos Cantões". Mussorgsqui ainda conseguiu embrabecer mais o seu público; e a juventude de São Petersburgo saia do teatro cantando pela rua os corais revoltados do *Boris Godunov*. E carece não esquecer Verdi, com o *Nabuco*, levantando o seu público e lhe dando uma consciência coletiva e libertária. E carece não esquecer o *Mansaniello*, de Auber (isto eu ainda não sabia, li em Newman) que em Bruxelas "originou motins que terminaram com a expulsão dos holandeses da Bélgica".[12]

Possivelmente, há uma dose de fabulação nessas histórias, o que não modifica, contudo, a constatação geral de que a ópera desempenhava, nesse contexto, um papel político relevante. Entretanto, no Brasil a situação era outra. Durante o Segundo Reinado, a ópera nacional fora beneficiada pela política cultural de D. Pedro II, que fundou a Imperial Academia de Música e a Ópera Nacional, criando as condições para trazer ao público óperas nacionais e estrangeiras, traduzidas para o português, ainda que sob forte pressão contrária por parte do público burguês e de muitos dos intérpretes. Porém, isso não sobreviveu ao fim do Império.[13] Durante a República

---

12 ANDRADE, Mário de. *Guilherme Tell*. In: COLI, Jorge. Música final: Mário de Andrade e sua coluna jornalística *Mundo Musical*. Campinas: Editora da Unicamp, 1998, p. 338.

13 Cf. CONTIER, Arnaldo Daraya. *Brasil novo...*, cit., p. LVII-LXIV.

Velha, não faltavam aos palcos paulistanos os gêneros do teatro popular, como a revista, as farsas e as operetas, mas a ópera só ganhou maior importância na programação cultural a partir da fundação do Theatro Municipal em 1911. Este passou a cumprir uma função de divulgação da ópera europeia, com destaque para a italiana, a qual foi promovida com finalidade comercial – portanto sem prerrogativas nacionalizantes ou políticas de qualquer ordem – e destinada principalmente a uma elite.[14] Por essas razões, podemos supor que a chance de a ópera de Mário de Andrade entrar na programação do Theatro Municipal de São Paulo – como é bem possível que ele desejasse – ou de algum outro teatro dedicado ao gênero, caso tivesse sido de fato musicada por Francisco Mignone, era mínima. E mesmo que isso ocorresse, as chances de chegar ao público que ele desejava eram praticamente inexistentes.

Essas observações abrem um horizonte de problemas que concernem à relação entre o plano estético das obras e o seu sentido social concreto, que depende do lugar que elas ocupam na sociedade, em geral, e no seu campo artístico, em particular. Entretanto, esta pesquisa não se ocupou desse eixo de problemas, a não ser indiretamente, ao tratar da maneira como as preocupações do autor no que diz respeito ao sentido social da arte levaram a certas soluções artísticas ou, no máximo, ao confrontar estas com aquelas, mas sempre supondo artificialmente como viável, por uma questão de método, a premissa de uma ópera destinada ao povo. Tratou-se, pois, menos de avaliar as condições externas que contribuíram para legar a ópera ao quase esquecimento – como

14 CONTIER, Arnaldo Daraya. *Brasil novo...*, cit., p. 91-94.

sucedeu, na realidade, ao teatro modernista como um todo, por um tempo considerável – do que de examinar de que maneira essa preocupação com o sentido social, ou melhor, como a relação entre obra e público determinou a forma interna da ópera e a sua dinâmica própria, resultando em diferentes tipos de soluções, que serão analisadas em separado. Esse intento de salvar a ópera de uma espécie de contradição performativa que a acomete se justifica pela rica constelação de problemas que ela mobiliza, ao representar um esforço artístico – pioneiro no Brasil – de buscar refuncionalizar a arte erudita em uma direção socialista, tomando, como eixo fundamental de problemas, a relação entre obra e público, e pensando a forma como uma derivação desse problema. Assim, para além das soluções encontradas por Mário de Andrade, certamente sujeitas ao juízo crítico, a ópera vale também, e principalmente, pelo seu caráter experimental. Posto isso, a intenção dessa pesquisa é mapear a maneira como, nesse laboratório, conceitos como "drama", "épica", "engajamento", "sacrifício" e "demagogia" são reatualizados na forma, à luz dos desafios estético-políticos que o seu autor assumiu ao dedicar-se à escrita da ópera.

***

Café é composta de três atos e cinco cenas, sendo que cada uma delas trata, a partir de diferentes perspectivas, do mesmo tema central: a queda do preço internacional do café e as suas consequências para os trabalhadores que dependem de seu comércio. O primeiro ato compõe-se de duas cenas: uma urbana, "Porto parado", que figura o desespero e a angústia dos trabalhadores de um porto de exportação que padecem de fome por não terem recebido o pagamento pelo seu trabalho; e uma rural, "Companhia cafeeira S.A.", representando o conflito entre os colonos de uma fazenda de café, também esperando receber o pagamento, e os seus donos. O segundo ato apresenta uma cena urbana seguida de uma rural. Na primeira, "Câmara-ballet", estamos diante de uma seção parlamentar, acompanhada pelo povo a partir das galerias, e da qual se espera uma solução para a situação dos trabalhadores afetados pela crise da economia cafeeira. Porém, entre os discursos verborrágicos, o transe e outras formas de errância discursiva, representados em tom farsesco, o assunto em questão nunca é tocado. Já a segunda, "O êxodo", representa uma estação de trem em uma cidade próxima a uma fazenda de café. Dessa estação, vários camponeses almejam tomar um trem rumo à grande cidade, em busca da sobrevivência, mas eles têm seus planos frustrados ao descobrirem que já não passaria mais nenhum. Por fim, o terceiro ato, de cena única, apresenta, a partir do interior de um cortiço urbano, a guerra revolucionária que levará ao *Gran Finale*, isto é, à vitória apoteótica dos trabalhadores contra os "donos da vida".

Concebido desde o início como uma criação individual de Mário de Andrade, *Café* se torna, a certa altura, uma parceria sua com o compositor ítalo-brasileiro Francisco Mignone, o qual se incumbiria da parte musical. Porém, a despeito das intenções do escritor e do sincero e profundo envolvimento do compositor, testemunhado pelas trocas epistolares entre ambos, este não chegou a compor a música. Ao que tudo indica, com a morte de Mário de Andrade, em 1945, morria também esse projeto. A única versão finalizada – ou seja, musicada – da ópera a que se foi possível ter acesso é aquela com música do compositor alemão radicado no Brasil, Hans-Joachim Koellreutter, estreada em Santos, em

1996, sob direção de Fernando Peixoto, e transmitida pela TV Cultura. No entanto, ela aparece em um contexto geral artístico e político consideravelmente diferente daquele em que Mário de Andrade estava imerso ao escrever o libreto e suas indicações musicais, coreográficas e cenográficas, e em meio a problemas e desafios de outra natureza, razão pela qual dispensou-se uma análise comparativa entre as soluções tomadas por Koellreutter e Fernando Peixoto e as indicações originais do escritor, análise esta que poderia levantar, sem dúvida, eixos interessantes de questões. Poderia, por exemplo, levar a um estudo mais aprofundado e concreto – transcendendo o mero polemismo – sobre as tensões entre a geração modernista nacionalista e a posterior, internacionalista, de compositores organizados em torno do movimento Música Viva, liderado pelo próprio Koellreutter. Além dessa versão da ópera, Sergio Alberto de Oliveira menciona duas outras, baseando-se em *Três musicólogos brasileiros*, de Vasco Mariz: uma de Cláudio Santoro, estreada no Rio de Janeiro em 1953, sob a regência do próprio compositor, e outra de Marlos Nobre, sobre a qual Oliveira não encontrou informações a respeito.[15]

Em 1968, *Café* foi montada como uma peça de teatro, dirigida por Alberto Guzik e apresentada no teatro da Faculdade Sedes Sapientiae pelo grupo TESE, sob pressão da censura e de ameaças do Comando de Caça aos Comunistas, embora aparentemente se tratasse de uma companhia teatral

---

15 OLIVEIRA, Sergio Alberto de. *Café* de Mário de Andrade: estudos sobre a ópera-coral. *XVI Congresso da Associação Nacional de Pesquisa e Pós-graduação em Música*. Brasília: Universidade de Brasília, 2006, p. 631-632.

relativamente alheia ao espírito de resistência à ditadura.[16] O autor deste livro teve também a possibilidade de assistir, em mais de uma ocasião, a outra montagem teatral da ópera, realizada pela Companhia do Feijão e estreada em 2013. A rigor, não se tratava de uma montagem, mas de uma releitura, baseada também em outros textos, alguns inclusive do próprio Mário de Andrade. Já estamos no contexto dos teatros de grupo de São Paulo, surgidos durante os anos 1990, e do movimento Arte Contra a Barbárie. Como se tornou costume, não apenas na Companhia do Feijão mas também em vários outros grupos de teatro latinoamericanos, essa peça foi criada por meio de um processo coletivo. No entanto, aqui esse processo foi incorporado como tema, pois a peça retrata justamente um grupo de artistas buscando encontrar a forma mais adequada de montar *Café* nos dias atuais. O conflito dramático entre os colonos da fazenda de café e os seus donos se prolonga, na versão da companhia, na direção de um "conflito épico" entre os integrantes do grupo, que não logram entrar em acordo sobre a melhor forma de narrar a história, problematizando, assim, o próprio trabalho artístico. Desse modo, o desfecho se afasta definitivamente da solução triunfal que Mário de Andrade lhe dá, aproximando-se mais dos conflitos sem solução d'*O Banquete* e da lírica distópica d'*A meditação sobre o Tietê*, embora sem abandonar a disciplina da utopia: "E amanhã?", "Amanhã? Amanhã recomeçamos". Caberia ainda lembrar que o grupo teatral Companhia do Latão, dirigido por Sérgio de Carvalho, criou também, em

---

16 BUCCI, Magno Clodoveo. *Teatro universitário*: uma contribuição à educação do olhar, do sentir, do pensar, do fluir. 1994. Tese (Doutorado em Artes Cênicas) – Escola de Comunicações e Artes da Universidade de São Paulo, São Paulo, 1994, p. 101-104.

conjunto com membros do MST e de demais movimentos sociais, um pequeno e interessante ensaio fílmico baseado em *Café*, intitulado *Ensaio sobre a crise*.

A versão da ópera *Café* que esta pesquisa tomou por base é a publicada na tese de livre-docência de Flávia Toni, lastreada pela análise dos manuscritos do autor arquivados no Instituto de Estudos Brasileiros da Universidade de São Paulo. Ela é composta de quatro partes: 1) a "Introdução"; 2) a "Concepção melodramática"; 3) o "Poema", isto é, o libreto propriamente dito; e 4) a "Marcação".[17] Na "Introdução", Mário de Andrade reconstitui o processo de escrita da ópera, desde as primeiras ideias até a realização final, e apresenta os principais elementos e preocupações de seu projeto geral

---

17 TONI, Flávia Camargo. Café, *uma ópera de Mário de Andrade*: estudo e edição anotada. Tese (Livre-docência em Música) – Instituto de Estudos Brasileiros da Universidade de São Paulo, São Paulo, 2004. Disponível em: <https://www.teses.usp.br/teses/disponiveis/livredocencia/31/tde-13052013-145910/publico//flaviacamargotoni.pdf>. Acesso em: 23 dez. 2014. Essa versão não apresenta nenhuma diferença significativa com relação à edição das *Poesias completas* publicada em 2013 pela Editora Nova Fronteira. Esta última, porém, não inclui a "Marcação" e separa a "Introdução", de um lado, e a "Concepção melodramática" e o "Poema", de outro, em volumes diferentes. Pouco antes de sua morte, Mário de Andrade indicou a intenção de publicar a "Concepção melodramática" e o "Poema" pela Editora Gaveta, dando a entender, contudo, que considerava apenas o segundo finalizado. Quanto à "Marcação" e à "Introdução", nenhuma delas chegou a ter uma versão considerada definitiva pelo autor. Por essas razões, Flávia Toni considera *Café* uma obra inacabada, embora esta não tenha permanecido incompleta como *O banquete*. Cf. TONI, Flávia Camargo. Café, *uma ópera de Mário de Andrade*..., *op. cit.*, p. 101-102.

de reforma da ópera, da qual *Café* é fruto. A "Concepção melodramática" é um texto de apresentação, cena por cena, não apenas das concepções de cenografia, música, figurino e coreografia, mas também do enredo como um todo, o qual depende muito dos elementos visuais e até mesmo de certas narrações não indicadas no libreto. O "Poema" é, mais propriamente, um conjunto de poemas muito diversos entre si, que se alternam entre o verso livre e o regular, os longos e os curtos, os registros populares (desde os mais curtos e entrecortados até os mais "verborrágicos", como a embolada, passando também pelo jogo de truco e encerrando com os cantos de guerra do terceiro ato), a linguagem ritualística da invocação ao grão do café, as falas radiofônicas e a narração épica da "Endeixa da Mãe" e do "Coral da Vida". A "Marcação" expõe minuciosamente os detalhes cênicos e musicais na sequência em que eles devem ocorrer e permite, assim, uma compreensão da ideia global que Mário de Andrade tinha em mente.

Tomando por base essa multiplicidade de materiais, bem como os conceitos que formam a já mencionada constelação de problemas de que esta pesquisa partiu, estabeleceu-se, como critério expositivo, a divisão do texto em três capítulos. O primeiro, "Sentimento plástico: drama, lirismo e simbolismo profético", é uma análise que, tomando por base a "Concepção melodramática", expõe, a partir de Peter Szondi[18] e Anatol Rosenfeld,[19] os traços dramáticos do enredo e, sobretudo, da concepção cenográfica da ópera, apontando

18 SZONDI, Peter. *Teoria do drama moderno (1880-1950)*. Tradução de Raquel Imanishi. São Paulo: Cosac Naify, 2011.

19 ROSENFELD, Anatol. *O teatro épico*. São Paulo: Perspectiva, 2018.

para duas camadas de construção de sentido que extravasam os pressupostos dramáticos e estabelecem regimes formais de outra natureza, denominados aqui, respectivamente, *lirismo* e *simbolismo profético*. O primeiro submete a representação objetiva a uma transfiguração subjetiva, de modo que o mundo e os objetos representados perdem o seu sentido denotativo, tornando-se potências expressivas dos estados de alma dos personagens; o segundo, por sua vez, desloca a representação objetiva em outra direção, transformando-a em signos do sagrado e do transcendente, e conferindo-lhe, assim, uma natureza mística e um tom de fatalidade profética.

Já o segundo capítulo, "Linguagem fragmentária e foco épico: o mito como mediação", traz para o cerne do debate a possibilidade ou não de compreender *Café* como uma épica. Esse conceito é tensionado, entretanto, não pelo conceito de "drama", a exemplo de Anatol Roselfeld e Peter Szondi, mas pela própria tendência à dissolução do foco épico, em virtude da natureza fragmentária do libreto. Este é, pois, submetido a uma análise que atravessa a sua superfície fragmentária e identifica nele uma unidade e continuidade mais profundas. Essa ideia do *simbolismo profético*, enquanto um regime formal antidramático, torna-se a chave de análise desse capítulo, que visa expor a maneira como o próprio texto do libreto faz emergir, no conteúdo e na forma, a ideia de um movimento do sagrado, do qual deriva um fio narrativo relativamente linear. Esse fio articula as diferentes partes da ópera segundo um *télos*, calcado na forma sacrificial ou, mais especificamente, no ciclo de morte e ressureição. Assim, embora se trate de uma épica, esta toma, como objeto, o sagrado – que, enquanto tal, é inenarrável –, de modo que esse conceito se mostra insuficiente, embora necessário, para encontrar o centro de gravidade da ópera.

O terceiro capítulo, "Engajamento", expõe a ideia de engajamento que estabelece, esta sim, o seu centro de gravidade. Partindo de textos teóricos e críticos de Mário de Andrade, a reflexão sobre esse conceito se desdobra em três problemas discerníveis, mas inseparáveis – o assunto, a forma e a relação com o espectador –, cujas distintas configurações permitem apreender três modos específicos de engajamento, cada qual buscando estabelecer certo tipo de acordo com o espectador: um, por assim dizer, afetivo-representativo, baseado na construção de narrativas e estados de espírito compartilhados coletivamente; outro crítico-reflexivo, que tematiza e tenciona a própria relação entre obra e espectador; e o último de instrumentalização mística da forma, visando certos efeitos morais, que tende enfraquecer a mediação do assunto.

Em uma visão geral, esse percurso nos revela uma obra não apenas híbrida, mas também paradoxal, pois concebida a partir de pressupostos artísticos que podem parecer incompatíveis. Disso resultam as interpenetrações e tensões entre o mito e o drama, o sagrado e o mundano, o uno e o múltiplo, o tradicional e o moderno, o conclusivo e o suspensivo, o orgânico e o fragmentário, as esferas moral e ritualística e a esfera estética, relações estas cujos vaivéns acompanharemos ao longo das páginas que se seguem.

***

Este trabalho foi originalmente apresentado, em 2019, como tese de doutoramento em Filosofia na Escola de Filosofia, Letras e Ciências Humanas (EFLCH) da Universidade Federal de São Paulo (UNIFESP), sob o título de *Épica e engajamento na ópera* Café, de Mário de Andrade e a orientação do prof. Dr. Henry Burnett.

1. Sentimento plástico: drama, lirismo e simbolismo profético

Forma épica

Segundo a teoria tradicional dos gêneros literários, baseada na *Poética* de Aristóteles, o gênero dramático associa-se à representação teatral, e o épico, à narração. Desse ponto de vista, a ideia de um "teatro épico" poderia soar como um disparate. No entanto, se adotarmos o ponto de vista de Anatol Rosenfeld e pensarmos os gêneros literários apenas como tipos ideais puros, que não recobrem exatamente os objetos a que se referem, mas funcionam como modelos teóricos abstratos para compreendê-lo,[1] esse paradoxo se soluciona. Um tal entendimento sobre os gêneros literários é o que permite a Rosenfeld identificar casos de teatro épico espalhados pelos diversos momentos da história, desde a Antiguidade até o século XX, e por inúmeros países, do Japão aos Estados Unidos.

Já Peter Szondi, em sua teoria *Teoria do drama moderno*, se ocupa apenas da dramaturgia que surgiu como resultado da crise do drama burguês. De acordo com o teórico, essa cri-

1 ROSENFELD, Anatol. *O teatro épico, op. cit.*, p. 21.

se se manifestou na contradição entre forma e conteúdo que "surge quando o enunciado fixo e não questionado da forma passa a ser posto em questão pelo conteúdo",[2] isto é, quando alguns dramaturgos do final do século XIX começam a escrever peças sobre temas romanescos, utilizando a forma dramática como um pressuposto formal não questionado, pois consolidado. Analisando obras dramatúrgicas do período que vai de fins do século XIX até a metade do seguinte, Szondi identifica um processo de transformação nas relações entre forma e conteúdo que compreende dois grandes momentos: inicialmente, os elementos épicos e líricos são absorvidos como conteúdos pela forma dramática, gerando a mencionada contradição; posteriormente, os dramaturgos buscam solucionar essa tensão, incorporando as matérias épica e lírica na concepção da forma, não mais retratando-as apenas no plano do conteúdo. Esse moderno teatro com tendências épicas, pelo qual se interessa Szondi, surgiu, pois, a partir de uma experiência de esgotamento da forma dramática, grosso modo análogo à dissolução do capitalismo concorrencial, baseado no trabalho artesanal, e à sua progressiva substituição pelo monopolista de produção mecanizada, e análogo também ao enfraquecimento da liberdade individual – associada à livre concorrência – em consequência da intensificação da alienação, que passa a afetar cada vez mais os indivíduos a partir da era dos monopólios. À medida que esse processo esfumava os pressupostos sociais da forma dramática, esta passava a se associar à indústria do espetáculo.[3] Contra isso, esses procedimentos epicizantes surgem também

2 SZONDI, Peter. *Teoria do drama moderno (1880-1950)*, *op. cit.*, p. 20.

3 Cf. COSTA, Iná Camargo. Sinta o drama. In: ______. *Sinta o drama*. Petrópolis: Vozes, 1998.

ligados à procura por novas formas capazes de assimilar criticamente os tipos de sujeito e as dinâmicas sociais próprias ao capitalismo industrial e monopolista, uma vez que, para esses propósitos, a forma dramática se mostrava insuficiente.

Tanto o drama quanto a épica contam uma história, e nisso se diferenciam da lírica, que "tende a ser a plasmação imediata das vivências intensas de um Eu no encontro com o mundo, sem que se interponham eventos distendidos no tempo (como na Épica e na Dramática)",[4] isto é, sem que se constitua uma história. Enquanto tipos ideais puros, a diferença essencial entre a épica e o drama reside no fato de que a primeira conta sua história por meio de um ente intermediário entre o leitor, ou espectador, e os personagens – o narrador, ou o Eu épico –, ao passo que o segundo o faz de modo imediato, ou melhor, "mostra" a história, ao colocar os seus personagens agindo diretamente. Dessa diferença fundamental se desdobram todas as demais.

A primeira consequência disso é a autonomia própria à forma dramática, de que a épica carece. Se a história é apresentada sem a presença de um *mediador*, então tudo o que deve ser conhecido pelo leitor ou espectador precisa estar *imediatamente* nas falas dos personagens. A história deve, portanto, caminhar por seus próprios meios, sem a intervenção de nenhum elemento externo.

Com isso, exclui-se a intervenção de toda vontade externa sobre a ação dramática bem como de qualquer consciência que selecione fatos distantes no espaço e no tempo e os junte artificialmente, restando apenas a perspectiva dos próprios personagens. Desse modo, a história só pode caminhar mediante

4 ROSENFELD, Anatol. *O teatro épico, op. cit.*, p. 22.

o "entrechoque de vontades",[5] isto é, as inter-relações entre as várias vontades individuais dos diferentes personagens.

Como essas vontades individuais só se manifestam por meio da fala dos personagens, esta se torna também um traço definidor da forma dramática. Um espetáculo sem fala, ou não conta nenhuma história, ou o faz por outros meios. Porém, neste último caso, as vontades, as convicções, os interesses e os valores dos personagens não nos são dados a conhecer imediatamente, mas apenas mediante uma "filtragem", com o qual perdem a espontaneidade pressuposta no drama. Já ultrapassamos, pois, as fronteiras da forma dramática, definidas segundo os critérios estabelecidos anteriormente.

Entretanto, nem todas as falas engendram um drama. Apenas as falas dialógicas podem cumprir esse papel, pois é por meio do diálogo que as diferentes perspectivas dos personagens se confrontam mutuamente, gerando, assim, o conflito entre protagonista e antagonista. Se não houver diálogo, se as falas forem monológicas, não haverá "entrechoque de vontades", mas, no máximo, vontades isoladas, formando uma espécie de mural. E tampouco qualquer diálogo é dramático. A especificidade do diálogo dramático é o fato de que, nele, a fala adquire função *apelativa*,[6] ou seja, é mobilizada com o intuito de intervir sobre o outro, influenciar a sua decisão, persuadi-lo, dissuadi-lo, convencê-lo ou desencorajá-lo de

---

5 ROSENFELD, Anatol. *O teatro épico*, *op. cit.*, p. 34.

6 "Sendo o pronome Tu o do diálogo, resulta que a função linguística é menos a expressiva (Lírica) ou a comunicativa (Épica) do que a *apelativa*. Isto é, as vontades que se externam através do diálogo visam a influenciar-se mutuamente". ROSENFELD, Anatol. *O teatro épico*, *op. cit.*, p. 35.

algo e assim por diante, em suma, *apelar* para o outro. No diálogo dramático, falar é agir.

Assim, por meio do diálogo os personagens não apenas dão a conhecer as suas propensões a certos atos ou finalidades, expondo as suas inclinações morais, como também agem no sentido de efetivá-las. Mas nem sempre uma ação produz os resultados esperados pelo seu autor, e a possível discrepância entre a expectativa de um indivíduo dramático e o resultado efetivo de seus atos não implica a atuação de forças externas ao drama, mas tão somente o seu desconhecimento sobre o sentido concreto das suas ações. Suprimidas, pois, as causas transcendentes, "esses indivíduos devem ser capazes de assumir seu próprio destino, bem como as consequências dos seus atos, sem se submeterem a instâncias externas ou superiores (fatalidade, deuses, tradições)".[7] Com isso, ficam evidentes dois traços que a forma dramática exige de seus personagens: eles devem ser bem caracterizados e possuir profundidade psicológica, o que inclui, entre outros fatores, a capacidade para reconhecer-se no seu destino e, com base nisso, medir o próprio equívoco; e precisam ser livres, não apenas no sentido de agir de acordo com as suas convicções e crenças, mas também no de se reconhecer nas consequências não esperadas de seus atos, como o seu autor. Quando os principais personagens dramáticos perdem tal capacidade, entramos em um terreno limítrofe da forma dramática.

No drama, as decisões e ações dos personagens são o único propulsor da história e configuram, no seu conjunto, situações intersubjetivas que exigem novas decisões e ações por parte dos indivíduos e assim por diante. Se essas situa-

7 COSTA, Iná Camargo. Sinta o drama, *op. cit.*, p. 57.

ções não são simplesmente a soma das intenções de vários personagens dramáticos, isso não significa que elas sofrem influência de alguma força transcendente, mas tão somente que o sentido dos atos não é idêntico ao das intenções que o engendram. Tampouco o destino dos personagens é produto do acaso, pois a ação dramática é governada por uma espécie de mão invisível, perseguindo uma meta e formando, portanto, uma totalidade e uma unidade. As partes que constituem o drama são funções dessa unidade e totalidade, pois o sentido de cada qual depende da sua posição em relação ao todo da ação dramática, constituído por uma sucessão linear de cenas encadeadas por um nexo causal.

Não é, pois, sem razão que Aristóteles aproximava o drama trágico do ser vivente. Com efeito, ambos são concebidos não por meio de partes desarticuladas e independentes, mas a partir de uma totalidade apreensível pela memória, no primeiro caso, e pelo olhar, no segundo.[8] A semelhança entre o drama e os organismos vivos, ou melhor, a compreensão do drama como *mimesis* da natureza, baseia-se não apenas no arranjo harmonioso que ele apresenta entre as partes e o todo, mas também no seu princípio interno de movimento. Essa ilusão dramática de organicidade leva ao ocultamento do trabalho construtivo da obra, pois tudo se passa como se ela fosse engendrada pela "natureza", isto é, pelas relações espontâneas entre os indivíduos. Nisso a épica se diferencia do drama, pois, calcada na figura de um narrador, sua estrutura desconhece o princípio dramático de autonomia, já

8 ARISTOTLE. "Poetics". Poetics. In: BARNES, Jonathan (Ed.). *The complete works of Aristotle*. New Jersey: Princeton University Press, 1995, 1451^{a}3.

que responde à autonomia subjetiva do próprio narrador, ou seja, à sua liberdade de escolher o conteúdo que quer narrar, o modo de ordená-lo, o momento de interromper a história e assim por diante. Desse modo, quando o andamento do enredo já não pode mais ser compreendido inteiramente segundo a dinâmica dos seus elementos internos, intuímos a presença de um Eu épico, mesmo sem que haja um narrador no sentido tradicional. Esse Eu épico é decalcado a partir das fissuras na lógica interna da forma dramática, das quais emerge como imagem de um autor ou construtor que já não desaparece sob a ilusão da obra orgânica, conforme ocorre no drama; pelo contrário, ele se imprime na obra, iluminando o seu caráter artificial de produto humano. O ilusionismo é, pois, uma característica própria ao drama, estranha não apenas à dramaturgia crítica de Brecht, mas também a outros tantos teatros, de diferentes tempos e lugares, que desconheciam ou simplesmente não se interessavam pelo princípio da ilusão. A emergência das formas épicas do final do século XIX, por sua vez, coincide, se não com uma crise ou uma crítica da obra de arte orgânica, pelo menos com certa descrença quanto à sua validade.

Entre o drama e a épica

A ópera *Café*, de Mário de Andrade, emerge em meio a um universo de problemas muito distinto. Nada nela indica uma herança direta da questão, eminentemente europeia, da normatividade do drama, vista à luz de uma crise de legitimação social. Embora muito distante da forma dramática pura, todo o seu entrecho gira em torno de um único conflito, entre as duas classes sociais antagonistas. A sua estrutura está calcada nessa "agonia", e a ópera chega ao fim tão logo ela é solucionada. Ora, a centralidade de um conflito e de uma ação por ele desencadeada é uma marca característica do drama. A épica, como vimos, desde a epopeia até o romance, é afeita aos detalhes, "descreve-nos apenas a existência e o atuar tranquilos das coisas segundo as suas naturezas, seu fim repousa desde logo em cada ponto do seu movimento; por isso não corremos impacientes para um alvo, mas demoramo-nos com amor a cada passo",[9] enquanto o drama funcionaliza-se em torno do desenvolvimento e da solução de um conflito central, de modo que o interesse de cada parte não reside nela própria, mas depende da relação que cada qual estabelece com o todo, isto é, da maneira como intervém a favor ou contra a meta perseguida ou o destino evitado por um protagonista. Desse ponto de vista, *Café* assume um traço essencialmente dramático, pois cada uma das suas partes é justificada pela ideia do todo. Certamente, as relações que elas estabelecem entre si e com o todo não são exatamente aquelas que encontramos em um drama rigoroso, sobretudo porque não são articuladas por nexos causais nem seguem uma estrita linearidade. Isso não impede, entretanto, que cada cena seja pensada como uma função de um mesmo conflito central, ou como um de seus modos de apresentação. Nesse sentido mais geral, estamos ainda às voltas com a ideia do drama.

Por outro lado, é digno de nota que, em duas das cinco cenas da ópera, os antagonistas do conflito não apareçam diretamente, ainda que os efeitos de seus atos ou omissões sejam perceptíveis. Soma-se a isso o fato de que, na última

9 SCHILLER apud ROSENFELD, Anatol. *O teatro épico*, *op. cit.*, p. 32.

cena, eles permanecem lutando atrás do muro que separa o cortiço da rua, isto é, fora do campo de visão do espectador, até o momento final da queda do muro. E mesmo nas cenas que figuram em primeiro plano o conflito entre protagonistas e antagonistas, este se revela estático, resistente ao desenvolvimento dramático, pois se polariza em perspectivas extremas, irredutíveis e inconfrontáveis. A "Companhia cafeeira S.A.", segunda cena do primeiro ato, é a única na qual há um conflito dialógico; porém, ainda assim, nenhuma fala, decisão ou movimentação de qualquer personagem parece fazer diferença para os seus adversários, desativando-se, desse modo, a função apelativa da linguagem. Os camponeses exigem o pagamento pelo trabalho realizado, mas os fazendeiros o negam e, ao mesmo tempo, tentam manter os seus subordinados sob seu jugo, o que se revela impossível. O único ato dos proprietários que faria diferença para os camponeses é o pagamento pelo seu trabalho. Na sua ausência, todo o resto não passa de retórica: conversa "pra boi dormir", "palavras ocas", "ouvidos moucos". E a expectativa dos proprietários é a de que a sua retórica apazigue os camponeses, o que tampouco ocorre, pois a fome fala mais forte. Nas outras cenas "dramáticas" – "Câmara-ballet e "Dia novo" –, o diálogo desaparece completamente. Na primeira, ele perde não somente a função apelativa como toda a função comunicativa, já que os personagens não se ouvem e, inclusive, com exceção da Mãe, nada dizem de relevante, mas apenas gesticulam, produzem acalantos e sons agradáveis em que as palavras pouco importam, de modo que o diálogo se dissolve e se polariza em gestos; na segunda, o diálogo é substituído pela luta física. Não sendo possível uma interlocução dramaticamente produtiva, o drama é "solucionado" por meio da destruição do inimigo, isto é, da violência física, e os protagonistas, sob o efeito de embevecimento, contam com poderes sobrenaturais, tornando-se super-heróis.

Essa combinação de elementos dramáticos e antidramáticos nos impede de encontrar na ópera uma forma dramática *stricto sensu*, mas tampouco nos permite abandonar a ideia de drama. O maior indício de que estamos muito distantes da forma dramática pura é a insuficiência dramática do libreto, ou melhor, a sua não autonomia enquanto texto dramatúrgico. Com efeito, não seria possível levar a cabo uma interpretação fiel da ópera como um todo se nos fiarmos apenas ao libreto e às suas rubricas. A "Marcação" e a "Concepção melodramática" trazem, em conjunto, indicações – a respeito do cenário, do figurino, da movimentação dos personagens e da música que emolduram os poemas do libreto – sem as quais não poderíamos acompanhar o sentido daquilo que deve se desenvolver sobre o palco nem dos textos cantados. O libreto de *Café* carece, pois, da independência relativa que caracteriza a maior parte dos libretos de ópera e dos textos dramatúrgicos. Se efetuarmos uma leitura dramática dele – isto é, se entregarmos a fala de cada personagem a um ator ou coro de atores sem nos preocuparmos com cenário, figurino etc. –, disso resultaria menos uma peça teatral do que uma declamação de um ciclo de poesias. Por essa razão, a "Marcação" e a "Concepção melodramática" não devem ser vistas como partes laterais ou secundárias, como meras rubricas de um texto dramatúrgico relativamente autossuficiente: longe de apenas sugerir aspectos da montagem, como figurino, ambientação, movimentação dos personagens, elas são pelo menos tão importantes quanto o próprio libreto, inclusive na apresentação do enredo. Essa centralidade dos aspectos visuais – cenografia, coreografia, figurino etc. – e até mesmo dos elementos musicais, em detrimento do texto dramático já deslocam o núcleo formal para além dos limites da forma dramática, sugerindo uma obra de natureza épica, em que os meios visuais, em conjunto com a música, adquirem função expressiva e narrativa. Assim, por mais que o aspecto geral da ópera sugira a forma dramática, já que a sua duração coincide com a duração do conflito, tudo indica que as suas linhas de força não são dramáticas.

Quadros vivos: do drama ao lirismo

A forma dramática nasce do texto, ou melhor, dos diálogos. Em *Café*, pelo contrário, vimos que os elementos visuais estabelecem as principais linhas de força. A centralidade do elemento pictórico na ópera foi reconhecida pelo próprio autor ao relatar o seu fastidioso processo de criação. Na "Introdução" à obra, Mário de Andrade reconhece que a primeira concepção da estrutura geral dos atos e das cenas que compõem a ópera nasceu de um "sentimento plástico".[10] Em seguida a essa afirmação, o escritor expõe os altos e baixos de seu processo criativo, os impasses atravessados e também os momentos de inspiração e de avanços importantes. Acompanhando a sua exposição, percebemos que esse "sentimento plástico" esteve sempre operante ao longo da gestação da obra, seja no que se refere à concepção pictórica de cada uma das cenas em particular, seja em relação aos rodeios que o autor dá visando sequenciá-las da melhor maneira possível, inclusive adicionando ou eliminando cenas. As questões que

10 ANDRADE, Mário de. *Café* – Introdução. In: TONI, Flávia Camargo. Café, *uma ópera de Mário de Andrade...*, *op. cit.*, p. 169.

concernem à estrutura dramática são posteriores ao "sentimento plástico" e dele derivadas. A respeito disso, a maior dificuldade enfrentada pelo autor foi a exigência de combinar a atmosfera solene imaginada nessas "pinturas" e o tom prosaico de um drama realista.[11]

A consequência formal mais imediata dessa primazia do elemento plástico é a concepção da ópera como uma sequência de quadros vivos (*tableaux vivants*), isto é, de cenas e seções relativamente independentes entre si, cuja cenografia deriva menos da ambientação da ação dramática do que de um princípio de composição pictórica. Assim, a sucessão dos cinco painéis que compõem a ópera não responde a relações de causa e efeito, como seria esperado em um drama, mas apenas à intenção de apresentar o mesmo tema da crise do café sob vários enfoques – no armazém de um porto de exportação, em uma fazenda de cultivo de café, em uma sessão parlamentar, em uma estação de trem próxima a uma fazenda e em um cortiço urbano –, criando, assim, uma sequência de murais. A partir da "Introdução" e de outros documentos que compõem a série de manuscritos de *Café*,[12] podemos saber que, durante o processo de criação, o autor chegou até mesmo a mudar a ordem das cenas nos dois primeiros atos, o que ilustra bem que sua maior preocupação certamente não era com nexos causais lineares. Pelo contrário, essa sequência de cenas – que, não obstante a temática comum, retrata eventos independentes entre si – traz, como resultado, uma

---

11 ANDRADE, Mário de. *Café* – Introdução. In: TONI, Flávia Camargo. Café, *uma ópera de Mário de Andrade...*, *op. cit.*, p. 177.

12 Cf. Manuscrito – Café II – Concepção melodramática. Série Manuscritos de Mário de Andrade. Arquivo do Instituto de Estudos Brasileiros da Universidade de São Paulo.

descontinuidade de tempo e espaço, afastando-se do drama e aproximando-se da montagem.[13]

Até mesmo a concepção de cada uma das cenas individualmente desconhece causalidade e linearidade narrativa ou dramática. A parte mais representativa disso é a cena inicial "Porto parado", composta de uma sequência de quatro quadros vivos – que são, na realidade, diferentes nuances de um mesmo quadro. O primeiro deles já está formado ao subir das cortinas. Um estivador chega com um jornal, criando em todos os demais a expectativa de que alguma medida tivesse sido tomada a respeito da situação do café e da falta de pagamento dos trabalhadores que dele dependem; porém, diante da ausência de notícias sobre o assunto, essa expectativa se frustra. Com isso, inicia-se um movimento cênico: "os estivadores, com gestos de desânimo e tristeza, se encostam por aí",[14] formando o segundo quadro vivo. Como se vê, a passagem de um quadro vivo para outro não exprime um avanço para uma nova situação no enredo, mas uma nuance expressiva. O encadeamento desses dois primeiros quadros vivos figura um movimento centrífugo

13 No trecho de *Teoria do drama moderno* dedicado ao procedimento da *montagem*, que é apresentado como uma das tentativas de resolução da crise do drama, Peter Szondi traz à berlinda a peça *Os criminosos [Die Verbrecher]*, de Ferdinand Bruckner (pseudônimo de Theodor Tagger). Sua análise dessa obra tematiza, entre outras coisas, justamente a descontinuidade imanente e a aproximação temática que surge como contrapeso, características estas consideradas constitutivas desse procedimento. Cf. SZONDI, Peter. "Montagem (Bruckner)". In: *Teoria do drama moderno (1880-1950), op. cit.*, p. 120-125.

14 ANDRADE, Mário de. *Café* – Introdução. In: TONI, Flávia Camargo. Café, *uma ópera de Mário de Andrade…, op. cit.*, p. 238.

por parte dos estivadores, como de um sistema que dissipa a pouca energia que ainda conservava e atinge o estado de maior dispersão. Essa dispersão externaliza um movimento de espírito dos estivadores, que ainda conservavam um mínimo de esperança, a qual se esfumou.

A "Marcação" indica outra mudança de quadro vivo quando os estivadores começam a cantar a terceira estrofe do "Coral do Queixume". Não há qualquer informação sobre o tipo de mudança que deve ocorrer nem sobre como será o novo quadro vivo, mas podemos perceber que ela é acompanhada, no "Poema", por um deslocamento na posição do Eu lírico na fala dos estivadores, uma espécie de modulação de um discurso narrativo, dirigido ao público e empregando verbos em primeira e em terceira pessoa, para uma fala em segunda pessoa, de invocação de uma entidade sagrada: o café. Assim, tudo indica que essa segunda mudança de quadro vivo visava enfatizar, por meios visuais, tal inflexão do Eu lírico, que ainda será analisada no segundo capítulo.

Entre o terceiro e o quarto quadros vivos, há uma intensa movimentação em cena por conta da chegada das mulheres dos estivadores, famintas e desesperadas. Essa agitação termina por se cristalizar em um quadro vivo formado pelas mulheres espalhadas pelo espaço, encostadas nas sacas de café e as acariciando, e pelos "homens formando um bolo masculino no centro. Os homens também estão concentrados, olhos enormemente abertos de êxtase quase místico, braços implorantes estendidos para as sacas de café".[15] Constitui-se, assim, o cenário da oração ao café.

---

15 ANDRADE, Mário de. *Café* – Marcação. In: TONI, Flávia Camargo. Café, *uma ópera de Mário de Andrade...*, *op. cit.* p. 239.

Se a sequencia das diferentes cenas engendra uma descontinuidade de tempo e espaço, isso não ocorre, porém, na constituição interna de cada uma delas. Em "Porto parado", tempo e espaço são contíguos. Os diferentes quadros vivos são apenas nuances de apreensão do mesmo lugar, cada qual com os personagens se dispondo de uma maneira distinta. Porém, como vimos, essa contiguidade não os aproxima da forma dramática, já que a sequência de quadros não responde à necessidade de ambientação dramática, como reações espontâneas aos acontecimentos, mas à busca de uma expressividade pictórica. Assim, cada uma das quatro "pinturas" expressa uma *Stimmung* que, embora não seja independente dos acontecimentos, não tem a sua origem no *páthos* dramático nem em relações objetivas de causa e efeito, mas, sim, em uma intenção expressiva de um "pintor" externo à história, que lança um olhar afetivo sobre os seus personagens, construindo imagens de sua alma interior. Assim, em vez de local de ambientação da ação dramática, o espaço torna-se, pelo menos em parte, um meio de construção desse olhar afetivo sobre a história. Os deslocamentos espaciais não têm uma função representativa, e sim lírica, por meio da qual esse "pintor" constrói uma imagem anímica de seus personagens. Essa espacialidade determina também a temporalidade da cena, cujo sentido é o de uma sucessão de *Stimmungen*, de estados de espírito, e não o de um desdobramento dramático objetivo. Dito de outro modo, trata-se mais do tempo interior, dos movimentos anímicos que a simpatia do pintor pelos seus personagens lhe faculta exprimir, do que do tempo exterior e objetivo das ações e das relações interpessoais. Essa sucessão certamente não é independente do contexto geral e dos pequenos acontecimentos da cena, sem os quais sem dúvida não apresentariam o sentido que de fato apresentam, porém não é desencadeada por eles e, de certa maneira, se elevam acima deles. Trata-se, em suma, de um espaço e um tempo não dramáticos.

O que dissemos a respeito dessa cena vale também para a última do segundo ato, "O êxodo". Ambas são fundamentalmente estáticas, marcadas por uma grande eloquência expressiva e pela quase ausência de acontecimentos. O elemento pictórico reaparece em "O êxodo" com grande força, e a temporalidade dessa cena é formada basicamente pelo encadeamento sequencial de três quadros vivos, cujo último é caracterizado pelo autor como um "painel vivo em movimento",[16] pois inclui a marcha dos velhos e das crianças para a cidade. Todos os deslocamentos dos personagens são concebidos de maneira coreográfica, buscando extrair um efeito plástico por meio da disposição e do deslocamento dos corpos no espaço cênico. Em alguma medida, isso vale também para as cenas "Companhia Cafeeira S.A." e "Dia novo", que valorizam sobremaneira as dimensões pictórica e coreográfica, embora apresentem acontecimentos importantes que formam algo semelhante a uma ação dramática, não se limitando, pois, ao lirismo estático que marca a essência de "Porto parado" e "O êxodo". Desse modo, pelo menos quatro das cinco cenas que compõem a ópera são essencialmente pictóricas e coreográficas, embora não exclusivamente.

"Porto parado", "Companhia cafeeira S. A.", "O êxodo" e "Dia novo" têm os seus cenários e quadros vivos compostos basicamente de dois planos. Um deles é o plano real em que os atores se movimentam, e o outro, um plano de fundo pintado,

---

16 ANDRADE, Mário de. *Café* – Introdução. In: TONI, Flávia Camargo. Café*, uma ópera de Mário de Andrade...*, *op. cit.*, p. 175.

que representa o espaço natural onde as cenas se desenrolam: o cais vazio, com o mar e o céu ao fundo, vistos desde dentro do armazém do porto; a fazenda de café com os seus carreadores e as suas árvores contrastadas a um pé de laranja; a estação de trem da pequena cidade próxima à fazenda de café; e a grande cidade vista desde o cortiço urbano. Sem deixar de serem representações objetivas da natureza (ou da cidade, no último caso) e, nesse sentido, realistas, essas pinturas cumprem aqui uma função não menos expressiva do que descritiva, elevando a natureza a espelho da alma humana. A imensidão e o vazio nas pinturas dos cenários, bem como as gradações de luz, por exemplo, trazem, é verdade, informações objetivas que nos permitem a contextualização geral do lugar: armazém do porto, fazenda de café, estação de trem e cortiço urbano. Porém, além de representações exteriores, essas pinturas são imagens interiores. Isso fica claro no momento do "êxodo" em que se encerra a seção lúdica do "mimodrama" e se inicia uma outra bem mais séria c pesada, embora ainda algo esperançosa: o "Coral da vida". Se, no mimodrama, o autor indica que "o céu está todo róseo",[17] na seção seguinte ele se torna "encarnado todo, um pouco mais escuro no alto".[18] No final dessa seção ainda está indicada outra mudança da iluminação, com função também claramente expressiva:

> Quando o coral entoa a frase "o céu se embebedou de sangue" [no final da penúltima estrofe], todo o céu está negro no fundo da cena. Só na linha ondulada do horizonte há uma faixa larga rubra, dum

17 ANDRADE, Mário de. *Café* – Marcação. In: TONI, Flávia Camargo. Café*, uma ópera de Mário de Andrade..., op. cit.*, p. 245.

18 ANDRADE, Mário de. *Café* – Marcação. In: TONI, Flávia Camargo. Café*, uma ópera de Mário de Andrade..., op. cit.*, p. 246.

> violento luminoso. Todo o resto da cena está bastante escuro. E a iluminação continuará sempre essa até o fim do ato.[19]

Em suma, a concepção pictórica das cenas e dos quadros vivos que formam a ópera, bem como o seu sequenciamento, cumprem uma evidente função expressiva, articulando, em seu conjunto, uma camada *lírica* de *Café*, no sentido em que Anatol Rosenfeld toma esse conceito:

> Quanto mais os traços líricos se salientarem, tanto menos se constituirá um mundo objetivo, independente das intensas emoções da subjetividade que se exprime. Prevalecerá a fusão da alma que canta com o mundo, não havendo distância entre sujeito e objeto. Ao contrário, o mundo, a natureza, os deuses, são apenas evocados e nomeados para, com maior força, exprimir a tristeza, a solidão ou a alegria da alma que canta. A chuva não será um acontecimento objetivo que umedeça personagens envolvidos em situações e ações, mas uma metáfora para exprimir o estado melancólico da alma que se manifesta; a bem-amada, recordada pelo Eu lírico, não se constituirá em personagem nítida de quem se narrem ações e enredos; será apenas nomeada para que se manifeste a saudade, a alegria ou a dor da voz central.[20]

Vimos que a natureza dos quadros vivos da ópera se aproxima disso, pois, mais do que representações objetivas, eles são retratos dos estados de espírito, de modo que os ele-

19 ANDRADE, Mário de. *Café* – Marcação. In: TONI, Flávia Camargo. Café*, uma ópera de Mário de Andrade...*, *op. cit.*, p. 246.

20 ROSENFELD, Anatol. *O teatro épico, op. cit.*, p. 23.

mentos objetivos tendem a estar subsumidos ao lirismo. Não se trata aqui, evidentemente, de uma lírica pura, mas de um discurso visual épico-lírico. Com efeito, o que vemos não é um Eu lírico que expressa, por meio das imagens e dos movimentos, os seus próprios estados anímicos, mas, sim, um narrador que expressa os estados anímicos de seus personagens. Sem dúvida, esses sentimentos só lhe são acessíveis devido a uma simpatia que ele nutre pelos seus personagens e à sua identificação e compaixão por eles, de modo que, em alguma medida, é o próprio narrador quem expressa seus afetos. Mas nem por isso os personagens se dissolvem, como mera transfiguração dos estados de consciência do narrador, pois há uma clara separação entre sujeito e objeto, não apenas em virtude do assunto social mas também da técnica "objetiva" da composição. A concepção do cenário responde, pois, a um princípio épico-lírico. Épico, porque que se constitui a partir do ponto de vista de um narrador que conta uma história, a qual se fixa como um plano de objetividade não redutível aos seus estados subjetivos de alma; e lírico, na medida em que o seu relato enfatiza o lado interior das personagens, isto é, os seus estados afetivos e movimentos anímicos, em detrimento do lado objetivo e exterior da história, e das suas relações de causalidade.

Portinari: do lirismo ao simbolismo profético

Ao caracterizar o figurino das colonas na segunda cena, Mário de Andrade menciona, como referência, a tela *Colona sentada*, de Candido Portinari.[21] Isso indica a sua grande afinidade com o pintor paulista, que se manifesta, entre outros

21 ANDRADE, Mário de. *Café* – Concepção melodramática. In: TONI, Flávia Camargo. Café, *uma ópera de Mário de Andrade...*, *op. cit.*, p. 191.

aspectos, na temática social, na importância dada ao caráter coletivo da arte – que levou Portinari a pintar murais em edifícios públicos – e na carga afetiva de seus quadros, revelando certa simpatia pelos personagens pintados. Essa afinidade se torna explícita no seu texto "Candido Portinari", um ensaio extremamente elogioso à obra do pintor, que compõe o seu conjunto de textos intitulado *O baile das quatro artes*.[22] Independentemente do seu valor analítico e crítico, que não será julgado aqui, esse texto revela aspectos importantes do pensamento plástico de Mário de Andrade. Ao expor a obra do pintor, ordená-la, identificar os temas, os procedimentos e a sua poética própria, o escritor modernista deixa transparecer algumas de suas inclinações artísticas que estão na base do "sentimento plástico" que identifica como inspiração primeira na composição de *Café*. Decalcadas em ideias estéticas mais claras mediante o contato com a obra de Portinari, essas inclinações artísticas apontam não apenas para uma tendência ao já mencionado lirismo, mas também a uma transcendência mística que opera por meio de símbolos.

A certa altura de seu texto, após caracterizar o equilíbrio entre técnica e assunto observado na obra artística do pintor,[23]

---

22 ANDRADE, Mário de. *O baile das quatro artes*. Rio de Janeiro: Nova Fronteira, 2012.

23 Aparecendo inicialmente no "Prefácio interessantíssimo" da *Pauliceia desvairada*, a reflexão sobre as relações entre técnica e assunto atravessa também toda a crítica das artes plásticas do escritor. Em seus estudos sobre os pintores brasileiros coloniais Padre Jesuíno do Monte Carmelo e Antônio Francisco Lisboa – o Aleijadinho –, o crítico observa não uma relação, mas uma alternância entre fases das suas trajetórias artísticas mais dedicadas aos problemas da técnica e à pesquisa plástica e fases mais interessadas na expressão (ver ANDRADE, Mário de.

Mário de Andrade trata do aspecto *realista* das suas pinturas. Mesmo ponderando essa qualificação a uma obra que se distancia muito da ideia de imitação fiel e descritiva da natureza, o crítico a mantém por uma razão crucial: "Jamais Candido Portinari abandona a natureza. Ela é ponto de partida de todas as suas obras, até das que mais se aproximam do 'abstrato'".[24] O que caracteriza a singularidade desse realismo é, sobretudo, o fato de que a natureza não é tomada como uma realidade acabada, modelo positivo para uma arte da cópia, e sim como uma matéria indeterminada, que fornece o ponto de partida: "Pra Candido Portinari, a natureza jamais é senão uma fonte primeira de inspiração, uma sugestionadora de assuntos, uma reveladora de formas transitórias que ele irá converter num fenômeno de exclusiva plástica pictórica".[25] O fim da obra de

Padre Jesuíno do Monte Carmelo. Rio de Janeiro: Nova Fronteira, 2012; ANDRADE, Mário de. O Aleijadinho. In: _______. *Aspectos das artes plásticas no Brasil*. Belo Horizonte: Editora Itatiaia, 1984). Essa tendência pendular tenderia à síntese nas obras de pintores modernistas como Lasar Segall (ANDRADE, Mário de. Lasar Segall. In: _______. *Aspectos das artes plásticas no Brasil, op. cit.*) e Candido Portinari, em que as nuances expressivas e a representação de temas humanos, sejam eles nacionais ou universais, seriam logradas não em prejuízo da pesquisa estética, mas justamente por meio dela. Também é em nome desse mesmo equilíbrio que Mário censura algumas telas de Enrico Bianco, pintor que teria se dedicado a questões exclusivamente técnicas e abandonado o problema do assunto e, com ele, o interesse humano da arte (cf. ANDRADE, Mário de. *Carta ao pintor moço*. São Paulo: Boitempo, 1995).

24 ANDRADE, Mário de. Candido Portinari. In: _______. *O baile das quatro artes, op. cit.*, p. 105.

25 ANDRADE, Mário de. Candido Portinari. In: _______. *O baile das quatro artes, op. cit.*, p. 105.

arte não é a natureza, mas a forma, e, porquanto a primeira se apresenta apenas como potência indeterminada e aberta, a forma artística não encontra nela o seu modelo. Trata-se de algo que podemos denominar de *realismo negativo*, em que a realidade enquanto tal – neste caso, a natureza – é um conteúdo sem forma determinada, um significante sem significado acabado ou, em termos hegelianos, uma ideia sem forma sensível. Significado e forma sensível somente aparecem como resultado do trabalho artístico e, portanto, já não como consequência da realidade do assunto.

Há ainda um segundo sentido de realismo que Mário de Andrade identifica na obra de Portinari, qual seja, o de um realismo psíquico, que se refere não à realidade exterior e objetiva da natureza, mas à alma humana, ou melhor, à alma brasileira: "Si é certo que ele parte da natureza para encontrar a Forma, não é menos certo que em cada forma achada ele encontra o Brasil".[26] Porém, esse Brasil que ele descobre nas festas, nos esportes, nas brincadeiras, nos retratos das mulheres e de artistas etc. não é o conjunto de seus elementos exteriores. Sua pintura, diz Mário, não é documental, pois o que ela logra não é uma representação do característico, e sim a expressão de uma nacionalidade etérea, tão indeterminada como a própria natureza, e que o artista acessa em virtude de uma simpatia e intimidade profunda com a matéria nacional: "Mas essa intimidade não deriva, nem derivará nunca no artista, de uma realização exteriormente escrava do assunto, mas de um substrato nacional, de uma potencialidade brasileira, de uma originali-

26 ANDRADE, Mário de. Candido Portinari. In: ______. *O baile das quatro artes, op. cit.*, p. 108.

dade psíquica..." que o artista apreende em razão de sua afinidade profunda com a alma nacional. Essa intimidade de Portinari com a essência invisível da alma brasileira o facultaria a uma arte que "tende à criação de entidades sensíveis, cuja essência, cuja fatalidade é brasileira, cujo potencial é brasileiro, sem que o seja imediatamente, e muito menos necessariamente, o seu realismo primeiro exterior".[27] Assim como a realidade natural, a realidade humana é apenas uma potência indeterminada em busca da realização artística, e nunca uma totalidade acabada e previamente dada.

Se a essência nacional e a própria natureza se apresentam como indeterminação, algo diferente ocorre com a forma. Mário insiste várias vezes no domínio técnico de Portinari e no pleno conhecimento do pintor sobre o aspecto artesanal do trabalho artístico, tanto no nível mais elementar – como a escolha das tintas – quanto no âmbito dos procedimentos formais. Haveria, pois, segundo o crítico modernista, um dualismo entre técnica e sentido na obra do pintor brodovskiano, conforme podemos ver em um excerto sobre os seus retratos:

> Fixada a composição simples, focalizada a figura tanto pela sua relação áurea pra com a superfície da tela como pela subalternidade expressiva dos fundos, resolvido o problema da parecença, o pintor está liberto do seu modelo e pode pintar livremente. (...) E surgem esses acabamentos de uma sutileza infinita, as carícias, as relações, os equilíbrios, as fantasias de cores, de tons, de esbatidos, de luzes tão múltiplos, tão infinitamente variados. (...) De tal forma ele funde a ciência antiga da pintura a uma

27 ANDRADE, Mário de. Candido Portinari. In: _______. *O baile das quatro artes*, *op. cit.*, p. 108.

> personalidade experimentalista e antiacadêmica moderna, que de Candido Portinari se poderá dizer que é o mais moderno dos antigos.[28]

A criação artística compõe-se, assim, de dois momentos. O primeiro envolve uma técnica objetiva, que estabelece os procedimentos de acordo com a tradição acadêmica legitimada pelos mestres do passado. O segundo depende de uma técnica pessoal e "antiacadêmica", que inclui a experimentação e a busca da expressão. É aqui que a arte transcende o aspecto apenas objetivo, enquanto técnica de representação, e atinge um sentido mais amplo e profundo e, ao mesmo tempo, mais subjetivo.[29] Mário não vê nesse dualismo uma resistência à

28 ANDRADE, Mário de. Candido Portinari. In: ______. *O baile das quatro artes*, *op. cit.*, p. 104-105.

29 A teorização de Mário de Andrade a respeito do problema da técnica nas artes se inicia, de maneira mais sistemática, não por acaso, em um momento em que a liberdade de pesquisa estética – clamada pelos modernistas nos anos 1920 contra o formalismo e academicismo – tinha se rotinizado e se tornado, de acordo com o crítico paulista, uma licença para a fleuma e a preguiça artística. Texto central do escritor sobre essa questão, "O artista e o artesão" estabelece uma distinção entre os três tipos de técnica que estariam envolvidos na criação artística: as técnicas artesanais, as históricas e as pessoais. As artesanais envolvem o conhecimento das leis dos materiais trabalhados por cada uma das diferentes artes: nas artes plásticas, a tinta, a tela, a pedra, o metal etc.; no caso da música, os sons, as cordas, a madeira, as peles etc.; na literatura, as palavras, e assim por diante. Elas apresentam um desenvolvimento linear e cumulativo. As técnicas históricas dizem respeito aos traços estilísticos que caracterizam uma escola ou um período artístico específico, razão pela qual a sua evolução não é progressiva nem cumula-

pesquisa formal mais livre dos referenciais do passado, mas uma opção estética que responde a um propósito claro:

> ... sendo toda ela [a obra com assunto de Portinari] uma pesquisa primordial de forma plástica e beleza desrelacionada, pela íntima adequação entre forma e fundo, pelo equilíbrio entre o sentimento e sua expressão, muito mais que um elemento de caráter descritivo e analítico, a obra de Candido Portinari exerce uma função como de vaticínio. Na sua procura incessante de beleza plástica ele mantém aquele valor antigo de definição profética de uma vida melhor, com que a arte nasceu dos primeiros ritos místicos, dos primeiros amores, dos primeiros sofrimentos do homem sobre a terra.[30]

O sentido profundo das pinturas de Portinari, que justificaria o emprego de formas tradicionais em um período em que elas perderam o valor de norma, residiria, pois, na sua qualidade de "definição profética de uma vida melhor",

---

tiva, mas relativa à singularidade dos momentos históricos, e não a parâmetros naturais invariáveis. As técnicas pessoais são aquelas que formam o estilo individual de um artista, sendo, portanto, ainda mais relativas e variáveis do que as históricas. Nada impede, entretanto, que uma técnica pessoal, desenvolvida por um artista, torne-se uma prática geral entre os artistas de uma escola ou geração, constituindo-se, assim, em técnica histórica. Mário de Andrade insiste, nesse texto, na importância do domínio da parte artesanal da técnica, pois a compreende como base imprescindível para a criação artística. ANDRADE, Mário de. O artista e o artesão. In: _______. *O baile das quatro artes, op. cit.*

30 ANDRADE, Mário de. Candido Portinari. In: _______. *O baile das quatro artes, op. cit.*, p. 108.

utopia esta cujo *locus* de formulação é a arte. Não é casual que Mário de Andrade tenha encontrado na obra do pintor esse mesmo valor profético que o orientava durante a escrita de sua ópera sobre a crise do café paulista. Há um traço essencial nessa ópera, que não se reduz ao seu elemento pictórico, e para o qual as telas de Portinari parecem ter surgido a Mário como um modelo importante: ao entrar no terreno profético, ela ultrapassa a dimensão estética da arte e ganha um sentido utilitário, aproximando-se, assim, de uma arte ritual, concebida não para a contemplação desinteressada, mas para fins sociais específicos. Desse modo, o descompasso entre uma forma objetiva e convencional e um significado indeterminado – que está para além ou aquém dos meios intelectuais de compreensão e que se aproxima da esfera da mística, da profecia, daquilo que escapa tanto à empiria quanto à mediação do intelecto e ao conhecimento conceitual – não é considerado uma fraqueza estética. Pelo contrário, esse descompasso se torna um meio de realização de uma arte em que a forma adquire menos a função de construir um sentido imanente do que de nomear uma realidade transcendente e de definir imagens e significantes capazes de veicular os seus conteúdos, que estão para além do mundo empírico e da determinidade sensível, própria à esfera estética. Em outras palavras, as formas em Portinari adquirem, segundo a leitura de Mário de Andrade, um valor de *símbolo*, entendido este como um signo no qual o significante atualiza um significado que lhe é exterior e independente; portanto, irredutível à sua materialidade.

Como estamos menos interessados nas pinturas de Portinari do que nas ideias que Mário de Andrade mobiliza ao tratar delas, fugiria dos nossos propósitos confrontar essas ideias com as obras que elas têm por base. Mais pertinente seria atentarmos para a presença de uma camada simbólica inerente à concepção cênica de *Café*, que adquire o mesmo valor profético atribuído por seu autor às telas de Portinari. Essa camada se manifesta sobretudo na representação da natureza, o que se torna evidente em dois momentos. Primeiro, as pilhas de sacas de café que ocupam o cenário na primeira cena da ópera, compondo uma imagem de "natureza morta", adquirem a carga simbólica de uma divindade, tornando-se um objeto de culto, na oração ao café, que encerra a cena. Assim, além do valor econômico, objetivo, o fruto do café assume também um valor de símbolo. Segundo, esse mesmo símbolo reaparece como "natureza viva" nas árvores de café da cena seguinte, gerando um contraste com a árvore de laranja, que representa a morte e o envenenamento do vegetal vital e, por extensão, de toda a vida humana que dele depende.

Há uma pintura de Portinari que, mesmo sem ter sido diretamente mencionada na crítica exposta acima – inclusive porque é de 1944 e, portanto, posterior não só a ela como também a *Café* –, remete forçosamente à nossa ópera, tanto pelo seu assunto quanto pela maneira de abordá-lo. Trata-se da tela *Retirantes*. É impossível não a aproximar da seção final de "O êxodo", em que os velhos e as crianças começam a marchar "em ritmo e gestos trágicos de desgraça e morte", formando sucessivos grupos que entram no cenário pela esquerda e saem pela direita. Para além da carga dramática contida na representação dos indivíduos com feições mortíferas, um dos traços mais salientes dessa tela é aquele já identificado por Mário nas obras do pintor, resultante do emprego de técnicas tradicionais: a separação entre figura e fundo. Concebido por meio da técnica da perspectiva, o fundo confere ao mundo representado uma ampla espacialidade, pois limitada apenas pelo horizonte. Portinari extrai desse prolongamento espacial um efeito particular ao subdividir o plano de fundo em um "perto" e um "longe", isto é, em um espaço que circunda os retirantes e reflete o seu estado interior e um longínquo, não afetado pelo sentimento de morte propagado pelos personagens. O primeiro é contaminado pelas figuras expressionistas que ele acolhe, o que se manifesta, por exemplo, nos restos mortais espalhados pelo chão e nos urubus voando ao redor das pessoas, mas também no céu escuro e pesado, em contraste com o qual podemos ver, a distância, outro céu luminoso e alegre tocando o horizonte. É forçoso notarmos as semelhanças entre essa tela e o cenário de "O êxodo" – e também, em alguma medida, todos os demais cenários em que o horizonte aparece –, ambos marcados pelo contraste entre um primeiro plano mortífero e um horizonte alegre e luminoso ao fundo. O horizonte é, aqui, mais do que uma representação realista do mundo natural, mera ambientação do assunto principal. Trata-se de um símbolo da utopia, da esperança de um futuro mais feliz, em que a desolação dê finalmente lugar a uma vida alegre e plena. Uma utopia certamente incompreensível, que flerta com o misticismo, porém suficiente para apaziguar o espectador. Esse efeito reconciliador deriva da separação entre figura e fundo, ou melhor, da possibilidade da expansão quase infinita do espaço, garantida pela técnica da perspectiva e da consequente delimitação espacial da desgraça ao plano de frente, impedindo, assim, que ela se propague para o plano de fundo e domine todo o espaço pictórico. Isso foi bem observado por Sérgio de Carvalho:

> Não são apenas as imagens do mundo do café, tal como retratadas por Portinari em suas telas e afrescos-murais que povoam o *Café* de Mário de Andrade, mas também as visões fantasmagóricas

> dos retirantes pintadas pelo artista, como fica evidente no segundo ato, quando os homens em êxodo, fugindo da miséria do campo, "parecem monstros, pencas de monstros, aos três, aos quatro, se ajudando em grupo, que ninguém pode consigo mais". Assim como algumas telas de Portinari apaziguam o contemplador ao separar o fundo da figura, ao tornar os problemas dos homens estranhos ao espaço, o que faz com que a crítica especializada sinta falta de um "drama" que se estenda ao todo, a estruturação pictórica do espetáculo imaginado no *Café* tende a domesticar as tensões coletivas numa moldura plasticamente harmonizada.[31]

Enquanto concepção pictórica, o valor profético que Mário de Andrade identifica em Portinari e que deseja conferir à sua ópera é indissociável dessa delimitação espacial do "drama". Esta impede que o espectador imerja na desgraça dos personagens, pois traz ao seu campo visual, para além do espaço mortífero ocupado por eles, outro espaço, mais longínquo e remoto, impossível de ser localizado no mapa, cujo limite é o horizonte. O espectador não participa do drama dos personagens, não compartilha o seu destino mais imediato, pois o seu olhar mais global permite relativizar a miséria dos retirantes em virtude da esperança profética, a qual está sugerida na imagem luminosa do horizonte. Em outras palavras, o alargamento do campo visual do espectador pos-

31 SANTOS, Sérgio Ricardo de Carvalho. *O drama impossível*: teatro modernista de Antônio de Alcântara Machado, Oswald de Andrade e Mário de Andrade. 2002. Tese (Doutorado em Literatura Brasileira) – Faculdade de Filosofia, Letras e Ciências Humanas da Universidade de São Paulo, São Paulo, 2002, p. 183.

sibilita que este observe a situação "dramática" a partir de um lugar externo, de onde se pode ver aquilo que os personagens não veem. Isso não vale menos para a concepção cênica dos quadros vivos de *Café* do que para a tela de Portinari. Seja na expressão dos sofrimentos, da desgraça, da miséria e da morte, seja no tom profético, a concepção pictórica da maioria das cenas na ópera de Mário de Andrade apresenta esses traços que identificamos na tela de Portinari, baseados nas leis da perspectiva: a separação entre figura e fundo, potencializada pela separação entre o espaço real do cenário e o espaço virtual dos fundos pintados; e um modo de distanciamento do espectador em relação aos personagens e ao seu mundo, na medida em que ele é capaz de avistar mais longe.

Essa imagem profética do horizonte já ultrapassa a camada lírica que caracterizamos anteriormente e constitui algo essencialmente diferente, uma camada *simbólica*; já não o retrato da vida interior dos personagens, mas a definição profética de uma vida futura, que Mário identifica na obra de Portinari e que busca conferir também à sua ópera, concebida como "uma obra-de-arte que iria servir de lição".[32] Embora não seja redutível à profecia, essa camada simbólica está sempre de algum modo associada a ela. No início da cena "Companhia cafeeira S.A.", por exemplo, vemos um contraste entre os cafezais e a laranjeira – os primeiros representando o trabalho e a vida plena, e a segunda, a morte e o envenenamento. O significado simbólico desse contraste é condensado pelo provérbio cantado pelos camponeses: "laranja no café é azeda ou tem vespeira". Nessa cena, a profecia

32 ANDRADE, Mário de. *Café* – Introdução. In: TONI, Flávia Camargo. Café, *uma ópera de Mário de Andrade...*, *op. cit.*, p. 170.

se inverte, pois já não indica um futuro feliz, e sim um fim trágico que se aproxima conforme as condições materiais e espirituais da vida se esfumam.

Sendo assim, traços formais, como o uso da perspectiva e a separação entre figura e fundo, não trazem *imediatamente* o gérmen de destruição do princípio dramático. Se é verdade que eles tendem a dar aos ambientes um poder de determinação sobre os personagens – o que se choca com a exigência dramática de livre-arbítrio –, nada impediria que o fundo cumprisse mais o papel de ambientação do drama, não intervindo na estrutura dramática. No entanto, não é isso que ocorre. Com exceção da cena "Câmara-ballet", os espaços e elementos cênicos não são dispostos como meios de ambientação do drama, mas, conforme vimos, organizados em composições pictóricas que visam traduzir ideias e sentimentos imprecisos em imagens formadas e definições compreensíveis – ainda que nem sempre plenamente inteligíveis, pois marcadas por certo misticismo.

Essa tradução de conteúdos em imagens ocorre, em suma, de duas maneiras. Primeiro, sob a já mencionada forma de um *lirismo*, na medida em que a composição das pinturas cumpre também uma função de definir a vida interior, compor uma imagem da alma dos personagens, como já observamos em relação ao encadeamento de quadros vivos, sobretudo na primeira cena da ópera. Segundo, sob a forma de um *simbolismo*, no interior do qual o grão, as pilhas de sacas e as árvores de café, a laranja, o horizonte etc. estabelecem uma mediação com um conteúdo sagrado e atemporal – portanto, externo ao contexto dramático das relações interpessoais. Neste segundo caso, os elementos simbólicos antecipam os acontecimentos que se desenrolam sobre o palco, de modo que o conflito dramático se torna apenas um meio de apresentação de um acontecimento já inscrito no destino, indiferente ao que ocorre no presente dramático. A força da imagem (mas também da música) desdramatiza o drama, neutraliza a sua temporalidade própria, ao submetê-lo a uma temporalidade transcendente e mística, e isso até mesmo em "A discussão", a seção mais dramática da ópera.

O particular e o universal

Para compreender melhor a natureza dessas transfigurações lírica e simbólica que vemos nos quadros vivos, também é necessário atentarmos para o sentido mais imediato e objetivo dos temas representados. Na "Introdução" a *Café*, Mário nos conta que, ao conceber a sua ópera, procurou se manter fiel a duas exigências simultâneas. A primeira era reatar com as antigas tradições coletivas do teatro cantado, que serviam aos propósitos "de cultivo dos heróis, de rito e comemoração religiosa ou nacional".[33] Rejeitava, assim, a herança da ópera burguesa, vista como promotora da segregação social,[34] e aproximava-se do mito e de seus símbolos. A segunda, por sua vez, buscava retratar, por meio do tema do café, certos episódios da história mais recente do nosso país, àquela altura ainda latejantes na memória das pessoas: a Crise de 1929, que resultou nas impactantes queimas de

---

33 ANDRADE, Mário de. *Café* – Introdução. In: TONI, Flávia Camargo. Café*, uma ópera de Mário de Andrade..., op. cit.*, p. 166.

34 Cf. ANDRADE, Mário de. *Café* – Introdução. In: TONI, Flávia Camargo. Café*, uma ópera de Mário de Andrade..., op. cit.*, p. 166-167; ANDRADE, Mário de. *Pequena história da música*. São Paulo: Martins, 1953, p. 128.

grandes quantidades de café, por conta da queda do seu preço internacional, e a Revolução de 1930. Esse duplo comprometimento, com uma forma mítica universal e com uma matéria histórica específica, transparece no trecho de um artigo, publicado na coluna "Mundo musical" do jornal *Folha da Manhã*, em que o escritor desenvolveu melhor algumas ideias já esboçadas na "Introdução":

> Quanto à solução artística (...) do assunto a própria história mais recente e dramática do café se impunha como convite. A crise de 1929, a revolução de 30. É óbvio que desde logo afastei repugnado qualquer ideia de cantar historicamente uma revolução determinada. Sem que pusesse consciência nítida nisso, o que me determinava mais profundamente era aquele eterno e universal princípio místico de "morte e ressurreição" do deus da natureza, do sustento tribal, que está na base duma infinidade de tradições e costumes etnográficos e folclóricos, atingindo mesmo certas formas da sociedade civilizada. E talvez seja a própria inspiração primeira de todo o teatro cantado, na Grécia, na Ásia, na Idade Média e fundamenta as nossas dansas-dramáticas de origem não-erudita, os Congos, o Bumba-meu-Boi, os cordões de bichos e já eruditamente, os pastoris religiosos. Princípio que eu disse "místico" porque este foi o aspecto em que ele se universalizou nas sociedades primitivas e adquiriu feição didática (teatral...) mas que está na base das próprias formas econômicas e institucionais das sociedades. (...) E com efeito, no meu libreto futuro, eu poria várias frases na voz coral popular que implicassem a noção inconsciente e transcendente de morte e ressurreição. Mas isso já é exegese. O importante, o que se impunha a mim naquele instante, era a tra-

> dução de toda essa mística complexa num princípio mais claro e apreensível a todos: desde que depereceu o produto que faz a riqueza normal duma terra, vem a insatisfação pública que acaba se revoltando e mudando o regime.[35]

A preocupação do escritor modernista não é meramente a de fazer com que um assunto local renda uma forma mítica de valor universal, embora isso também seja verdade. Há aqui um caminho de dupla via: do local ao universal e deste àquele. De um lado, o café ascende de fruto natural com valor econômico, cultivado no Oeste Paulista, a símbolo de uma entidade divina, "não o café, o café paulista, mas aquilo de que ele, como o trigo, como os carneiros queimados da Holanda (?), como qualquer força econômica é um símbolo".[36] De outro lado, os símbolos vivem da matéria histórica concreta, sem a qual se tornariam abstrações sem sentido. Na visão do autor, tratava-se da conjugação de um princípio formal mítico-transcendente com um assunto histórico-imanente, conjugação esta que implicava, sem dúvida, uma subsunção do segundo ao primeiro, porém de modo algum uma indiferença em relação ao assunto histórico imanente, o qual é mais do que mero substrato substituível de uma forma universal. É justamente o assunto histórico o que teria permitido "a tradução de toda essa mística complexa num princípio mais claro e apreensível a todos",

---

35 ANDRADE, Mário de. Psicologia da criação. In: COLI, Jorge. *Música final:* Mário de Andrade e sua coluna jornalística *Mundo Musical, op. cit.*, p. 105.

36 ANDRADE, Mário de. *Café* – Introdução. In: TONI, Flávia Camargo. Café*, uma ópera de Mário de Andrade..., op. cit.*, p. 172.

ou seja, que tornaria a forma mítica abstrata compreensível e significativa ao público, a partir de sua vida concreta e, desse modo, legitimada, por assim dizer, pelo particular. A formulação desse "princípio mais claro e apreensível" certamente se assemelha ao mito devido ao tom fatalista e à forma abstrata, quase proverbial, mas o seu conteúdo é histórico e econômico: "desde que depereceu o produto que faz a riqueza normal duma terra, vem a insatisfação pública que acaba se revoltando e mudando o regime". Assim, se, por um lado, o autor julgava haver extraído do mito de morte e ressurreição o princípio formal de sua ópera, reconhecia, por outro, que a sua significação concreta dependia da absorção da experiência histórica mais imediata.[37]

Para além das intenções confessas do autor, vemos que essa conjugação entre representação realista e transfiguração simbólica – mas também lírica, conforme vimos – está presente em todas as cenas da ópera, exceto, vale frisar, na "Câmara-ballet". As sacas de café e o cais vazio da primeira cena do primeiro ato, os carreadores de café na segunda, a escuridão chegando na estação de trem, porém deixando ainda um último fio luminoso no horizonte, e a própria marcha dos retirantes rumo à cidade, no fim do segundo ato; todas essas imagens adquirem simultaneamente um sentido denotativo e mais imediato, e um sentido conotativo e

---

37 Não por acaso, Mário de Andrade também identifica nas danças dramáticas essa mesma conjunção entre uma face mítico-religiosa e outra histórica e profana: "... o tema de cada bailado é conjuntamente profano e religioso, nisso de representar ao mesmo tempo um fator prático, imediatamente condicionado a uma transfiguração religiosa". ANDRADE, Mário de. *Danças dramáticas no Brasil.* São Paulo: Martins, 1959. t. 1., p. 22.

mais abstrato. As sacas de café são as sobras não vendidas devido à queda das exportações do fruto, mas também são a divindade à qual os estivadores clamam ao final da cena; o porto estagnado e o cais vazio figuram a paralização da atividade exportadora e, indiretamente, a crise econômica internacional, além de espelharem o sentimento de solidão e abandono dos trabalhadores lançados à fome e à miséria; os carreadores remetem diretamente às fazendas cafeeiras do Estado de São Paulo e ao ciclo econômico do café paulista, mas, uma vez contrapostos ao pé de laranja, simbolizam a vida plena que se esvai; a marcha dos retirantes rumo à cidade faz eco a um fenômeno então atual de urbanização e transferência progressiva de parte da população rural às cidades em busca da sobrevivência – movimento este que se intensificou com a crise do café e o desenvolvimento da indústria, relembrando, ao mesmo tempo, a tão frequente marcha de nordestinos rumo ao Sul, em grande parte atraídos pela riqueza do café, no seu período áureo –, mas também introduz o ritmo da morte e expressa a desgraça que invade e soterra a diversão e os namoricos dos jovens, produzindo um contraste com a luminosidade no horizonte, que sugere uma espécie de revelação mística de uma felicidade futura.

Essa conjugação de uma camada realista com outra lírica e simbólica se apresenta também como uma conjugação entre o plano denotativo, referente aos acontecimentos prosaicos, e o plano conotativo, em que é construído o seu sentido mais profundo. Isso pode ser percebido nas cenas "Porto parado" e "O êxodo", as quais, embora fundamentalmente estáticas, encenam, cada qual, um pequeno acontecimento. No primeiro caso, trata-se da chegada de um estivador com um jornal, o que gera expectativas em todos – posteriormente frustradas – a respeito das decisões possivelmente tomadas nas câmaras sobre o problema do café; no segundo caso, o acontecimento é a fixação de um anúncio comunicando o término dos trens de segunda classe, o que estorva o plano dos camponeses de fugirem para a cidade. A rigor, não há nenhum conflito dramático nesses dois momentos. No primeiro, os trabalhadores do porto são confrontados com um antagonista distante e abstrato, que se presentifica na cena por meio do jornal. Este é investido de expectativas, pois os estivadores esperam encontrar nele notícias a respeito do tema do café e da falta de pagamento dos trabalhadores que dependem de seu comércio ou relatos sobre decisões tomadas nas câmaras que lhes possam ser de interesse. No entanto, o jornal não traz qualquer informação relevante. Dessa maneira, mais do que o conflito, o jornal materializa a falta de conflito, a indiferença da classe política e dos jornalistas frente aos problemas dos trabalhadores. O que há, pois, não é exatamente um acontecimento dramático, e sim uma expectativa por parte dos protagonistas, consubstanciada no jornal, a qual, devido à ausência do antagonista, não se materializa em um conflito dramático, mas se dispersa em lirismo. O resultado não é, como já vimos, uma nova situação intersubjetiva ou algum avanço na ação, e sim uma mudança de quadro vivo, isto é, uma inflexão expressiva, uma alteração da *Stimmung*. Assim, mesmo sem função dramática, esse acontecimento preenche de concretude factual e empírica o sentido indeterminado e abstrato próprio ao lirismo e à mística dos símbolos, conectando o assunto elevado e transcendente com o episódio trivial e o assunto empírico mais imediato, não por acaso representado por um objeto prosaico como o jornal. Essa pequena "ação" introduz na atmosfera do sublime o mundo desencantado e a vida cotidiana, com suas pequenas frustrações. O elemento prosaico aproxima o assunto sublime da experiência do homem comum, mas o que se logra com isso não é uma mera representação realista da vida cotidiana, em seu aspecto contingente, mas a decantação daquilo que nela é universal e elevado.

Se na primeira cena o jornal trazido por um estivador apresenta pelo avesso os antagonistas do conflito e, dessa forma, introduz, ainda que de maneira truncada, a expectativa da ação dramática, em "O êxodo", uma função análoga é desempenhada pela placa colocada pelo chefe da estação de trem, comunicando o fim dos trens de segunda classe. Contudo, aqui o grau de alienação é ainda maior: não se trata mais de um investimento frustrado dos trabalhadores em uma eventual deliberação dos representantes políticos, mas de um bloqueio de ordem técnica à realização do projeto dos colonos de ir à cidade; a ausência de trens não se deve à decisão ou à omissão de algum representante político ou de qualquer outro tipo de personagem antagonista, mas ao fato de que a quantidade de trens era insuficiente para levar todos os retirantes que abandonavam as fazendas em razão da crise do café; o antagonista "dramático" não é mais um grupo de pessoas reais – cujos movimentos, ou a ausência deles, se dão a conhecer por meio de um objeto (o jornal) –, mas o próprio poder do objeto; não se trata mais de um interlocutor posto a uma distância inatingível, mas simplesmente da ausência de interlocutores; os colonos não sofrem uma ação ou falta de ação, mas uma limitação tecnicamente incontornável que obstaculiza o seu projeto e os afunda mais uma vez no sofrimento insuportável da miséria. Agora, os antagonistas aparecem reificados. Apesar de todas essas diferenças, a mesma natureza antidramática do episódio do jornal se faz presente neste último, em que, após uma movimentação, as massas corais se fixam, formando o quadro vivo final da cena, composto por jovens casados e solteiros, já desde o início sobre o palco, e pela marcha dos grupos de velhos e de crianças, com os seus uivos e gemidos, sob o céu escuro e com o horizonte claro ao fundo. Em vez de uma nova situação dramática, esse quadro traz, assim como os demais analisados, uma nova construção pictórica. O sofrimento trágico, por seu turno, longe de emanar de uma grande ação, se assenta nas contingências da vida cotidiana, o que o torna comensurável com a experiência imediata do homem do campo.

Essa conjugação do plano denotativo com o conotativo pode ser estendida, de algum modo, para as demais cenas da ópera, pois em todas elas os elementos cênicos e coreográficos ganham um sentido ao mesmo tempo prosaico e sublime; revelam o mundo externo e desencantado da vida comum, mas também o mundo sagrado ou o mundo interior; possuem uma dimensão espaciotemporal imediata, daquilo que acontece aqui e agora, além de uma dimensão atemporal, daquilo que já ocorreu a muito tempo, que sempre ocorre (o ciclo do mito) ou que, enquanto expressão da alma interior, exclui a própria ideia de tempo objetivo; apresentam fatos historicamente concretos e identificáveis pelo homem contemporâneo, associando-os também a significados universais e abstratos. Em suma, em todas as cenas vemos uma representação da realidade que, ao mesmo tempo, submete as imagens do real à transfiguração lírica e simbólica.

As principais linhas de força da concepção visual (cênica e coreográfica) da ópera – o *lirismo* e o *simbolismo profético* – estabelecem, em suma, um regime formal antidramático em dois sentidos: em primeiro lugar, elas desarticulam a temporalidade imanente do drama, baseada nas relações de causa e efeito e, em segundo, elevam os elementos e eventos prosaicos, particulares e historicamente determinados a uma esfera de sentido universal e abstrata, comprometendo a espontaneidade dramática, isto é, o caráter primário e singular da ação dramática, enquanto pura apresentação de um "acontecer" em tempo real.[38] Essa força constitutiva exercida pelos elementos visuais, somada à insuficiência dramática do libreto – ou seja, à sua dependência aos elementos não textuais –, nos permite, pois, afirmar que, a despeito dos elementos dramáticos certamente mobilizados na ópera, esta não é concebida segundo os princípios da forma dramática. Enfim, resta saber se se trata ou não de uma épica ou até que ponto esse conceito de épica nos aproxima do seu espírito.

38 SZONDI, Peter. *Teoria do drama moderno (1880-1950), op. cit.*, p. 26-27.

2. Linguagem fragmentária e foco épico: o mito como mediação

Concebida por meio de dois textos de natureza diferente, a ópera *Café* parece, à primeira vista, uma convergência paradoxal de concepções artísticas incompatíveis. A sua "Concepção melodramática" indica uma obra grandiloquente e exige uma superprodução, ao passo que o seu libreto se constitui de uma sequência de poemas bastante heterogêneos entre si, formando uma superfície fragmentária. Décio de Almeida Prado compreendeu isso como uma hesitação de gênero e, portanto, como indecisão e fraqueza artística.[1] Em outra tônica, Sérgio Ricardo de Carvalho Santos, autor de um valioso estudo de análise e interpretação da obra, identificou nesta uma contradição entre padrões artísticos burgueses e antiburgueses.[2] Entretanto, a exposição a seguir aponta para outro caminho: busca sustentar uma unidade por trás dessa heterogeneidade.

1 PRADO, Décio de Almeida. *O teatro brasileiro moderno*. São Paulo: Perspectiva, 2009, p. 32-33.

2 SANTOS, Sérgio Ricardo de Carvalho. *O drama impossível...*, *op. cit.*, 2002.

Onde estaria, pois, essa unidade? Na forma dramática, certamente não. Se a cenografia, analisada no primeiro capítulo, já nos indica que estamos para além das fronteiras do drama, o texto ainda reforça isso. A não ser pelo contexto geral de um conflito entre protagonistas e antagonistas sempre presente, o libreto da ópera não poderia estar mais distante da ideia do drama. Nunca é demais lembrar que tanto os personagens coletivos quanto o meio pelo qual eles aparecem aqui – o coro – são elementos épicos por excelência, inadequados para figurar a autonomia própria aos sujeitos dramáticos. Além disso, o meio de constituição e caracterização de personagens dramáticos é, conforme vimos, o diálogo, já que é por meio deste que elas manifestam o seu caráter e as suas opiniões e inclinações. A coerência moral e psicológica deles se exprime pela coerência entre as suas diferentes falas, tanto na forma como no conteúdo. Ora, as falas que vemos no libreto não cumprem esse papel constitutivo. Pelo contrário, elas oscilam entre a narração, o diálogo, a lírica, as falas secas e batidas registrando a dicção popular, a verborragia da embolada, a chacota, os jogos e brincadeiras, os gritos de combate etc. A natureza antidramática da ópera provém, pois, não apenas do caráter coletivo dos seus personagens mas também dessa acelerada justaposição de diferentes linguagens e registros de fala, que coloca em xeque a coerência linguística dos personagens, da qual dependem a sua coerência psicológica e moral. Em suma, o que vemos não são sujeitos dramáticos autoidênticos e autônomos nem coletividades moral e psicologicamente coerentes, e sim personagens que tendem a ser acêntricos e fragmentários, ainda que claramente divididos entre protagonistas e antagonistas.

Estaríamos, então, diante de uma forma fragmentária, constituída por uma superfície mosaica de faces desconexas, alheia a qualquer princípio de unidade e continuidade para além do contexto dramático geral como pano de fundo comum? Em outras palavras, seria esse libreto uma montagem de fragmentos literários apenas ligados entre si por meios extraliterários, cênicos, coreográficos e musicais? Ou será que esse esfacelamento dos sujeitos dramáticos e, consequentemente, da unidade e organicidade dramáticas, é compensado por algum outro tipo de unidade, havendo, por trás desse mundo disperso e composto de personagens fragmentários, algum foco narrativo?

Um olhar superficial ao libreto nos leva a desacreditar esta última hipótese. A natureza múltipla e descontínua de sua superfície parece impedir a constituição de um foco subjetivo. O que vemos é a justaposição de textos de naturezas muito diversas – alguns estáticos, outros mais dinâmicos; alguns mais prosaicos, outros místicos ou "elevados"; alguns dialógicos, outros não; alguns que valorizam as palavras, outros em que o fundamental é o valor sonoro. Desse modo, o libreto parece compor-se de múltiplos focos dispersos e desencontrados, assemelhando-se a uma pintura cubista. Assim, na ausência de sujeitos dramáticos e de foco épico, somos tentados a concluir que não se trata nem de um drama, nem de uma épica.

Entretanto, uma reconsideração da "Concepção melodramática" sob um novo critério poderia reforçar a hipótese épica. Até agora, observamos esse texto como um conjunto de indicações para a montagem da ópera; logo, como um complemento extraliterário. No entanto, longe de se reduzir a uma reunião de rubricas, ele é *também* um texto literário. Construído a partir da perspectiva de um narrador, esse texto descreve os personagens em seus traços visíveis e invisíveis, narra o passado e apresenta as causas do estado presente, inscrevendo-o em um conjunto mais amplo de fatores não representados por meios visuais. Enquanto ficção literária, nada impediria que certos trechos da "Concepção melodramática" fossem vistos como parte do próprio texto dramatúrgico, sendo incorporados à fala de um ator-narrador que, na apresentação, se dirigisse ao público. Com efeito, é assim que alguns deles foram considerados na versão de *Café* musicada por Hans-Joachim Koellreutter e apresentada em Santos sob a direção cênica de Fernando Peixoto. Nessa apresentação, que à época foi transmitida pela TV Cultura em rede nacional, vários de seus trechos foram interpretados pelo ator Serafim Gonzalez, a exemplo das suas linhas iniciais, que antecedem a entrada da orquestra e a iluminação do cenário:

> Desde muito que os donos da vida andavam perturbando a marcha natural do comércio do café. Os resultados foram fatais. Os armazéns se entulharam de milhões de sacas de café indestinado. E foi um crime nojento. Mandaram queimar o café nos subúrbios escusos da cidade, nos mangues desertos. A exportação decresceu tanto que o porto quase parou. Os donos viviam no ter e se aguentavam bem com as sobras do dinheiro ajuntado, mas: e os trabalhadores, e os operários, e os colonos? A fome batera na terra tão farta e boa. Os jornais aconselhavam paciência ao povo, anunciavam medidas a tomar. Futuramente. A inquietação era brava e nos peitos dos estivadores mais sabidos do porto parado, uma hesitação desgraçada, entre desânimos, a cólera surda esbravejava, se assanhavam os desejos de arrebentar.[3]

3 ANDRADE, Mário de. *Café* – Concepção melodramática. In: TONI, Flávia Camargo. Café, *uma ópera de Mário de Andrade...*, *op. cit.*, p. 188.

Visando apresentar a situação inicial, esse trecho traça um movimento de aproximação semelhante ao de uma câmara, que parte de uma visão panorâmica e vai progressivamente se aproximando de seu objeto até captá-lo em primeiro plano. Inicialmente, o narrador nos apresenta o ato que desencadeou todos os efeitos mencionados em seguida, qual seja, a interferência dos "donos da vida" na "marcha natural do comércio do café". Na sequência, ele nos dá a conhecer os resultados objetivos mais gerais e imediatos dessa "ação": os armazéns abarrotados de sacas, a queima de grandes quantidades de café e a queda nas exportações do fruto. Posteriormente, ele relata a maneira como esse ato afetou pessoas de diferentes classes sociais – de um lado, os trabalhadores do campo e da cidade; de outro, os proprietários –, ressaltando que apenas os primeiros foram atingidos pela fome. Tendo apresentado os efeitos do ato inicial, o narrador mostra, em seguida, a solução anunciada pelos jornais para corrigir ou atenuar essas adversidades e ressalta a sua irrelevância, o seu caráter meramente retórico. Finalmente, chegamos ao tema fundamental, de onde a ópera parte, isto é, à apresentação do estado afetivo dos estivadores que vivenciaram esses acontecimentos. Tudo aquilo que precede a representação desses estados psicológicos tem a função de contextualizá-los e associá-los a causas e fenômenos objetivos, revelando, assim, a continuidade entre a alma interior e o mundo exterior. Esse pequeno trecho já nos revela que a "Concepção melodramática" transcende a mera descrição do cenário, pois narra uma história que é irredutível aos elementos visuais da representação cênica. Se podemos acompanhar essa história, é porque ela nos é apresentada de maneira ordenada, por meio de uma progressão da causa ao efeito, do universal ao particular e do objetivo ao subjetivo.

Esse percurso narrativo inscreve a situação imediatamente representada pelo texto dramático e pelo cenário no interior de um quadro mais amplo que, sem ele, não seria conhecido. Assim, ele cria literariamente um pano de fundo, sobre o qual se dispõem as falas fragmentárias do libreto, conferindo à ópera a unidade e coesão de que este carece. A heterogeneidade e incoerência das falas são, pois, compensadas pela coerência geral do contexto e do enredo, garantida por esse percurso narrativo lógico e linear.

Entretanto, essa conclusão nos desvia de nosso caminho, visto que não chega a colocar de fato em questão o suposto caráter fragmentário e incoerente do próprio texto dramático, ratificando-o tacitamente. Desse modo, caberia antes indagarmos se as suas partes aparentemente desunidas não articulariam, a partir de si próprias – e não apenas por meio de um recurso externo –, algum tipo de unidade ou de continuidade mais profunda; se a maneira como os diferentes poemas estão construídos e dispostos ao longo do libreto nos permite identificar um foco narrativo que os relacione a partir de algum princípio interno de continuidade ou se estaríamos, pelo contrário, diante de um mosaico textual; se, em suma, não seria possível apreendermos, por trás dessa superfície fragmentária, a mão de um Eu épico.

As conclusões do capítulo anterior podem nos abrir caminhos para avançarmos nessa questão. Se é verdade que o *lirismo*, o qual apreendemos na concepção cenográfica do espetáculo, não adquire no libreto a mesma centralidade,[4] já o

4 Dentre as múltiplas partes, dos mais diversos tipos e registros de linguagem que encontramos no libreto, há também seções líricas; no entanto, justamente por se tratar de uma entre as várias formas de discurso que o compõe, nada justifica atribuir-

simbolismo profético pode nos conduzir na direção que desejamos. O que designávamos por esse termo era, mais do que um uso simbólico das imagens, a presença de um princípio de movimento transcendente e invisível, associado ao mundo sagrado, e que só se tornava acessível por meio dos símbolos. Ora, o sagrado aparece no libreto com notável frequência e de várias maneiras, seja nas imagens simbólicas, seja na construção formal dos poemas. Já na primeira cena da ópera, ele se corporifica na imagem do café. A cena seguinte também o revela tanto no provérbio do início quanto na fala final dos camponeses. A despeito de seu cenário muito mais realista do que o das demais, a primeira cena do segundo ato igualmente reativa o plano sagrado, sobretudo na "Endeixa da Mãe". Nela, a natureza é representeada como uma força mística que, sob a matriz do ciclo de morte e ressurreição, protagoniza a revolta contra os opressores. A segunda cena desse ato reinstaura o mesmo ciclo, associando-o aos acontecimentos históricos mais recentes, narrados a partir da perspectiva dos camponeses retirantes. E, por fim, o terceiro ato traz à tona o ato sacrificial – que nas seções anteriores aparecia em estado latente – e o benefício dele resultante.

Caberia, assim, indagarmos se essas constantes manifestações do sagrado ao longo do libreto articulariam ou não a continuidade que buscamos, e se haveria, assim, alguma afinidade de princípios entre a "Concepção melodramática" e "O Poema" que nos permitisse vê-los como um conjunto coeso, e não como duas partes conflitantes. Não podemos ne-

-lhes, de antemão, uma proeminência sobre as demais. No libreto, o lirismo não é, em princípio, mais do que um dos planos que constituem o mosaico.

gar a presença de narrativas relativamente lineares que, em alguma medida, organizam a sequência das cenas e, sobretudo, cada cena individualmente. Contudo, essas narrativas se formam de pequenos acontecimentos que, se não trouxessem à tona uma espessa simbologia, beirariam a irrelevância. Portanto, não é imediatamente nelas em que devemos buscar o essencial da ópera.

Movimento ao sagrado

Um bom ponto de partida para adentrarmos no nosso problema é lançar um olhar sobre a "Imploração da fome", oração ao grão do café que finaliza a primeira cena. No conjunto dos manuscritos de *Café*,[5] podemos encontrar uma transcrição de trechos de um poema atribuído ao bardo Taliesin,[6] intercalada com esboços de versos dessa e de

5 Manuscrito – *Café II* – Concepção melodramática. Série Manuscritos de Mário de Andrade. Arquivo do Instituto de Estudos Brasileiros da Universidade de São Paulo.

6 Comentando a literatura sobre poeta Taliesin, Flávia Toni ressalta que se trata de dois personagens homônimos. Um deles é um personagem histórico, um bardo "que serviu no reino de Urien de Rheged (c. 570-590) e de seu filho Owain ab Urien, bem como dos contemporâneos Gwallawg e Cynan Grarwyn, no noroeste da Bretanha, contando as aventuras do tempo das invasões anglo-saxônicas". A outra é um personagem lendário que teria inspirado outros poetas. Na sequência, a pesquisadora conjectura, a partir da análise comparativa dos materiais que tem à mão, que o Taliesin que Mário de Andrade conheceu, por meio do musicólogo francês Ernest David (Ernest David, *Études historiques sur la poésie et la musique dans la Cambrie*. Paris: Imprimerie Nationale, 1884), é o lendário, e não o histórico. TONI, Flávia Camargo. Café, *uma ópera de Mário de Andrade...*, *op. cit.*, p. 114-117.

outras seções do libreto, revelando um processo de apropriação e ressignificação por parte do autor brasileiro. Essa inspiração não apenas é reconhecida pelo próprio Mário[7] como também confirmada pela semelhança entre alguns dos versos de *Café* e os poemas de Taliesin.[8] Porém, mais do que uma semelhança superficial, é possível estabelecer uma analogia mais profunda entre o grão de café e o pequeno porco (*petit porc*), enquanto destinatários do Eu lírico e testemunhas da infelicidade, destruição, dominação e derrota, bem como das promessas futuras. No entanto, o pequeno porco é convocado a ser apenas uma testemunha passiva, uma espécie de depositário da história, ao passo que o grão do café revela uma essência sagrada. Os estivadores dirigem-se a ele não apenas como a uma testemunha, mas, mais do que isso, como a uma divindade natural. O café é, mais do que um observador externo, testemunho de uma história, à maneira do papagaio no *Macunaíma*, pois participa dela: não apenas é também vitimado pela desgraça como toma parte na sua superação. A sua participação na história se dá sob a matriz do rito sacrificial de morte e ressurreição, segundo a qual a morte de um ser vivo, longe de ter um caráter absoluto e definitivo, é o primeiro momento de um ciclo que termina reengendrando a vida:

> Oh, grão pequenino do café, escuta o meu segredo
> Grão pequenino
> Não te escondas no *silêncio infecundo*

---

7 ANDRADE, Mário de. *Café* – Introdução. In: TONI, Flávia Camargo. Café, *uma ópera de Mário de Andrade..., op. cit.*, p. 178.

8 Para transcrição e tradução do poema de Taliesin tomado como fonte de inspiração para “Imploração da fome”, v. Anexo I.

Grão pequenino
Não te escondas na *paz* falsa da *morte*, a fome indica
os caminhos
A fome vai fatalizar os braços
Grão pequenino do café!

Pois não escutas o rebate surdo das ventanias
Grão pequenino
Não vês o clarão breve dos primeiros fogos
Grão pequenino
Logo eu te *acordarei* da paz falsa da morte
E tu *reviverás*, razão da minha vida
Grão pequenino do café![9]

Os estivadores revelam ao "grão pequenino" que essa morte é um esconderijo, um silêncio infecundo, uma falsa paz – não uma morte simples, como a de um mero ente natural, e sim provisória. A sua paz é falsa e o seu silêncio é apenas aparente, pois há um futuro por se realizar. A proximidade entre vida e morte e o caráter relativo e passageiro desta indica, com efeito, que estamos no terreno dos rituais de sacrifício, nos quais a consagração de alguma pessoa ou objeto se faz por meio da morte ou destruição. Ao mesmo tempo, essa morte nos remete a um fenômeno histórico ainda pulsante na memória das pessoas àquela época – as queimas de imensas quantidades de café –, transpondo-o para o plano simbólico e sagrado. A referência ao sacrifício ainda se reforça na medida em que o Eu lírico se apresenta como uma espécie de vítima sacrificial, já que a fome que o penaliza ad-

9 ANDRADE, Mário de. *Café* – O Poema. In: TONI, Flávia Camargo. Café*, uma ópera de Mário de Andrade...*, *op. cit.*, p. 213. [Grifos meus.]

quire um sentido religioso. Ela indica os caminhos e fataliza os braços, conduzindo à guerra.

Há uma notável ambivalência da posição do Eu lírico. Em alguns momentos, este se mostra passivo e contemplativo diante dos acontecimentos naturais, ao passo que a natureza revela uma atividade revolucionária, visível no "rebate surdo das ventanias" e no "clarão breve dos primeiros fogos", imagens que anunciam a vida renovada por vir. Porém, em outras passagens, os estivadores e suas mulheres se colocam ativamente, prontos para a guerra. Embrião da nova vida, a guerra assume, simultaneamente, um sentido de mística natural e de atividade humana; ela aparece como um ato divino, mas também mundano. Ambas as faces coexistem de maneira inseparável. Os estivadores e suas mulheres se apresentam, ao mesmo tempo, como protagonistas ativos e contempladores passivos de um movimento sagrado. Essa ambivalência ainda se reforça se levarmos em conta que, segundo a "Concepção melodramática", é o café que confidencia aos estivadores "o segredo que eles não se animavam a se revelar", e não o contrário, como nos dão a entender os versos supracitados.

O importante aqui é observar que o caráter religioso dessa relação que os estivadores estabelecem com o café, bem como a sua posição ambivalente, ao mesmo tempo ativa e passiva, quanto ao destino, aparecem aqui como desfecho de um movimento traçado pelos poemas anteriores da mesma cena. Dentre estes, há dois que aqui interessam: "Coral do queixume" e "Coral das famintas". O primeiro é um texto em verso livre, cantado pelo coro dos estivadores, os quais apresentam as origens de sua miséria, narram um passado feliz, localizam o evento que lhe pôs fim e se indagam a respeito do futuro. Esse relato articula quatro tempos distintos, identificáveis já na primeira estrofe:

> Minha terra perdeu seu porte de grandeza...
> O café que alevanta os homens apodrece
> Escravizado pela ambição dos gigantes da mina de ouro.
> A planta nobre, o grão civilizador
> Que jamais recusou sua recompensa
> Nada mais vale, nada mais.
> Que farei agora que o café não vale mais![10]

O primeiro verso relata um acontecimento pontual do passado: a perda de valor do café. Esse fato surgiu como consequência da "ambição dos gigantes da mina de ouro", isto é, da classe proprietária. O segundo verso apresenta a ideia de um passado imperfeito, anterior a essa ação pontual, ou seja, de um tempo feliz em que o café ainda provia o necessário para uma vida plena. É curioso notar que esse tempo de uma felicidade originária é apresentado por meio de um verbo conjugado no presente (alevanta), e não no pretérito imperfeito (alevantava), sugerindo que esse passado originário ainda não passou e que a qualidade de alevantar os homens pertence à essência imutável e atemporal do café, não afetada pelas mudanças históricas. Contudo, isso se modifica na segunda estrofe, quando esse estado anterior volta a ser narrado no tempo que lhe corresponde (o pretérito imperfeito), reforçando, assim, a diferenciação temporal que o início da primeira estrofe tendia a dissolver:

---

10 ANDRADE, Mário de. *Café* – O Poema. In: TONI, Flávia Camargo. Café*, uma ópera de Mário de Andrade...*, *op. cit.*, p. 210.

> Essa força grave da terra *era* também a minha força.
> Ela *era* verde e me *ensinava* o futuro
> Ela *era* encarnada e audaciosa
> *Era* negra e *aquentava* o meu coração.
> Foi ela que *deu* à minha terra o seu porte de grandeza
> E hoje nada mais vale, nada mais.[11]

Até aqui, vimos três tempos diferentes: um passado imperfeito em que o café garantia uma vida plena, um presente em que ele "nada mais vale" e uma ação pontual que separa ambos. Tudo o que neles ocorreu antecede a abertura das cortinas. São acontecimentos que não ocupam, pois, o *plano dramático*, mas apenas aquilo que poderíamos designar como o *plano da fabulação*, constituído pelas memórias e narrativas dos personagens a respeito de situações e episódios que estão para além dos limites dramáticos de tempo e espaço, isto é, dos acontecimentos que se dão à vista do espectador e no momento da apresentação teatral. Há certamente uma continuidade entre o *plano da fabulação* (passado) e o *plano dramático* (presente), já que o estado resultante do ato criminoso dos "gigantes da mina" se prolonga até o presente e os seus efeitos continuam vivos no abrir das cortinas. A interrogação que finaliza a primeira estrofe já ultrapassa os limites da narração e reverbera no plano dramático: "Que farei agora que o café não vale mais!". A partir do momento em que os estivadores lançam uma pergunta sobre o seu próprio agir, o tempo deixa de ser objeto de exposição e se torna um problema imanente e imediato. Ele se associa não mais

---

11 ANDRADE, Mário de. *Café* – O Poema. In: TONI, Flávia Camargo. Café*, uma ópera de Mário de Andrade*..., *op. cit.*, p. 210. [Grifos meus.]

à memória e à narração, mas à especulação e à expectativa sobre o que está por vir, lançando os personagens sobre o terreno do desconhecido, do ainda não vivido, daquilo que eles e os espectadores passarão a conhecer simultaneamente. E é principalmente à análise desse tempo "dramático", diferente do tempo mnemônico da fabulação, que devemos submeter a nossa questão sobre a dinâmica interna do libreto, ou seja, sobre a temporalidade que seu texto atualiza na forma, e não apenas representa como tema. Desse ponto de vista, o momento decisivo do poema é a inflexão que o texto sofre na passagem da segunda estrofe supracitada para a seguinte:

> Café!... Café!... Eu exclamo a palavra sagrada
> Café!... O seu fruto me trazia o calor no coração
> Era o cheiro da minha paz, o gosto do meu riso
> E agora ele me nega o pão.
> Que farei agora que o café não vale mais!
>
> Porte de grandeza, odor da minha terra, força da minha
> vida
> Que farei agora que pra mim não vales mais![12]

O Eu lírico suspira. Exclama três vezes "a palavra sagrada". O discurso se desloca, assim, da narração e da descrição para a exclamação e a expressão. Ademais, o segundo verso sugere uma ambiguidade, resultante da própria ambiguidade gramatical do pronome possessivo "seu", que pode se referir tanto à segunda pessoa do singular (você) como à terceira (ele, ela). Certamente, somos tentados a solucionar essa ambiguidade em favor da terceira pessoa, já que a informalidade do

12 ANDRADE, Mário de. *Café* – O Poema. In: TONI, Flávia Camargo. Café*, uma ópera de Mário de Andrade...*, *op. cit.*, p. 210.

"você" destoa do tom solene desses versos, gerando um ruído de estilo. Contudo, isso não impede que as repetições da palavra "café" possam ser tomadas também como um vocativo dirigido ao café, e não apenas como uma exclamação. Apesar de ser negada pelos dois últimos versos dessa estrofe, em que o grão volta a ser designado em terceira pessoa, essa hipótese é confirmada pela curta estrofe seguinte, que encerra a seção. Nela, o café se torna explicitamente o destinatário do Eu lírico. O seu último verso é uma variação da interrogação que encerra a primeira e a terceira estrofes, variação esta que consiste justamente na passagem da terceira pessoa ("o café não *vale* mais") para a segunda ("pra mim não *vales* mais").[13] Esse desvio da linguagem, que faz o café aparecer como interlocutor, esclarece retrospectivamente que o verso anterior não é, a rigor, uma enumeração dos atributos essenciais do café, como podem dar a entender em princípio, mas três vocativos equivalentes, por meio dos quais o Eu lírico se dirige ao café.

Essa inflexão do discurso narrativo para o interpelativo é o primeiro "acontecimento" que se dá em tempo presente – pois toda a narrativa que vem antes designa eventos

13 O que ocorre nessas duas últimas estrofes é análogo à modulação musical, um processo harmônico pelo qual se caminha de uma tonalidade para outra. Nos processos mais simples de modulação, os acordes intermediários podem ser percebidos como pertencentes tanto à tonalidade de origem quanto a outra ou outras chamadas tonalidades vizinhas, de modo que, antes da conclusão cadencial, o processo harmônico pode se dirigir a qualquer uma dessas tonalidades. Seria perfeitamente concebível que uma frase musical harmonicamente ambígua fosse concluída na tonalidade de origem, mas que a frase seguinte se iniciasse em outra tonalidade potencialmente contida na anterior, embora negada na sua conclusão cadencial.

já ocorridos antes do abrir das cortinas – e, nesse sentido, é também a primeira "ação" dramática. Ela revela uma saída dos estivadores da posição contemplativa e distanciada em direção a uma atitude interessada e a um investimento no presente. Os personagens avançam da segurança da posição de um narrador, que não é diretamente afetado por aquilo que narra, à dúvida e à expectativa dramática; não rememoram mais um passado conhecido, mas se enredam no devir de um presente ainda inapreensível ao conhecimento. E a pergunta pelo que fazer, aparentemente apenas uma introspecção sem destinatário, acaba se dirigindo ao próprio café, que, na ausência de outros personagens dramáticos, torna-se ele próprio um interlocutor do Eu lírico, assemelhando-se, assim, a um personagem. Porém, o Eu lírico não se dirige ao café como a um personagem dramático nem como a um mero depositário da história, tal qual o "pequeno porco" de Taliesin, mas como a uma divindade, a quem o fiel recorre na esperança de ter o seu caminho iluminado. O sagrado surge, assim, frente a uma pergunta pela ação em um contexto em que os protagonistas parecem não encontrar meios para agir enquanto personagens "dramáticos". Com essa passagem da imanência à transcendência, que se dá mais na forma do que no conteúdo, estabelece-se um tipo de relação religiosa muito semelhante à da "Imploração da fome".

Logo em seguida, após um jogo de truco que equilibra a atmosfera pesada da cena com um pouco de diversão e alegria, as mulheres dos estivadores chegam esfomeadas pela porta do fundo, implorando pão. Nesse momento, inicia-se uma movimentação que logo repousa em um quadro vivo, dando início ao "Coral das famintas". O texto dessa seção apresenta certos traços de lirismo, embora não possa ser qualificado exatamente como uma lírica, seja pelas suas frases secas e diretas, que desconhecem a sublimação lírica, seja pela sugestão de uma revolta irrefreável, que transcende a passividade expressiva da lírica. Assim como o "Coral do queixume", o "Coral das famintas" não é estático. Ele se inicia com versos livres e apresenta, em seguida, uma parte em redondilhas menores, organizadas em estrofes de seis, sete e oito versos, respectivamente, sendo o sétimo e o oitavo sempre repetições do sexto. Com isso, passamos de uma parte que dá mais ênfase à semântica das palavras e frases a outra parte mais musical, embalada pelo ritmo regular. Entretanto, essa diferença entre os versos longos e irregulares do início e o moto-perpétuo das redondilhas menores é equilibrada pelo seccionamento do ritmo dos primeiros em pequenas frases semelhantes às dos versos em redondilha, de modo que a dicção das frases muda muito pouco na passagem da primeira para a segunda parte. Assim, o efeito é menos o de uma ruptura do que o de um aceleramento rítmico, que acompanha a progressiva intensificação dos afetos e culmina no estado de delírio hipnótico, catalisado pelas repetições do verso "Eu quero o meu pão".

Além disso, há uma concentração semântica nessa passagem. A primeira seção ainda apresenta uma justaposição não hierárquica de ideias e impulsos anímicos difusos: fome, revolta, imagens da miséria, despersonalização mística, otimismo e até "decisão":

> **As Mulheres (em frases amontoadas):**
>
> — Eu tenho fome! meus braços já se armam na ordem fatal da maldição!
>
> — Não sou mais eu! Não choro mais em vão!

> — Porto parado! mar vazio! sangue à vista!
>
> — Eu tenho fome! Na minha boca nasce a palavra da decisão!
>
> — Não sou mais eu! chegou a hora da destruição![14]

Há aqui uma simetria: os dois versos finais são uma repetição variada dos dois iniciais, a qual é separada destes por um verso intermediário contrastante. Porém, se essa simetria confere ao trecho certo ordenamento de ideias, estas ainda aparecem de uma maneira relativamente dispersa, sobretudo se comparadas aos versos seguintes, que enfatizam a ideia da fome. Todas as estrofes da segunda parte são iniciadas com o verso "Não aguento a fome" e terminam com "Eu quero o meu pão!", verso este que ganha consecutivas repetições ao longo das estrofes. Dessa forma, a imagem da fome constitui uma espécie de estribilho, repetido ao início e ao final das estrofes, subsumindo a si todo o seu texto intermediário. Mas a linguagem deste sofre mudanças. Na primeira estrofe da segunda parte, ela é descritiva e articulada, portanto pouco expressiva: "Deus dorme nos ares/Os donos na cama/Acordo no chão". Já a segunda estrofe – "Malditos os homens/Maldito este tempo/Maldita esta vida" – testemunha a euforia das mulheres e, ao mesmo tempo, sugere um esconjuro. Como o verbo foi elidido, não sabemos se se trata do indicativo (malditos são) ou do imperativo (malditos sejam), de modo que esses versos tanto podem exprimir a maldição que pesa sobre os homens, o tempo e a vida, quanto designar o próprio ato de amaldiçoar, praticado pelo Eu lírico: mantém-se, pois, uma ambivalência entre o discurso descritivo e a palavra-ação. A terceira estrofe

14 ANDRADE, Mário de. *Café* – O Poema. In: TONI, Flávia Camargo. Café*, uma ópera de Mário de Andrade...*, *op. cit.*, p. 212.

sugere também uma disposição passional do Eu lírico para o agir: "Ódio em minha boca/Sangue nos meus olhos/Ordens nos ouvidos"; no entanto, a sua peculiaridade é o desarmamento da hierarquia sintática, que estabelece uma subsunção da parte ao todo e dos predicados ao sujeito, de modo que o predicado ganha um destaque maior do que o Eu a que ele se refere. Se o sentido da estrofe anterior estava entre a denúncia e a maldição, aqui o tom é o da palavra de ordem, porém a ordem não se dirige a sujeitos, e sim a forças heterônomas que lhes possuem os órgãos do corpo. O Eu lírico não faz mais a mediação entre a paixão (subjetiva) e a ação (objetiva), pois esta não parte de uma decisão subjetiva, fundada na paixão, mas de órgãos emancipados do Eu. A paixão se torna, por assim dizer, imediatamente ação, sem a mediação do sujeito, já que as paixões, o "ódio" e a cólera – representada pelo sangue –, já não são atributos do sujeito, mas entidades que agem por si mesmas, heterônomas em relação a ele. Estamos nas imediações dos rituais de possessão, embora a possessão não apareça aqui como consequência de uma busca voluntária, a exemplo dos rituais de feitiçaria pesquisados ou registrados por Mário de Andrade pelo Brasil afora,[15] mas surja involuntariamente da fome, que leva as mulheres dos estivadores ao delírio e ao enfraquecimento do Eu, criando, assim, a atmosfera encantatória da oração ao café, na seção seguinte.

O gradativo *crescendo* passional, que se expressa tanto na linguagem quanto no ritmo, é correlato ao processo de encantamento e ofuscamento da individualidade do Eu lírico. Esse ofuscamento já era visível nos versos iniciais, em falas como "não sou mais eu", "meus braços já se armam na ordem

15 Cf. ANDRADE, Mário de. *Música de feitiçaria no Brasil*. Belo Horizonte: Itatiaia, 2006.

fatal da maldição", "na minha boca nasce a palavra da decisão"; porém, é por meio do processo descrito anteriormente que ele ganha uma formulação mais compreensível e organizada, a qual permite, entre outros aspectos, fixar a centralidade do tema da fome enquanto disparador do estado encantatório que dissolve o eu, isto é, o ponto de mediação entre a paixão e a ação. Assim, a fragmentação do Eu em órgãos emancipados e a sua associação a forças heterônomas aparecem como corolário de um processo em que a dessemantização, o embalo rítmico e a repetição hipnótica do tema da fome tendem a levar o Eu lírico ao limite de sua própria condição de existência, ou seja, a um estado místico que desconhece o limite entre o eu e o outro. Isso prepara a atmosfera mística da oração ao café, que se inicia logo em seguida, no momento em que os estivadores lançam a pergunta "Quem pode dar pão!...", como se buscassem verter o desespero das famintas ao terreno pragmático. Desse modo, mais do que pintar um retrato estático do sofrimento das mulheres, o "Coral das famintas" traça um percurso que conduz de um problema profano e concreto – a fome – ao seu desfecho místico e religioso em "Imploração da fome". Assim, o ato religioso propriamente dito surge como algo quase involuntário; não parte de uma decisão, mas de uma condição incontornável de fome que enfraquece a razão e a semântica, engendrando um estado encantatório.

Em suma, a oração ao café aparece como um ponto de chegada de duas outras seções que perfazem o movimento do profano ao sagrado, dando, então, um encaminhamento religioso a uma temática profana. A primeira fixa o café como uma divindade religiosa, enquanto a segunda prepara o estado encantatório que marcará a relação dela com os humanos, ofuscando o limite que os separa.

A profecia e sua manifestação sensível

A cena seguinte apresenta uma seção dialógica, levando-nos às adjacências do drama. Contudo, o tom profético anunciado pelo cenário e pelo texto inicial da cena já trai de partida essa incursão dramática, sugerindo um destino fatal, indiferente ao conflito que ela apresenta. Com efeito, a fatalidade da desgraça, anunciada no início, cumpre-se no final, e o "drama", em vez de tensioná-la, conferindo liberdade aos personagens e equilibrando o conflito, paradoxalmente parece reforçá-la. Ele não aparece como um princípio de articulação temporal imanente, mas como um meio de transposição do sentimento abstrato de fatalidade para o universo habitual das relações sociais interclassistas; não *apresenta* um puro acontecer, mas *representa* um acontecimento que se dá em outro plano.[16] Esse diálogo ocorre logo após o "Coral do provérbio", uma parte fundamentalmente cênica, musical e coreográfica em que os camponeses cantam o provérbio "laranja no café é azeda ou tem vespeira". No início, os colonos e os ex-donos da fazenda conversam em um mesmo registro de fala, marcado pela retórica:

> **Os Donos (*solenes*):**
>
> A ordem é de expulsar o que maltrata as árvores inocentes!
>
> **Colonos (*homens melancólicos e mansos*):**
>
> Malvado o que abusou da inocência do fruto, o encarcerando nos armazéns insaciáveis, o queimando nas caieiras clandestinas da madrugada!

---

16 Cf. SZONDI, Peter. *Teoria do drama moderno (1880-1950), op. cit.*, p. 26.

Os Donos (*ásperos*):

Tonto é o que fala sem saber as altas leis da História!

Colonas (*se abespinhando, a várias vozes amontoadas*):

História! A fraqueza do humilde, a esperteza do sábio! ...[17]

Os camponeses são aqui representados de maneira não realista. A retórica eloquente e o caráter elevado de suas falas, cujo tom apostrófico e demagógico incomodou, não sem razão, Antonio Candido,[18] é incompatível com a fala do trabalhador do campo. Ainda assim, essa proximidade entre a fala dos donos e dos camponeses parece contribuir para a possibilidade de um diálogo, dificilmente concebível se ambos falassem em registros desencontrados. Porém, as falas dos donos da fazenda não buscam o diálogo e, por meio dele, a persuasão, mas o evitam. A primeira fala indica a intenção de expulsar "o que maltrata as árvores inocentes". Mais do que expressarem a sua indignação ao ato, ou de exigirem esclarecimentos, os donos mostram-se desinteressados pelo diálogo. Logo após os colonos devolverem aos donos a acusação dirigida contra o suposto malfeitor das árvores e os repreenderem pela queima de café, estes respondem deslegitimando a queixa dos colonos pela sua suposta inferioridade intelectual, por desconhecerem "as altas leis da história" – dando

---

17 ANDRADE, Mário de. *Café* – O Poema. In: TONI, Flávia Camargo. Café, *uma ópera de Mário de Andrade*..., *op. cit.*, p. 214.

18 Carta de Antonio Candido a Mário de Andrade, 16 de janeiro de 1943. Arquivo IEB-USP, Fundo Mário de Andrade, MA-C-CPL, 6596. Ver Anexo III.

a entender que a história seria uma ciência contemplativa. Aos olhos dos donos da fazenda, os colonos não estão, pois, qualificados cognitivamente para o diálogo. Mas as colonas prontamente desmentem o pretenso caráter neutro e universal dessas "leis da história", revelando-as como formas de poder, usadas pelo "sábio" para manter o seu domínio sobre o "humilde". Assim, esse "nivelamento" da fala popular não é capaz de garantir o dinamismo dramático. Este dependeria de recursos mais profundos do que uma mera nivelação artificial do estilo, como se o problema da falta de coesão social se devesse à má educação do povo, testemunhada pela sua linguagem "baixa", ou seja, como se, em última análise, tudo se reduzisse a um mal-entendido.

Impossibilitado o diálogo, a fala dos camponeses desliza à dicção da fala popular: "Não posso mais! Não posso mais!", "Quem paga!", "Não pode ser!", "Fome chegou!" etc. Essa mudança de registro vem acompanhada de uma alteração no ritmo das falas, as quais abandonam a retórica das longas frases e se estilhaçam em pedaços de três ou quatro sílabas frequentemente repetidos. No entanto, tão logo a tensão entre os ex-donos e os camponeses começa a crescer, os comissários – representantes dos novos donos – intervêm, buscando acalmar os colonos por meio de uma retórica mecânica "de quem já sabe de cor o que vai falar": "Oh, fecundos trabalhadores rurais! Vós sois a fonte de toda a grandeza de nossa querida pátria! (...)", o que não afeta, contudo, o ritmo cortante da fala dos camponeses, que exigem o pagamento pelo seu trabalho. Esse contraste entre a linguagem rebuscada e retórica dos novos donos e as frases secas, curtas e desritmadas dos colonos foi apontado pelo professor e dramaturgo Sérgio Ricardo de Carvalho Santos como uma das mais interessantes passagens do libreto. A dissonância linguística registra no ritmo e na dicção, segundo ele, a diferença dos colonos "para com o mundo imperturbável dos proprietários, e para com a alegação sempiterna de que o problema é transcendental".[19] Além disso, o dramaturgo capta a ironia da expressão "falafalar", utilizada pelos proprietários para qualificar a suposta retórica dos colonos e desmentida pela quase ausência de fala destes. Sérgio de Carvalho ressalta também que a linguagem demagógica, de que Mário de Andrade lança mão na "Concepção melodramática" de *Café*, em geral de uma maneira acrítica, aqui não aparece mais como ponto de vista da obra, e sim como uma perspectiva parcial, submetida à crítica. A partir de então, o conflito se polariza: os camponeses reivindicam o pagamento pelo seu trabalho, e os proprietários se negam a pagá-los, escorando-se na suposta impossibilidade, mas almejando, ao mesmo tempo, mantê-los domesticados e pedindo-lhes paciência: "a paciência é a maior virtude do operário...". Desse modo, o diálogo chega a um impasse:

> **Donos e Comissários (*inocentérrimos*):**
>
> Mas que quereis vós que façamos nós!
>
> **Colonos (*tutti*):**
>
> Pagar!
>
> **Comissários e Donos:**
>
> Pagar não podemos.
>
> **Colonos:**
>
> Pagar!

19 SANTOS, Sérgio Ricardo de Carvalho. *O drama impossível...*, *op. cit.*, p. 194.

Comissários e Donos:

Pagar não podemos!

(...)

Comissários e Donos (*em uníssono*):

Paciência! Pagar não poderemos! Se arranjem![20]

Os movimentos dos protagonistas não afetam os antagonistas e vice-versa. Com o diálogo bloqueado, o desenvolvimento dramático roda em falso. Ora, todo diálogo dramático pressupõe certa dependência entre os personagens, o que relativiza a liberdade e, ao mesmo tempo, a distribui nos dois lados da balança, ainda que em porções desiguais. No entanto, aqui os colonos se apresentam em uma situação de dependência absoluta ou de falta total de autonomia, na medida em que não há qualquer ação por parte deles que possa influenciar os movimentos dos proprietários e exigir que se cumpram os termos da relação de troca entre trabalho e dinheiro instituída entre eles (a instituição da escravidão já havia sido abolida meio século atrás). Como contraparte disso, os proprietários estão em uma posição de independência absoluta: o fato de não pagarem nem cumprirem com esse acordo não lhes traz nenhuma consequência. Essa assimetria nas relações de autonomia e dependência é justamente o que faz com que o desenvolvimento dramático emperre. Para que ele ocorra, é preciso que os personagens dramáticos, pelo menos os principais, estabeleçam entre si relações mínimas de interdependência, ainda que se trate de indivíduos de diferentes níveis hierárquicos, senão nada pode acontecer. É

20 ANDRADE, Mário de. *Café* – O Poema. In: TONI, Flávia Camargo. Café, *uma ópera de Mário de Andrade...*, *op. cit.*, p. 215.

essa dependência o que torna útil e necessário o uso apelativo da linguagem. Se um personagem pretende influenciar, persuadir o outro, isso se deve ao fato de que a decisão do outro lhe interessa, pois afeta o seu destino ou, pelo menos, os seus planos imediatos. Quando os atos de um não interessam ao outro, pois lhe são indiferentes, a linguagem apelativa carece de função, de modo que o mecanismo dramático se torna inoperante, colocando o destino em suspenso.

É isso o que ocorre no diálogo desta seção. Vimos que as falas iniciais dos proprietários não buscam o diálogo, mas o desqualificam. Em seguida, quando os novos donos assumem a palavra, a sua retórica não convence os camponeses famintos. O fundo histórico cristalizado nesse diálogo é o esfacelamento dos vínculos sociais próprios a uma sociedade que, determinada pela alternância de ciclos econômicos que se esgotam rapidamente, de tempos em tempos torna os trabalhadores inúteis à acumulação capitalista, lançando-os à marginalidade, ao banditismo e ao bico na luta pela sobrevivência. Esse esfacelamento dos vínculos sociais se cristaliza dramaticamente na forma da polarização entre dependência absoluta e independência absoluta que descrevemos. Os proprietários já não dependem do trabalho dos camponeses e, inclusive, estão promovendo a sua destruição por meio das queimas de café e, inversamente, toda a retórica empregada pelos comissários na tentativa de domesticar as paixões dos camponeses é vã, pois esbarra em um fato incontornável – a fome – que nenhum palavreado é capaz de atenuar, e diante do qual a tristeza que os donos alegam, como para se mostrarem compassivos, torna-se irrelevante: "Tristeza não paga dívida!", "Triste de barriga cheia!", "Vou dar pra meu filho só leite tristeza!" etc. E é justamente essa fome incontornável que incendiará o *páthos* revolucionário.

Fora do terreno das relações recíprocas de interdependência entre os personagens, o conflito não engendra um desenvolvimento dramático. Em vez disso, ele se polariza em perspectivas antinômicas irredutíveis, incapazes de se confrontarem mutuamente e gerarem transformações na situação intersubjetiva, propagando circularmente a mesma situação inicial. Nesse sentido, o conflito perde a sua dinâmica própria e se cristaliza como uma justaposição de quadros estáticos de uma neutra heterogeneidade, assemelhando-se ao tratamento dos personagens coletivos dado por Mário de Andrade em "As Enfibraturas do Ipiranga"[21] e *O banquete*, uma obra a meio caminho entre um diálogo literário e um texto teórico e filosófico sobre a música. Em ambos os casos, o diálogo se assemelha a um mosaico de monólogos, pois as perspectivas parciais que ele apresenta não se deixam influenciar mutuamente. No caso de *O Banquete*, as situações que se armam caminham sempre para o impasse, e as perspectivas dos personagens polarizam-se cada vez mais, proibindo qualquer encaminhamento que pudesse levar a discussão ao fim ou, pelo menos, confrontar as diferentes perspectivas sobre um solo comum. A maneira que Mário de Andrade encontrou para fazer frente a esse bloqueio do diálogo foi desviando-o do foco ou interrompendo-o, por meio de uma causa externa, nos momentos em que ele se tornasse explosivo e parecesse conduzir a um beco sem saída. O conflito não é, pois, desenvolvido: arma-se e, logo em seguida, é abandonado por um acontecimento contingente. Isso torna-se evidente sobretudo no final do segundo, do terceiro e do quarto capítulos. O segundo termina quando o Pastor Fido

21 ANDRADE, Mário de. *Pauliceia desvairada*. In: _______. *Poesias Completas, op. cit.*

aponta a contradição de Janjão entre uma concepção musical progressista e uma concepção arquitetônica academicista, e clama pela unidade das artes. No terceiro capítulo, por sua vez, Siomara Ponga confronta Sarah Light e Félix de Cima devido à concepção artística parnasiana e elitista defendida por eles, contrapondo-lhe a defesa do estilo individual. Logo em seguida, no seu momento mais explosivo, a discussão é interrompida pela chegada de Janjão e Pastor Fido. Já no quarto capítulo, o Pastor Fido denuncia a disfarçada conivência de Sarah Light com a política cultural do governo. Nessa circunstância, o almoço é servido e, novamente, o diálogo é interrompido. Esse procedimento elimina a mediação entre o ponto de vista dos diferentes personagens, suspendendo, de certa maneira, o próprio diálogo, o qual se torna uma exposição de perspectivas irredutíveis. Sem ser conduzido ao desfecho, o conflito é suspenso por um acontecimento acidental, que cumpre a função de um *Deus ex machina*, usado pelo autor para destravar o enredo.

Guardadas as especificidades, há algo em comum entre *O Banquete* e a seção dialógica de *Café*: em ambos, o diálogo chega a um impasse devido à impossibilidade do confronto das diferentes perspectivas entre si, tendendo, assim, a se tornar uma exposição "monológica" de perspectivas isoladas. No entanto, se nesse sentido os diferentes "monólogos" se encontram como que dispostos em um plano neutro e homogêneo, disso não decorre nenhuma forma de relativismo ou de celebração festiva da diversidade, pois tanto em *O banquete* quanto em "A discussão", a classe dominante é sempre a que vence, embora isso não ocorra *por meio* do diálogo. Enquanto a seção dialógica de *Café* cristaliza o esfacelamento dos vínculos sociais no núcleo de produção de mercadorias, *O banquete* ilumina os nexos entre a economia e a arte, ou melhor, entre a riqueza e a arte no Brasil, colocando em relevo, entre outros aspectos, a inexistência de uma economia da música autônoma e autossustentável, e a consequente subserviência direta ou indireta dos artistas a uma burguesia antiartística que tende a ver a arte – europeia, bem entendido – como uma espécie de luxo, de distintivo social, que a faz se sentir mais "europeia"[22] em meio a uma população da qual não deseja se aproximar.

Voltemos à cena em questão. Embora com conotações diferentes, essa interrupção – ou suspensão – do diálogo por um evento que lhe é externo reaparece no final de "A discussão". Uma vez que os camponeses não encontraram no diálogo dramático um caminho para atenuar a sua situação de miséria, talvez o único desfecho imanente verossímil para essa cena seria o enfrentamento corpo a corpo entre os donos e os camponeses, substituindo o conflito dialógico pela força bruta. E, de fato, tudo caminha para isso: os donos empunham as suas armas e os camponeses agarram paus e enxadas para partir para a briga. Tendo-se em vista a desigualdade de condições dessa luta, não seria necessário muito exercício de imaginação para prever os proprietários dizimando os camponeses, degenerando-se o conflito dramático na trivialidade de uma eliminação física, portanto contingente, de um agonista pelo outro. Seja como for, permanecendo na imanência espaciotemporal do drama, nenhum desfecho parece capaz de se colocar à altura da situação "dramática" apresentada, pois a forma dramática já não encontra aqui meio de realização.

22 A esse respeito, vale ressaltar que a milionária Sarah Light não desejava financiar a arte de Janjão por reconhecer nela uma qualidade artística, mas sim por nutrir pelo músico um interesse sexual, alimentado pelo seu "exotismo".

Mas eis que, nesse momento, tudo para. A orquestra se cala, o diálogo é interrompido, os colonos ameaçam investir contra os donos e se retraem, e estes, por sua vez, também se afastam e preparam as suas armas. Desse silêncio surge, secreta e invisivelmente, a decisão de fugir da fazenda. A transparência do diálogo dramático, cujos vaivéns são apreensíveis à razão, é substituída pela obscuridade de um silêncio místico que, em seguida, é subitamente cortado pelo ataque da orquestra e pela frase dos colonos anunciando a decisão de partir. Depois, as velhas camponesas entoam outra vez o provérbio, retomando o tom de fatalidade profética do início da cena. Desse modo, saímos da imanência do drama e retornamos à esfera transcendente. A decisão da fuga surge por meio de um movimento secreto, que ocorre em outra esfera, não visível no cenário, portanto externo ao universo espaciotemporal representado em cena. Embora ainda indeterminada, essa esfera transcendente parece imprimir na consciência dos camponeses uma crença incompreensível de que há um futuro possível para além da aniquilação completa, de que dificilmente escapariam se enfrentassem fisicamente os seus adversários.

No entanto, é só no "Coral do abandono" que essa transcendência se torna positivamente apreensível. As primeiras cinco estrofes dessa seção são inconfundivelmente líricas e sobreviveriam como tal mesmo isoladas do contexto da ópera. Elas são a cristalização poética do assombro diante da anulação física e simbólica do Eu lírico na eternidade de uma "boca aberta" que já não fala mais, "Boca aberta a que ninguém responde/Boca aberta que o sol dos verões seca logo/A que a poeira apaga a voz".[23] Em que pese a particularidade de uma

23 ANDRADE, Mário de. *Café* – O Poema. In: TONI, Flávia Camargo. Café, *uma ópera de Mário de Andrade…*, *op. cit.*, p. 218.

introspecção lírica pronunciada na forma coral, nada até aqui compromete o discurso lírico e o seu pressuposto fundamental: a autonomia do Eu lírico. Contudo, a partir da sexta estrofe começa algo diferente. Ali avançamos do coral masculino a seis vozes para um *tutti* coral, o que acarreta não apenas uma mudança na textura sonora, mas também um deslocamento de perspectiva do Eu lírico, que passa a representar todos os camponeses em cena, tornando-se mais universal. Porém, não se trata de um *tutti* qualquer, e sim de um de natureza harmônica e caráter hínico. Em oposição à textura polifônica, cuja essência reside no equilíbrio entre a individualidade das vozes melódicas e as suas inter-relações em conjunto, a textura harmônica implica uma combinação entre as diferentes vozes construída de tal modo que elas se fundam em uma sonoridade geral, na qual o conjunto é valorizado em detrimento dos caracteres individuais, que tendem a ser reduzidos ao mínimo. Em acordo com as potencialidades da escrita harmônica, o caráter hínico sugere o tom eufórico, comemorativo ou convocatório e associa-se, na seção de que estamos tratando, à mobilização do Eu lírico para a revolta. Além disso, passamos aqui do verso livre ao decassílabo, com um padrão de rimas de que a parte anterior carecia. Respaldado nessa nova atmosfera geral, o texto da sexta e da sétima estrofes marcam claramente o abandono do discurso lírico:

> Povo sem nome das terras aradas
> Tu vais morrer na poeira das estradas!
>
> Mas uma voz te mandará do espaço
> A lei maior te fataliza o braço![24]

24 ANDRADE, Mário de. *Café* – O Poema. In: TONI, Flávia Camargo. Café*, uma ópera de Mário de Andrade..., op. cit.*, p. 218.

O centro de referência é o *tu*, e não mais o *eu*, embora quem fala sejam os mesmos colonos, referindo-se, por meio desse *tu*, a si mesmos, como se fossem um outro. Ou melhor, não são eles que falam: uma voz vinda do "espaço" fala pela sua boca. Essa passagem da quinta para a sexta estrofe indica mais precisamente do que qualquer outra o caminho da imanência à transcendência, no conteúdo e na forma.

Em primeiro lugar, esse deslocamento de referência do *eu* para o *tu* faz deslizar o enunciador da fala para fora do Eu lírico. Esse deslocamento não é gratuito. No encerramento da seção anterior do poema, o Eu lírico representava a si mesmo na imagem de uma voz silenciada e apagada pelo tempo, de uma desgraça fadada a cair no esquecimento. Essa boca aberta silenciada, "a quem ninguém responde", é aqui reanimada ao ser possuída por uma consciência transcendente e sem corpo, mas que se incorpora momentaneamente na voz dos camponeses. Portanto, essa voz transcendente surge na fala dos colonos tão logo estes dão o seu último suspiro, ao verem a sua própria voz esgotada e soterrada. Além disso, a repetição da expressão "boca aberta" nos três penúltimos versos forma uma espécie de mantra que prepara a atmosfera encantatória da estrofe seguinte e, ao mesmo tempo, reforça o sentido de uma busca desesperada por um interlocutor como meio de salvar essa voz do esquecimento, evitando que a morte física implique a morte simbólica e absoluta.

Em segundo lugar, a sétima estrofe apresenta uma oração incompleta e aberta, em que a função sintática de cada parte não é clara. Essa oração poderia ser completada pelo menos de três maneiras diferentes: "Mas uma voz maior te mandará [algo] do espaço", "Mas uma voz maior [alguém] te mandará do espaço", "Mas uma voz maior te mandará do espaço/A lei maior [que] te fataliza o braço". A atmosfera misteriosa anunciada pelo conteúdo se decanta em uma estrutura gramatical obscura, a qual contrasta com a transparência dramática da seção precedente e também com a clara sintaxe da lírica imediatamente anterior, sugerindo que a linguagem absorveu um conteúdo que é incapaz de metabolizar. Assim, o desdobramento do Eu lírico em voz própria – ou corpo próprio – e consciência alheia é uma representação estética do embaralhamento entre o sagrado e o profano, o eu e o outro, a autonomia e a heteronomia. E essa manifestação do sagrado, que toma corpo na voz dos camponeses, produz efeitos que prometem uma revanche:

> Muitas vezes a gente se revolta
> Não que falte a paciência de lutar
> Muitas vezes a gente se revolta
> Por incapaz de não se revoltar.[25]

Aqui os camponeses voltam a ser os enunciadores da própria fala. A voz do espaço, que os possuía e falava pela sua, desaparece, restaurando, assim, a imanência. Mas isso não significa um retorno ao discurso lírico. Primeiro, porque, ao usar a forma coloquial da primeira pessoa do plural (a gente), a fala assume um caráter coletivo, de modo que, no lugar do Eu lírico, há um "nós" lírico. Segundo, porque existe certo tom de palavra de ordem nesses últimos versos, o que os afasta da sublimação expressiva e do recolhimento lírico.

25 ANDRADE, Mário de. *Café* – O Poema. In: TONI, Flávia Camargo. Café*, uma ópera de Mário de Andrade...*, *op. cit.*, p. 218.

Assim, a seção intermediária do poema estabelece um corte, separando um antes e um depois: um antes lírico, que cristaliza a experiência individual dos camponeses de um silencioso e absoluto desaparecer, e um depois na forma de um brado coletivo e convocatório, que parece surgir como um benefício dessa intervenção do sagrado. A revolta contra os opressores ganha aqui dois traços marcantes, ambos resultantes da entrada do Eu lírico em um estado de possessão mística: ela surge associada à união dos indivíduos em uma coletividade: "a gente se revolta", e não "eu me revolto"; e aparece como uma fatalidade, um movimento irrefreável – "Muitas vezes a gente se revolta/por *incapaz* de não se revoltar" –, e não como consequência de uma decisão frente à alternativa entre lutar ou não lutar, em uma espécie de cálculo político.

O "Coral do abandono" traça, portanto, um movimento que se inicia com uma lírica, cujo Eu lírico desliza, contudo, em direção a uma encantação mística que dissolve a sua unidade, tornando-o heterônomo à ação de forças transcendentes, e termina com uma convocação para a revolta. De certa maneira, esse movimento é um microcosmo da ópera como um todo, cuja camada mítica e ritualística estabelece uma espécie de equação secreta que transforma o grito de desespero dos oprimidos em revolta e luta de classes. Vale observar que o momento de deslizamento do discurso lírico para a encantação mística coincide com aquele em que se sela a impossibilidade do diálogo e até mesmo da escuta. E o chamado para a revolta sucede à encantação mística.

Nessa cena, ainda mais do que na anterior, o sagrado aparece como resposta aos impasses do plano imanente. Porém, há aqui uma diferença fundamental: enquanto na anterior o sagrado é um objeto de culto por parte dos estivadores, surgindo apenas como intenção de um gesto religioso, nesta ele aparece a partir de seu próprio movimento, isto é, não existe apenas *para* os trabalhadores, mas sim enquanto força externa e independente a eles, cristalizada na forma. Se o movimento fundamental traçado pela cena anterior é o de uma busca que parte dos estivadores e se dirige ao sagrado, nesta vemos uma dinâmica inversa, que parte do sagrado em direção aos humanos, evidenciando o primeiro enquanto um agente separado, e não apenas como objeto de uma intenção religiosa humana. Mais do que uma representação, esta cena manifesta uma atividade do sagrado.

Retornando à nossa questão inicial, podemos afirmar, a partir das análises de "Companhia Cafeeira S.A." apresentadas acima, que estamos bem distantes da ideia de obra fragmentária. Primeiro, porque o encadeamento entre as suas duas principais seções – "A discussão" e o "Coral do abandono" – coloca-nos em sintonia com o próprio espírito do drama musical e as suas tradicionais alternâncias entre momentos de ação (recitativo) e de recolhimento lírico (arioso). Segundo, porque há uma temporalidade que unifica e funcionaliza as partes: o ritmo profético. A profecia já aparece no provérbio que antecede a cena dialógica e cuja mensagem ainda é reforçada pelo contraste pictórico entre a laranja e o café. As seções seguintes, dramática e lírica, não desfazem nem tensionam esse princípio profético; antes, como vimos, apenas o transpõem para o plano imanente e, em seguida, realizam a passagem mágica do fatalismo da morte à inflamação da cólera coletiva. Desnecessário apontar, também aqui, as analogias desse processo com o ritual sacrificial de morte e ressurreição.

O dualismo e a unificação pelo mito

A primeira cena do segundo ato é ambientada em um cenário que, dentre todos os da ópera, é o mais propício ao drama. Isso acontece por duas razões. Primeiro, ao contrário dos outros cenários expressivos, que extravasam o espaço físico do palco e se prolongam virtualmente na pintura do fundo, tudo aqui se restringe ao espaço real, sem prolongamentos virtuais nem imagens proféticas. Purificada de todo simbolismo e de toda expressividade pictórica, ela se presta bem mais propriamente à ambientação dramática. Segundo, a imagem da câmara dos deputados e o tema do conflito político que ela representa levam a um alinhamento entre forma e conteúdo, já que a forma conflitual das sessões parlamentares se assemelha à dos embates interpessoais próprios ao drama. Com efeito, vale notar que essa é a única cena em que os principais personagens são indivíduos, e não coletividades. Certamente, deve-se salientar que a atuação dos deputados em uma câmara não parte da liberdade individual, mas de um mecanismo de representação, por meio do qual ela substitui a ação de vários indivíduos. No entanto, devemos nos lembrar que também os personagens de *Café* representam grupos sociais, mesmo nas cenas mais próximas ao drama, reforçando assim a correspondência entre forma e conteúdo.

Contudo, essa correspondência se realiza de maneira invertida: não institui o diálogo dramático como meio de cristalização estética do conflito político, mas, pelo contrário, dissolve a mecânica dramática, fornecendo assim uma imagem estética da política institucional desvirtuada. Mário de Andrade adota a farsa como meio de representação de uma câmara desnaturada, descaracterizada em sua essência, e de exposição de "tudo quanto de falsificação e de ridículo, os anões subterrâneos do servilismo, fizeram das câmaras que a história conta. Ineficientes, traidoras e postas ao serviço dos chefes".[26] A cena já começa em tom de zombaria, e a primeira "fala" de um dos deputados nos mostra a quantas anda o diálogo dramático:

> **O Deputado do Som-Só (*num pedal que durará todo o Quinteto*):**
>
> ... Plápláplá chirirí cocô pum. Blimblimblim térére xixi pum. Furrun-fun-fun, furrun-fun-fun. Pipi pipi pipi pipi a caridade popô. Porque zunzum zunzum zunzum baile das rosas lero-lero lerolero lerolero lerolero! Cacá cacá cacá cacá cacá cá-pum?... Pois tatáca tetéca tiníca totóca tutuca! Pum!... Cocô pum! Xixi pum!... Tereré tereré tereré tereré a grande dama popô. *Bois sacré railwai* Tobias Barreto patatí lenga-lenga fonfom pum. Scá scá scláaa!... Scláááááa!... Scláááááááááááá-sclááááááááááááááa!...Xi!...Xi![27]

O caráter alógico e irracional do texto, certamente exacerbado nessa primeira "fala", também caracteriza, em menor grau, a fala do segundo deputado. As condições lógicas mínimas necessárias para a possibilidade de um diálogo com sentido não se apresentam, de modo que o diálogo dramático cede lugar ao gesto e a palavra é substituída pelo som assemântico, cujo exemplo mais emblemático é a supracitada "fala" do Deputado do Som-Só, constituída pela junção onomatopaica de letras e sílabas que não formam palavras com

26 ANDRADE, Mário de. *Café* – Concepção melodramática. In: TONI, Flávia Camargo. Café, *uma ópera de Mário de Andrade..., op. cit.*, p. 193.

27 ANDRADE, Mário de. *Café* – O Poema. In: TONI, Flávia Camargo. Café, *uma ópera de Mário de Andrade..., op. cit.*, p. 219.

sentido. A primazia do som assemântico sobre a fala comunicativa também se evidencia no tom encantatório e inebriante do ritmo de "A embolada da ferrugem", que leva ao transe os outros deputados, os serventes e os jornalistas, os quais se mostram completamente indiferentes ao assunto – já por si só irrelevante, apenas um pretexto para a encantação. A fala é reduzida, assim, a mero gesto musical, encantatório e assemântico. Certamente, não se pode fazer a mesma afirmação sobre a longa épica da "Endeixa da mãe". Nessa seção, a fala exprime um conteúdo profundo, distinguindo-se completamente da verborragia inócua. No entanto, dirigindo-se a surdos personagens caricaturais, ela não logra estabelecer um diálogo dramático, retraíndo-se em gesto expressivo.

A disposição em conjunto dessas diferentes falas estabelece, em "Câmara-ballet", uma sobreposição de dois planos: um sério e solene, representado pela Mãe e pelo povo das galerias, e um cômico, representado pelos deputados, serventes, jornalistas etc. A ideia desse contraste surge, para Mário de Andrade, a partir do seu contato com o *ballet* expressionista *La table verte*, do coreógrafo Kurt Jooss e do compositor F. A. Cohen, que o escritor assistiu no Rio de Janeiro durante uma turnê da trupe pela América Latina, em 1940.[28] Esse contraste se manifesta nas relações entre as diferentes falas e ainda é reforçado pela coreografia e pela música, a qual, em vez de adquirir função expressiva, como nas outras cenas, torna-se um recurso de caracterização dos personagens. Mário de Andrade concebe uma textura polifônica em que cada plano representa os traços de um personagem ou um grupo de personagens me-

28 Cf. ANDRADE, Mário de. *Café* – Introdução. In: TONI, Flávia Camargo. Café*, uma ópera de Mário de Andrade...*, *op. cit.*, p. 174.

diante um gesto musical específico, de modo que a polifonia se constitui em um meio de articulação do contraste entre os diferentes caracteres que compõem a cena. Assim, a textura musical do "Quinteto dos serventes" é composta do mexerico dos funcionários da câmara sob a forma de um madrigal, somado ao pedal vocal do Deputado do Som-Só, cuja monotonia do texto é reforçada pela fastidiosa e infinita repetição da mesma nota grave, que só cessa com a intervenção de um policial. "A embolada da ferrugem" já não apresenta um contraste como esse, pois a moleza inebriante de seu ritmo vai aos poucos contaminando os deputados e jornalistas e se impondo como textura dominante, sendo apenas tenuamente confrontada pela "baguncinha coral" dos camponeses nas galerias, que são os únicos não contaminados pelo seu balanço. Na "Endeixa da Mãe", por sua vez, soa um contraste – que sintetiza toda a situação da cena – entre o solo lírico da Mãe, com seu tom solene, e o balanço da embolada, que se prolonga mesmo depois de finda a seção correspondente, intensificando o grotesco. A isso ainda se soma uma "bagunçona coral" das galerias, mobilizadas pela fala da Mãe, em uma reação à indiferença que reina entre os deputados.

A única fala que se destaca do contexto farsesco é, pois, a da Mãe, cuja solenidade em nada se confunde com a paspalhice de seus antagonistas. A "Endeixa da Mãe" se inicia quando esta é levada à frente pelo Deputado Cinza para louvar as suas realizações por meio de um discurso decorado. Nesse momento, todo o sofrimento silenciado entra em erupção e soterra a linguagem protocolar e sem sentido que se espera da Mãe, e então ela passa a entoar palavras que encolerizam as galerias. Principia narrando a miséria dos filhos da sua terra, a fome, a privação que se apossou dos homens depois da perda de valor do café e o estado deplorável daqueles que "... jazem podres/Nos botequins de beira-estrada/Nos armazéns do cais vazio/Nas grunhas do conluio da noite". Em seguida, ela relata o movimento subterrâneo por meio do qual os sonhos recalcados e os sofrimentos calados, simbolicamente vertidos no veneno do ódio lançado sobre a terra, alimentam uma erupção revolucionária. Trata-se de um movimento lento, mas decidido, fatalmente inscrito no destino: "No avanço lerdo dos bois/Os infelizes vêm chegando, vêm chegando"/(...)/Os peitos da Mãe se enrijarão no escudo seco de aço/Ruirão por milagre os muros, ruirão fortalezas e forças/A guerra vai passar com seu rancho de peste e de morte/Varrendo tudo na batucada infernal".

É justamente nessa fala que o plano do sagrado reaparece. Quando a Mãe principia relatando, no passado, as transformações que advieram "depois que o grão apodreceu no galho", já se nota na natureza uma movimentação que reflete o sofrimento dos homens. É mesmo impossível separar o perecimento da natureza, em consonância com a simbologia da morte do grão do café, e o definhamento dos trabalhadores a um estado de miséria, tal é a afinidade entre a alma humana e a natureza: "Os peitos da mãe já secaram/Caíram as cercas das hortas/Vendeu-se a vaca, fugiu o sabiá dos pomares". Até aqui estamos no terreno expressionista da transfiguração subjetiva do mundo, que em princípio não tem implicações místicas ou sagradas. A partir da quarta estrofe, o tema da natureza desaparece, só reaparecendo na última. Em seu lugar, aparece o da revolução. Porém, esta não é exatamente narrada, como uma história que já aconteceu, mas apresentada em tempo presente, como algo ocorrendo concomitantemente à própria narração. A Mãe não narra uma história que presenciou, está presenciando ou que lhe contaram, mas anuncia um processo que lhe é impossível conhecer, e que mesmo assim "vê" com a clareza de quem o presencia. De narradora, transforma-se em médium. Assim, se as primeiras duas estrofes são claramente narrativas, aqui o poema desliza para a profecia, estabelecendo uma relação com o sagrado. A sétima estrofe ainda aprofunda o tom profético dessa "narração" ao apresentar fatos que ocorrerão no futuro: "As estátuas comungarão fatais no crime hediondo", "Os peitos da mãe se enrijarão no escudo seco de aço/Ruirão por milagre os muros, ruirão fortalezas e forças". Devido à sua conexão com o sagrado, a Mãe é capaz de revelar até mesmo o futuro, que aparece, pois, não mais como fruto da ação humana e das contingências do presente, mas como fatalidade. Na última estrofe, esse tom profético reabsorve a natureza, que já não surge, então, como simbolização do estado de morbidez dos personagens, mas como portadora de uma mística revolucionária.

A análise desenvolvida anteriormente não pretende esgotar as possíveis direções de interpretação da cena, mas apenas apreender o modo como a camada do sagrado se articula. Apenas sugerida na imagem da natureza nos primeiros versos, essa camada se manifesta à medida que a narradora se transforma em profeta, relatando fenômenos que não presenciou a partir de uma consciência alheia e antecipando um destino que só pode conhecer porque se deixou possuir por uma consciência heterônoma, a qual despersonaliza tanto as ações quanto o próprio ato de narrar. A narradora se torna, assim, porta-voz do sagrado, e a sua onisciência não é condicionada pela sua memória e experiência, mas pela despersonalização mística.

Dito isso, resta averiguarmos de que maneira se dá a relação entre esse plano solene e o plano cômico e farsesco e como ela afeta o sentido concreto dessa fala e a sua função no todo. A esse respeito, é mister notar que a fala da Mãe não se reduz à função narrativa (ou profética) que apresentamos, pois, em certos momentos, as suas palavras dirigem-se aos seus interlocutores, aparentemente buscando estabelecer um diálogo. Esse desvio da função narrativa aparece entre a segunda estrofe – relato da miséria dos homens – e a quarta – início da narração do movimento subterrâneo que engrossa o caldo da revolução – e, em seguida, entre a quarta e a sexta, em uma estrofe de um só verso: "Falai se há dor que se compare à minha!...". Se até a sétima estrofe a segunda pessoa aparece como um desvio, a partir da oitava, torna-se a norma: a Mãe passa definitivamente a dirigir a palavra a esse "vós", escarnecido por uma longa enumeração de vocativos sonoramente encadeados. Assim, mais do que uma camada mítica apenas flutuando sobre um terreno farsesco, a fala da Mãe nos revela também um investimento dramático, em certo sentido, visto que se dirige aos seus antagonistas, como se esperasse deles alguma resposta. Se a análise parasse por aqui, poderíamos sintetizar essa cena por meio da imagem de um antagonismo sem conflito, entre a Mãe, representando todo o grupo dos oprimidos e tentando influenciar os deputados, e estes, desinteressados no diálogo e indiferentes às suas palavras. A linha de força da cena seria, de alguma maneira, dramática, pois derivada do próprio conflito que, uma vez polarizado nos extremos, permaneceria irresolvido e irresolvível. Com isso, a camada mítica se associaria à perspectiva dos protagonistas e, portanto, à parcialidade, relativizada pelo antagonismo dramático, do qual ela é apenas um dos polos.

No entanto, não é isso o que ocorre, pois há uma *hybris* do mito, mediante a qual este se eleva acima da objetividade dramática, transformando-se, de uma perspectiva parcial, em um princípio objetivo que supera ambas as perspectivas. O plano sério vence o cômico e o mito, a farsa. Isso engendra uma dinâmica sacrificial que muda a correlação de forças e supera, por meio de uma violência sagrada um tanto *sui generis*, o imobilismo voluntário dos "donos da vida". Assim, se, por um lado, essa inflexão "dramática" do discurso narrativo-profético reforça o antagonismo dramático, distanciando-se do mito, por outro, ela possui implicações no plano do mito. A propósito, vale remarcar que esses versos interpelativos remetem ao contexto do sagrado, pois derivam do seguinte versículo das "Lamentações" do Antigo Testamento:

> Vós todos que passais pelo caminho,
> Olhai e vede:
> Há dor como a minha dor?
> Como me maltratam!
> Iahweh me castigou
> No dia do incêndio de sua ira.[29]

A fala da Mãe faz uma referência direta, não a este versículo, mas a um responsório derivado dele, que passou a integrar o ritual de louvação de Verônica, praticado durante a Semana Santa. De acordo com a tradição cristã, Santa Verônica teria usado o seu véu para enxugar o sangue de Cristo durante a *Via Crucis* e, como milagre, nele teria ficado estampado a imagem do seu rosto. Assim, quando esse ritual é realizado, uma mulher leva um lenço que traz essa imagem gravada e profere o mencionado responsório, composto dos três primeiros versos do versículo, ao qual os presentes res-

29 A BÍBLIA DE JERUSALÉM. São Paulo: Edições Paulinas, 1993, Lamentações 1:12.

pondem com versos semelhantes. É forçoso observar a semelhança entre Santa Verônica e a personagem da Mãe, concebida por Mário de Andrade. Trata-se, em ambos os casos, de figuras femininas que acolhem os sofrimentos daqueles que estão a caminho da morte, fixando-os milagrosamente em símbolo, seja pela imagem, seja pela palavra.

A referência ao Canto de Verônica não é gratuita no contexto de *Café*. Por mais que estejam associados a um ritual cristão – portanto, ao contexto sagrado –, os versos originais não se dirigem à santa, a Cristo, a Deus nem a qualquer entidade sagrada ou sacralizada, mas aos fiéis. Eles exprimem a dor de Cristo, absorvida pelo lenço de Santa Verônica, clamando pela compaixão daqueles que presenciam o rito. Ao surgirem em meio ao contexto narrativo da "Endeixa da mãe", esses versos soam como uma exclamação interceptada em meio a uma linguagem narrativa, mas o seu sentido ainda permanece relativamente impreciso. A partir da nona estrofe, essa fala em segunda pessoa passa a dirigir-se explicitamente aos deputados e afins, referidos como "anões subterrâneos", em um tom acusativo. Essa estrofe termina com uma variação do Canto de Verônica: "Falai!/O que fizestes, o que fizestes do sentido da vida!...". Até aqui, não há nada que indique explicitamente um contexto sagrado. Mas essa acusação contra os "donos da vida" se converte em uma maldição, que se manifesta na forma de uma mística revolucionária, sob cuja matriz reaparece a natureza:

> EU SOU AQUELA QUE DISSE:
> Raça culpada, a vossa destruição está próxima!
> Já o pato bravo avoou na escuridão da noite
> E as gaivotas gritam no alarma lunar da praia!
> Pois não vedes que os seres do campo e da rua
> Estão se aquerenciando no malhadouro da praça

> Já indiferentes ao chamamento passivo do ninho!
> Raça culpada, vossa destruição está próxima!
> A aurora feito um gato verde se assanha por trás da
> cidade
> E rompe antes do dia as barras triunfais do dia![30]

A Mãe não se dirige aos antagonistas na expectativa de influenciá-los, e nem mesmo apenas com o intuito de acusá-los ou ameaçá-los, mas, sim, de amaldiçoá-los e, ao mesmo tempo, comunicar-lhes a maldição que lhes advém. A sua fala assume uma natureza profética, afastando-se da função interpelativa (e, neste sentido, dramática) e instaurando um regime sagrado. Ela introduz um campo semântico associado ao milagre e à fatalidade, despersonalizando as ações, cujos agentes passam a ser as estátuas, o ponteiro do relógio, os peitos da Mãe (e não a Mãe): "As estátuas comungarão fatais no crime hediondo/Acaso não vedes que o ponteiro chega na hora do crime hediondo?/Os peitos da Mãe se enrijarão no escudo seco de aço/Ruirão por milagre os muros, ruirão fortalezas e forças". E essa profecia se realiza sobre o palco quando, encolerizados com o discurso da Mãe, o povo das galerias estoura

> ... numa bagunçona desesperada. Gritam em vozes amontoadas, em sanha: "Canalhas! Vendidos!"; "Infames! Malditos"; "A raiva incendiou meu desejo! Não quero mais dormir!"; "Nasceu a tigre dos caminhos! Eu baterei na porta dos gigantes!"; "Um chefe! Um chefe!"; "Ele não para de crescer! Ele está rutilando por trás da cidade!"; "Café, café, café – Café, café, café"![31]

30 ANDRADE, Mário de. *Café* – O Poema. In: TONI, Flávia Camargo. Café, *uma ópera de Mário de Andrade*..., *op. cit.*, p. 223.

31 ANDRADE, Mário de. *Café* – O Poema. In: TONI, Flávia Camargo. Café, *uma ópera de Mário de Andrade*..., *op. cit.*, p. 223.

Ao produzir efeitos diretos sobre os personagens que estão sobre o palco, o mito projeta-se do *plano da fabulação* para o *plano dramático*, penetrando, assim, a esfera profana. Ele reconfigura a relação de forças entre protagonistas e antagonistas em benefício dos primeiros e, dessa forma, deixa de ser mera cosmovisão de protagonistas sem protagonismo e se torna, ele próprio, protagonista: eis o sentido da *hybris* do mito. Se observarmos a "Endeixa da Mãe" não isoladamente, mas no contexto geral da cena, veremos que, mais do que revelar o sagrado para os humanos, a fala da Mãe instaura o sagrado e a cólera revolucionária que este imprime na natureza. É verdade que, até aqui, o transbordamento do rito sacrificial ao presente dramático ainda não levou o conflito a nenhum desfecho. Com efeito, no momento em que os policiais aparecem para levar a Mãe presa, chegamos ao seu mais alto grau de polarização. No entanto, porquanto esta polarização aproxima os protagonistas de sua aniquilação total, ela representa o passo necessário à inversão sacrificial da morte em vida. Os primeiros sinais dessa passagem da morte à ressureição já aparecem de modo bem mais expressivo do que nas cenas anteriores. Isso pode ser observado no comportamento das pessoas das galerias, que, comovidas pelo *páthos* da Mãe, se transformam em furiosas bacantes embevecidas, ou seja, em órgãos do sagrado, já que respondem a um chamamento externo – oriundo das palavras proféticas da Mãe –, reatualizando o tema da possessão mística comum às duas cenas anteriores, mas trazendo-o diretamente ao antagonismo dramático. "Câmara-ballet" não termina, pois, apenas com um deslizamento do profano ao sagrado; antes, embaralha ambas as esferas, na mesma medida em que mistura também o *plano dramático* e o *plano da fabulação*.

A partir da análise recém exposta, é possível compreender que os planos cômico e sério formam, mais do que um contraste, um dualismo formal: o primeiro associando-se à farsa, e o segundo, ao mito. A farsa acentua a indiferença e o imobilismo das classes dominantes e, por extensão, do próprio conflito dramático. Ela promove o desencantamento e a dessublimação do universo do mito, pois nomeia e expõe ao ridículo os responsáveis pela desgraça dos trabalhadores, associando a fatalidade, representada solenemente nas demais cenas, não a causas elevadas e metafísicas, mas ao trivial, ao mesquinho. Dessa maneira, a farsa adquire uma dimensão crítica, pois aponta no próprio cenário os responsáveis pelo definhamento da vida, desassociando-o da universalidade abstrata dos símbolos e expondo o seu condicionamento histórico e, consequentemente, o seu caráter contingente e evitável. Sérgio de Carvalho observa, a propósito, que a mesma imobilidade sugerida pelos cenários das outras cenas, que tendem a se sobrepor ao desenvolvimento das relações interpessoais e sugerir, desde o início, o destino que está por se cumprir, é agora personificada na figura dos deputados, jornalistas, secretários etc., perdendo a natureza metafísica e transcendente que antes apresentava.[32] A farsa é, em suma, um meio de particularização do universal, relativização do absoluto, personificação dos agentes impessoais e desencantamento das causas míticas e metafísicas.

Em princípio, o mito e a farsa são incompatíveis. A sua exposição lado a lado produz, portanto, uma obra descontínua, porém não exatamente fragmentária. Trata-se de algo

32 SANTOS, Sérgio Ricardo de Carvalho. *O drama impossível...*, *op. cit.*, p. 185.

mais próximo da montagem, cujos planos, em conjunto, não formam uma justaposição qualquer, mas um choque, isto é, uma desarticulação articulada, uma incoerência exata: incoerência e desarticulação apenas em relação ao princípio de obra de arte orgânica – portanto, certamente em relação ao drama. Entretanto, como vimos anteriormente, esse choque entre planos contrastantes e princípios antinômicos não tem a última palavra. O mito coloniza o farsesco, funcionalizando-o segundo o seu *télos*:[33] ao agravar a desgraça, levando à morte, a farsa atende a um requisito fundamental do ciclo de morte e ressurreição e é nele reabsorvida. Farsa e mito, profano e sagrado, particular e universal, desencantamento e encantamento, pessoal e impessoal deixam de ser polos antinômicos incompatíveis, uma vez que são articulados segundo a relação teleológica instituída pelo próprio mito.

Da história ao mito

A cena do êxodo compõe-se de três poemas: "Coral puríssimo", "Coral da vida" e "Coral do êxodo". "Coral puríssimo" é uma das poucas seções da ópera que podem ser perfeitamente compreendidas como um quadro estático, expressão de uma *Stimmung*, imagem da vida interior consubstanciada nos três desejos: trabalho, alegria e descanso. Não fosse o contexto geral e toda a retórica cenográfica, ambos dependentes de recursos extratextuais, essa seção seria efetivamente um fragmento,

33 Nessa mesma direção, Flávia Toni observa que o contraste produzido entre o tom caricatural da "Embolada da ferrugem" e o tom solene da "Endeixa da Mãe" resulta em uma ênfase do segundo. TONI, Flávia Camargo. A endecha da Mãe: um canto fúnebre por Mário de Andrade. *Manuscrítica*: revista de crítica genética, São Paulo, n. 11, p. 162-163, 2003.

cujas relações com as demais se basceariam apenas em analogias abstratas, e não na articulação de um processo contínuo, como verificamos na nossa análise até aqui.

Já "Coral da vida", que supera muito as outras duas em extensão e profundidade, assemelha-se à "Endeixa da Mãe" e ao "Coral do queixume": inicia-se com uma narração e, quando esta atinge o vértice temporal do presente, desloca-se à profecia. Sua parte narrativa rememora, implicitamente, um fenômeno histórico recente: a fuga dos retirantes nordestinos que, sem perspectivas em suas terras e afetados pelas secas, marchavam ao Sul, "à chama vermelha do grão pequenino",[34] na esperança de encontrarem aqui melhores condições de vida. De maneira menos direta, essa seção se refere também aos imigrantes, sobretudo italianos, que igualmente chegaram para trabalhar nas fazendas de café, atraídos por promessas e ilusões que depois se mostraram falsas. Trata-se, pois, de um tema que diz respeito diretamente à biografia dos colonos do café, tenham estes vindo do Nordeste ou da Europa.

O poema começa com uma estrofe de um verso, um suspiro que cria a atmosfera da rememoração iniciada em seguida: "Cafezal grande na calma fatigada da tarde...". Uma variação desse mesmo verso, na nona estrofe, secciona as duas partes que formam o poema. Na primeira, até a oitava estrofe, o Eu lírico narra a chegada dos primeiros homens àquelas terras, bem como a sua própria chegada aos "chãos mais felizes da terra/Onde tudo é carícia no seio dos morros mansos/Onde o calor é ouro no dia coroado por noites de prata", após ter passado pelas sete provas da cidade. A segunda parte, a par-

34 ANDRADE, Mário de. *Café* – O Poema. In: TONI, Flávia Camargo. Café, *uma ópera de Mário de Andrade..., op. cit.*, p. 225.

tir da décima estrofe, assemelha-se à fala da Mãe na "Endeixa da Mãe", seja pelo tom acusatório, seja pela revelação de uma mística revolucionária. Porém, esta não se apresenta aqui na figuração da natureza, mas é personificada na imagem de um herói crístico. A primeira parte do poema é, pois, uma rememoração do Eu lírico sobre a sua chegada às terras de café e a trajetória tortuosa pela qual teve de passar até poder nelas se estabelecer. Tudo já ocorreu no passado e é narrado no presente pelo Eu lírico. Retornando ao tempo presente, a segunda parte se inicia de modo análogo à primeira: em ambos os casos, o tema é o da privação e da busca por uma vida melhor. Em um olhar amplo, cada uma das partes projeta um arco semelhante, que tem o seu começo nesse estado de privação e de expectativa e termina na realização plena dessa vida almejada. O movimento geral possui, pois, o aspecto do ciclo de morte e ressurreição, que se inicia com a morte, a corrupção, infertilidade etc. de um símbolo natural e se encerra com o ressurgimento da vida. Porém, aqui, traça-se duas vezes esse ciclo, estabelecendo uma relação de simetria no poema: a parte inicial – que corresponde à primeira ocorrência do ciclo – começa com a chegada do Eu lírico na cidade inóspita e a sua luta para se impor sobre ela (terceira estrofe) e se completa na reconciliação do Eu lírico com a sua nova terra (oitava estrofe); a segunda parte se estende entre a lamentação e a maldição aos "gigantes da mina", e o anúncio desse herói crístico, que irá colher o sangue do presente e vertê-lo em vida futura. No entanto, o segundo ciclo não se completa, embora fiquem sugeridas as forças que, no ato final, o levarão a cabo.

Essa simetria entre ambas as seções, cada qual trançando um movimento que parte de uma situação de privação e expectativa em direção a outra de vida plena, estabelece uma continuidade cíclica entre percursos poéticos que possuem, entretanto, naturezas bastante diferentes. No início da primeira parte, o Eu lírico narra em poucos versos a chegada dos "homens de fala vagarenta e nariz furão", que vieram cultivar o "oceano de esmeralda" nas terras paulistas, e também a sua própria chegada. Em seguida, descreve os traços assustadores e sombrios da cidade, por onde teve que passar até chegar ao campo: "Porém no princípio dos chãos está postada a cidade terrível/Grandiosa e carrancuda, histórica e completa/ Cheia de passado e futuro, inimiga cinzenta do estranho..." etc. Na sequência, o Eu lírico apresenta as sete provas que a cidade o fez "punir" e a sua reação a cada uma delas:

> A primeira foi obedecer mas eu me opus.
> A segunda foi mandar e então eu obedeci.
> A terceira foi sonhar mas eu me equilibrei num pé só
> e não dormi.
> A quarta e a quinta foram roubar e matar
> Mas eu, cheio da fragilidade, beijei de mãos abertas.
> A sexta, a mais infamante de todas, foi ignorar.
> Mas eu, chorando, provei o pó amargo da rua e lembrei.
> Então a cidade insidiosa, cheia de música e festa
> Passou a mão de bruma nos meus olhos, me convidando
> a esquecer.
> Mas eu com uma rosa roubada na abertura da camisa
> Gritei no eco do mundo: Eu Sou!
>
> **Eco fora de cena:**
> Eu soooooou!... Eu soooooooooooooou!...[35]

Em referência e inversão de alguns dos dez mandamentos da Bíblia, esses versos narram uma sequência contínua de

35 ANDRADE, Mário de. *Café* – O Poema. In: TONI, Flávia Camargo. Café*, uma ópera de Mário de Andrade..., op. cit.*, p. 226.

resistências do Eu lírico frente aos mandamentos da cidade terrível, por meio das quais ele se afirma enquanto força de transformação e ressignificação da própria cidade. O Eu lírico não a aceita como ela se apresenta diante dele, mas lhe impõe a sua vontade e lhe imprime o seu caráter, contrariando cada um desses mandamentos – o que, no segundo verso, produz um paradoxo, pois o *obedecer* surge também como desobediência ao *mandar*. Enquanto a cidade o convida à violência (matar e roubar), à evasão (sonhar) e à alienação ou perda de si (obedecer, ignorar e esquecer), o Eu lírico contraria esses mandamentos, impondo-lhe, respectivamente, o amor (beijar de mãos abertas), a lucidez (não dormir) e a afirmação do caráter e da identidade (se opor, lembrar e, por fim, ser). O processo narrado de adaptação à cidade é ativo: por meio dele, o eu lhe imprime o seu projeto, constituindo-se como sujeito. Este, por sua vez, se forma pelo confronto com o mundo real, na relação concreta: o Eu lírico não vence as adversidades por meio de uma comunicação mística com o transcendente, da sua autodissolução em outro ou da sua automutilação em órgãos que agem por si próprios, livres do poder de unificação do Eu, mas pela afirmação de sua autonomia. Esse mesmo processo faz também engendrar a cidade enquanto campo de realização concreta da liberdade subjetiva que se projetou na estrofe anterior:

> Pois então a cidade se fez mãe e eu descansei nela uma
> noite e um dia.
> Ela é a mãe do trabalho, mãe do pensamento
> Ela é a mãe carinhosa do lar fechadinho bem quente
> E nas suas noites graves todos dormem sem sonhar.
>
> Só na lucidez do seu frio ácido
> Só nela se pode beber o vinho generoso de corpo grosso
> Só nela é permitido bailar sem vertigem

> Só nela é possível querer sem miragem
> Só nela, feiosa e leal, se erriça na boca do homem
> O sal da verdade da hora
> Sem se tornar salobro à glória do passado.[36]

A cidade perde o seu aspecto de monstruosidade aterrorizante e metamorfoseia-se em um lugar acolhedor, "mãe do trabalho e do pensamento". Esses mesmos retirantes, cujos "pés não queriam andar de saudade", agora não se agarram mais à memória de um passado feliz, não têm mais a necessidade da evasão no sonho, pois a vida presente, plena de sentido, a dispensa. O abismo que separa, nas outras partes da ópera, a vontade e a sua realização no mundo concreto – e que só é transposto pelo mito – aqui não existe mais, já que o eu e o mundo estão em harmonia. Uma harmonia, aliás, bastante irrealista, se levarmos em conta as condições reais de trabalho que os imigrantes italianos e os retirantes nordestinos encontraram nas fazendas paulistas de café, e que Mário de Andrade conhecia bem. A ida ao campo, narrada na estrofe seguinte, é apenas o corolário dessa conciliação.

Esse tom feliz e otimista que encerra a primeira parte do poema dá lugar à melancolia e à morbidez no momento em que reaparece uma variação do primeiro verso do poema: "Oh cafezal! Cafezal grande na mágoa sangrenta da tarde". A tarde deixa de ser caracterizada pela sua calma fatigada e ganha uma tonalidade mais escura e mortífera. Além disso, há um crescimento expressivo em virtude repetição exclamativa da palavra "cafezal", ainda acrescida de um "Ôh". Em seguida, vemos versos que poderiam perfeitamente pertencer à "Endeixa da Mãe":

---

36 ANDRADE, Mário de. *Café* – O Poema. In: TONI, Flávia Camargo. Café*, uma ópera de Mário de Andrade..., op. cit.*, p. 226.

> Raça culpada, raça envilecida maldita
> Os gigantes da mina com os seus anões ensinados
> Traíram a cidade e os chãos felizes.
> E tudo foi, tudo será desilusão constante
> Enquanto não nascer do enxurro da cidade
> O Homem Zangado, o herói do coração múltiplo
> O justiçador moreno, o esmurrador com mil punhos
> Amassando os gigantes da mina e peidando para os anões.[37]

Aqui o ciclo se reinicia, e o Eu lírico volta a se deparar com um obstáculo à realização da vida plena. Se no início do "Coral da vida" esse obstáculo é representado pelo aspecto inóspito da cidade, agora ele é personificado na figura dos "gigantes da mina e seus anões ensinados", isto é, da classe dominante e seus representantes políticos. E, ao passo que na primeira parte as adversidades foram enfrentadas e vencidas pelo próprio Eu lírico, ao se contrapor aos mandamentos da cidade e impor-lhe a sua vontade e o seu projeto, não é mais a sua ação o que o poderá levar a reconquistar a felicidade perdida, pois ele se torna passivo frente ao protagonismo de um herói que vem de fora. Embora determinada pela forma cíclica e pela alternância que esta estabelece entre privação e plenitude, a harmonia entre o eu e o mundo, ao final da primeira parte, é fruto da ação humana, e não da sagrada. Essa parte remete a uma experiência real vivida pelos camponeses fora do mundo ficcional e apenas confere a ela a forma cíclica, ao passo que a segunda se lança ao terreno mítico e apresenta a figura do herói sacrificial. A passagem da primeira parte à segunda representa, pois, a passagem da história ao mito, da atividade à passividade e,

37 ANDRADE, Mário de. *Café* – O Poema. In: TONI, Flávia Camargo. Café, *uma ópera de Mário de Andrade..., op. cit.*, p. 226.

por fim, da memória à expectativa, formando uma linha de continuidade garantida não apenas pela forma cíclica, como também pela relação de simetria.

Porém, até aqui o ciclo ainda não se completou. No momento em que se encerra o "Coral da vida", o chefe da estação de trem fixa um anúncio que comunica o término dos trens para a cidade. Em seguida, começa a última seção do "Êxodo": o "Coral do êxodo". A fixação desse anúncio representa um golpe de realidade que arrefece as esperanças testemunhadas pelos versos imediatamente anteriores. O início da seção seguinte já regista na linguagem os efeitos disso:

> **Velhos e Crianças**
>
> - Aaáaai!... Aiááááai!...
> - Ai, meu Deus!... Ai, meu Deus!...
> - Vuúuuuuu... Vuúuuuuuuuuu...[38]

Os gritos, uivos e exclamações dos velhos e crianças se opõem ao discurso articulado do final da seção anterior que, mesmo flertando com a profecia e o sobrenatural, opera claras distinções entre narrador e mundo narrado, de tal modo que o Eu lírico não se deixa confundir com o herói vingador. Este, embora apresente traços bastante sugestivos de sua essência heroica e sobre-humana, é descrito em terceira pessoa e como um personagem qualquer. O *conteúdo* indica que se trata de um herói dotado de poderes sobrenaturais, mas a *forma* pela qual ele é apresentado não sofre a influência desses dons. Com efeito, a linguagem separa rigidamente o mundo sobrenatural do mito e o mundo natural dos camponeses:

---

38 ANDRADE, Mário de. *Café* – O Poema. In: TONI, Flávia Camargo. Café, *uma ópera de Mário de Andrade...*, op.cit., p. 227.

> Ele é todo encarnado, tem mil punhos, o olhar
> implacável
> Todo ele comichona impaciente no desejo voluptuoso
> da morte.
> Neste instante ele está vestindo a armadura de ouro
> e prata
> O seu chapéu de aba larga é levantado na frente
> Ele tem uma estrela de verdade bem na testa
> Ele tem um corisco no sapato
> E um coração humano no lugar do coração.[39]

Ao contrário destes versos, os que iniciam o "Coral do êxodo" não possuem qualquer função representativa, pois são apenas gestos expressivos em sua forma mais primitiva: gritos, uivos e gemidos. Mesmo o segundo verso, embora não seja apenas sonoro – pois apresenta uma expressão com sentido –, é puramente exclamativo. Como consequência da fixação da placa, os camponeses passam de um discurso narrativo e descritivo articulado, que separa claramente o eu e o outro, e o eu e o mundo, para gritos sem discurso, como se o aviso trazido pela placa houvesse aberto uma fissura entre o eu e a linguagem. Sobre esses gritos, que formam "a base obstinada de todo o coral", lançam-se pequenas frases entrecortadas de quatro sílabas que lembram o "coral das famintas", as falas batidas de "A discussão" e o "Coral puríssimo" dessa mesma cena, todas elas associadas a certa retração do discurso lírico em células menores. A tensão anímica do Eu lírico é levada ao limite, confundindo-se com a privação fisiológica da fome e do frio e adquirindo expressividade não pela sublimação lírica, mas devido a três

39 ANDRADE, Mário de. *Café* – O Poema. In: TONI, Flávia Camargo. Café, *uma ópera de Mário de Andrade...*, *op. cit.*, p. 227.

características: a força física dos seus versos, em virtude do seu conteúdo físico, biológico (o frio, a fome); a universalidade indeterminada das expressões, que sintetiza todos os afetos em poucas palavras, inclusive os contrários entre si ("quero viver", "quero morrer"); e a sonoridade cortante, em virtude da qual os versos não apenas expressam os sentimentos violentos dos camponeses, como também se tornam, eles próprios, violentos.

> — Não posso mais! (bis, ter, *ad libitum*)
> — Quero viver!
> — Quero morrer!
> — Eu tenho frio!
> — Eu tenho fome! (etc.)[40]

Quando, nos versos seguintes, os casados e solteiros se juntam ao coro, o texto cantado retorna às frases longas. O Eu lírico explica, então, a sua origem, tomando imagens próprias à esfera dos ritos de fertilidade:

> Eu não fui criado do abraço noturno dos pais e das mães
> Meu nome foi dito primeiro nos sulcos da terra profunda
> Os ventos dos ares entraram nos sulcos da terra profunda
> O beijo das águas baixou sobre o sulco da terra
> Sou a fonte da vida![41]

40 ANDRADE, Mário de. *Café* – O Poema. In: TONI, Flávia Camargo. Café*, uma ópera de Mário de Andrade...*, *op. cit.*, p. 228.

41 ANDRADE, Mário de. *Café* – O Poema. In: TONI, Flávia Camargo. Café*, uma ópera de Mário de Andrade...*, *op. cit.*, p. 228.

A vinda do Eu lírico ao mundo é análoga ao nascimento das plantas. As suas sementes se espalham pela terra por meio da ação do vento e se desenvolvem a partir do "beijo das águas" e dos nutrientes retirados da terra. Com essa imagem das águas fertilizadoras, a "fonte da vida" não se limita a uma ideia abstrata de fonte como origem, já que ela se associa também, mais diretamente, à água. No entanto, não é apenas do seu sentido de pureza, limpeza e fertilização que provém o seu poder de recriar a vida. Não podemos deixar de notar que o herói crístico, apresentado pelo Eu lírico na seção anterior, também vem das águas. Não da fonte cristalina, mas do "enxurro das cidades". Ora, um enxurro é tanto uma enxurrada quanto, em um sentido figurado, a escória, a ralé. Além disso, o enxurro das cidades limpa as suas ruas e os seus espaços, trazendo em sua tormenta tudo aquilo que a sociedade rejeitou ou não foi capaz de absorver, todo o resto não aproveitado. O herói vingador surge, pois, da qualidade fertilizadora da água como protagonista de um milagre: o de transformar os dejetos sociais e o veneno da morte em fonte da vida e da justiça. Dessa forma, esse mesmo herói justiçador e vingador, associado à vida e à esperança – que tem uma "estrela de verdade bem na testa", "um corisco no sapato" e "um coração humano no lugar do coração" – e apresentado pela fala dos colonos em terceira pessoa, reaparece no final do "Coral do êxodo", porém descrito em primeira pessoa. É o próprio Eu lírico que se descreve com uma qualidade divina, antes atribuída a um terceiro: "sou a fonte da vida".

Assim, o protagonista da revolução ou da ressurreição é ao mesmo tempo o Eu lírico, genericamente associado aos colonos e, por extensão, às classes oprimidas, e um terceiro, um herói vingador que surge de fora para salvá-los. As relações de identidade entre esse herói e o Eu lírico são bastante embaralhadas. Este se identifica com aquele, enquanto atribui a si mesmo virtudes semelhantes às dele, entretanto o vê como um outro, na medida em que o designa em terceira pessoa. Seja como for, ao final dessa seção o sagrado aparece individualizado, quer na figura do herói vingador, quer na do próprio Eu lírico, portanto não mais de maneira despersonalizada, como nas cenas anteriores.

O ato sacrificial

O texto dramático do último ato de cena única é o mais fragmentário de todos. Ele desconhece qualquer princípio inerente de continuidade, oscilando entre expressões de susto, falas radiofônicas, gritos de guerra, canto de vitória e um último coral hínico. Contudo, esses pequenos fragmentos são absorvidos e englobados pela retórica coreográfica e cenográfica, resultando em uma continuidade de outra ordem, que se articula basicamente a partir dos meios visuais e confere ao texto funções subsidiárias de explicação, ilustração e intensificação. Se, nas cenas anteriores, a temporalidade mítica transparecia nos próprios textos, ainda que reforçada pelos meios visuais, nessa última cena ela se manifesta apenas pelos elementos cênico e coreográfico. Estes já não se limitam a construir imagens afetivas, sugestionar e contextualizar, mas, em conjunto com os sons, substituem quase completamente o texto na função narrativa. Assim, a análise deve se deslocar do libreto para a concepção cênica e coreográfica, o que não implica excluir o texto, mas observá-lo como subsidiário e sem dinâmica própria.

O acontecimento fundamental narrado na cena em questão é o ato sacrificial, sugerido em momentos anteriores, mas apenas aqui levado a cabo e trazido ao *plano dramático*. Segundo a teoria do sacrifício de Marcel Mauss e Henri Hubert, o sacrifício é um ato religioso no qual a destruição de uma vítima coincide com a sua consagração.[42] Assim, um dos elementos que o constitui é a *destruição* de algo, por exemplo, um animal, uma pessoa ou um objeto. No caso de *Café*, o que é destruído? Qual a vítima sacrificial? Na realidade, ela apresenta mais de uma figura, mas a sua manifestação mais imediata se dá na imagem do café. Isso já fica sugerido logo no início do libreto, nos versos "o café que alevanta os homens apodrece/ Escravizado pela ambição dos gigantes da mina de ouro", em que o grão é vítima de um ato praticado pelos proprietários, embora ainda não nos seja explicitado qual é esse ato. Na oração ao café, que encerra a primeira cena, a ideia de morte do café marca fortemente o tom e alimenta a expectativa de um novo nascimento, uma ressurreição. Já em "Companhia cafeeira S.A.", essa mesma destruição aparece em uma tonalidade bastante diferente, situada no eixo do conflito entre classes sociais e, portanto, na esfera do mundo profano, apreensível à experiência comum, conforme vemos em uma das falas dos colonos, em que estes reagem à ordem de expulsão dada pelos seus antigos patrões: "Malvado o que abusou da inocência do fruto, o encarcerando nos armazéns insaciáveis, *o queimando*

---

42 A análise da estrutura sacrificial do terceiro ato do *Café*, bem como da ópera como um todo, baseia-se fundamentalmente na teoria do sacrifício apresentada em MAUSS, Marcel; HUBERT, Henri. Ensaio sobre a natureza e a função do sacrifício. In: MAUSS, Marcel. *Ensaios de sociologia*. Tradução de Luiz João Gaio e J. Guinsburg. São Paulo: Perspectiva, 2015.

nas caiêiras clandestinas da madrugada!".[43] O que na cena anterior aparecia apenas como uma sugestividade, respaldada na experiência histórica mais recente, ganha contornos empíricos precisos nessa cena. Se até então o libreto não nos permitia determinar ao certo quem eram os "gigantes da mina de ouro" nem qual o ato praticado por eles levou à morte do café, nessa cena vemos claramente que se trata da queima do café, motivada pela perda do seu valor no comércio internacional após a Crise de 1929 e praticada pelos inimigos de classe dos camponeses, isto é, pelos donos das terras cultivadas por eles. Ainda que seja uma pequena passagem do diálogo, é importante salientá-la porque ela dá lastro histórico e empírico à atmosfera mítica e simbólica que predomina na ópera. Além disso, esse trecho apresenta o ato primordial que institui a situação dramática em torno da qual toda a ópera gira, ato este que é, ao mesmo tempo, dramático, na medida em que dele emerge o conflito dramático, e mítico, pois encarna a destruição sacrificial. Essa base profana, a partir da qual se articula a estrutura sacrificial, aparece também no trecho inicial da "Concepção melodramática", que comentamos no início do capítulo. Nesse trecho, a menção às queimas do café se faz pelo emprego de um recurso frequente em início de obras de gênero narrativo, que consiste em uma apresentação das coordenadas gerais de tempo, espaço e do contexto em que se darão os acontecimentos:

> Desde muito que os donos da vida andavam perturbando a marcha natural do comércio do café.

43 ANDRADE, Mário de. *Café* – O Poema. In: TONI, Flávia Camargo. Café*, uma ópera de Mário de Andrade...*, *op. cit.*, p. 214. [Grifos meus.]

> Os resultados foram fatais. Os armazéns se entulharam de milhões de sacas de café indestinado. E foi um crime nojento. Mandaram queimar o café nos subúrbios escusos da cidade, nos mangues desertos. A exportação decresceu tanto que o porto quase parou.[44]

Mesmo excluindo toda a referência ao sagrado e aos símbolos míticos, esse trecho confere às queimas de café uma posição hierárquica de bastante destaque no discurso narrativo. A hierarquia causal que este apresenta é bastante imprecisa, mas nem por isso deixa de sugerir que a queda das exportações foi um efeito das queimas de café, e não a sua causa, invertendo as relações econômicas de causa e efeito. A representação sacrificial do café no libreto da ópera se realimenta, portanto, desse relato das queimas de café citado anteriormente, e isso por duas razões: primeiro, esse estatuto de causa primeira que as queimas tendem a adquirir aqui reforça a forma do ritual sacrificial, cujo início é dado justamente pelo ato de destruição sacrificial, do qual resultam tanto os efeitos negativos quanto os positivos; segundo, o fogo das queimas já contém em si próprio um sentido sacrificial de destruição, desmaterialização, purificação e elevação do sagrado. Não é por outra razão que, segundo relata Marcel Mauss, ele era usado para preparar o lugar onde ocorria um ato sacrificial, purificando-o e isolando-o do espaço comum profano. "Segundo certas lendas bíblicas", conta-nos o sociólogo, "o fogo do sacrifício não é outra coisa senão a própria

---

44 ANDRADE, Mário de. *Café* – Concepção melodramática. In: TONI, Flávia Camargo. Café*, uma ópera de Mário de Andrade..., op. cit.*, p. 188.

divindade que devora a vítima ou, para falar mais exatamente, é o sinal da consagração que o inflama".[45]

Se, por um lado, esse fato profano e empírico, contado por um narrador que não apresenta nenhum atributo sagrado, ascende ao domínio sagrado uma vez absorvido pelas falas solenes do libreto, o oposto igualmente ocorre, isto é, esse mesmo domínio sagrado ganha concretude empírica e histórica ao se associar aos atos de personagens pertencentes a grupos sociais reconhecíveis e, portanto, que atuam na esfera profana. No entanto, essa afinidade do relato mítico com os fenômenos profanos se respalda também na memória coletiva das então recentes queimas de café. Hoje, é difícil calcular o impacto, sobre as pessoas, dessas queimas de grandes quantidades de café, que se tornaram matéria até mesmo de um filme alemão como *Kuhle Wampe* (1932), lançado pouco tempo antes de Mário de Andrade iniciar a sua ópera. Porém, para este, a importância do café não se limitava a isso. A sua destruição não era apenas a de um fruto ou uma riqueza mas também da forma de vida coletiva dos camponeses que o cultivavam e do seu próprio trabalho. Ela encarnava a ideia da desnecessidade do trabalho e do trabalhador. Para além do significado econômico associado ao café paulista e do seu sentido mítico abstrato, a escolha do café como assunto da ópera calcava-se justamente na coletividade associada a ele, da qual deriva inclusive a sua forma coral.

Nesse sentido, a destruição sacrificial do café estende os seus efeitos também sobre esses personagens coletivos. Temos, assim, uma segunda vítima sacrificial: os protagonis-

45 MAUSS, Marcel; HUBERT, Henri. Ensaio sobre a natureza e a função do sacrifício, *op. cit.*, p. 163-164.

tas da ópera, isto é, o grupo dos camponeses e dos trabalhadores urbanos. Nos primeiros dois atos, o sacrifício aparece sob o signo da fome, associando-se ao jejum, ainda que este não parta de um ato religioso deliberado, mas seja imposto contra a vontade dos jejuadores. A "destruição" do Eu lírico no "Coral das famintas", por exemplo, que se manifesta na dissolução da sua unidade e autonomia, é uma consequência da fome e do estado delirante e pré-racional próprio àqueles que a sofrem. Mas se a fome se associa à morte e a dissolução do eu, na "Imploração da fome" ela é também o motor da revolta e, portanto, a fonte da vida que renascerá,[46] adquirindo uma ambivalência própria à violência sacrificial, que, conforme vimos, destrói e ao mesmo tempo consagra. Tal qual as queimas de café, a fome sacrificial participa do mundo profano, embora seja absorvida pelo sagrado. É desse modo também que ela aparece na segunda cena, pois leva ao definhamento biológico e simbólico dos camponeses, mas também, indiretamente, ao aparecimento de uma consciência salvadora.

Outro importante símbolo sacrificial, associado à destruição da vítima, é o sangue. Assim como a fome e o fogo, os derramamentos de sangue remetem a fenômenos do mundo real, extraliterário. Implicitamente, eles rememoram as lutas recentes, por exemplo, a Coluna Prestes, a Intentona Comunista e o movimento camponês, à época atual, dos cangaceiros, que foi possivelmente fonte de inspiração para os cantos de combate do último ato. Contudo, o sangue não é representado, em *Café*, de forma explícita, a não ser na luta

46 "Não dorme na paz falsa da morte, a fome indica os caminhos/A fome vai fatalizar os braços/Grão pequenino do café!" ANDRADE, Mário de. *Café* – O Poema. In: TONI, Flávia Camargo. Café*, uma ópera de Mário de Andrade..., op. cit.*, p. 213.

final. Ele é muito bem dosado e só aparece em contexto sagrado. Na "Endeixa da Mãe", ele vem implicitamente relacionado tanto à dor da Mãe diante do sofrimento de seus "filhos" quanto ao ritual de Santa Verônica, a qual, como já dito, testemunha e absorve a dor daqueles que padecem injustamente, acolhendo o seu sangue e transformando-o em símbolo. Este não apenas expressa a compaixão da santa pelo sofrimento de Cristo, mas também inflama os fiéis com a sua dor, funcionando como propagador do sangue sacrificial, já não em estado bruto, e sim sacralizado pelo milagre e convertido em símbolo. Assim, ainda que de maneira muito indireta, discretamente representado como dor e praticamente invisível àquele que não reconheça a citação do ritual de Santa Verônica, o sangue responde pela euforia do povo das galerias após a tão comovente fala da Mãe. Tal qual a dor, ele está associado ao sofrimento da vítima sacrificial e ao renascimento da vida, que aparece aqui sob o signo de uma revolta mística da natureza.

A cena da Mãe começa a delinear um elemento central do sacrifício: a vítima expiatória. Antes dela, a vítima sacrificial ainda não havia se apresentado encarnada em um corpo. Tanto o café quanto os trabalhadores reunidos pela sua atividade econômica apresentavam-se como vítimas sacrificiais genéricas. Ora, se todos eles fossem igualmente vítimas sacrificiais, o sacrifício não se consumaria: ou nenhum deles seria destruído até o fim, até a purificação, permanecendo ainda ligados à vida (mesmo que a uma vida indigna); ou todos morreriam, invertendo a destruição sacrificial em destruição absoluta, isto é, em morte sem ressurreição. Desse problema nasce a necessidade de uma vítima expiatória, que assuma sozinha o papel de vítima cabal para que as demais pessoas e a própria comunidade como um todo possam sobreviver e se reerguer, ao colher o benefício sacrificial. Simbolicamente, a Mãe exerce aqui um papel de vítima expiatória, que sofre a sós toda a violência contra os seus semelhantes.

Porém, na cena final da ópera, na qual se consubstancia o ato sacrificial, o papel de vítima expiatória não é desempenhado pela Mãe, e sim por outra figura, a qual aparece inicialmente no "Êxodo". Trata-se do Homem Zangado, que "tem uma estrela de verdade bem na testa", "tem um corisco no sapato/E um coração humano no lugar do coração", anunciado no final do "Coral da vida", ainda apenas na narrativa dos camponeses, e não no plano dramático. Esse mesmo personagem reaparece na fala dos revolucionários no terceiro ato:

> É o moço da estrela na testa que vem
> Eu disse: Ele traz um corisco no pé
> É um chefe mais bravo que a tigre ferida
> Perverso que nem cascavel
> Fatal como a enchente do rio.[47]

Logo em seguida, aparece sobre o palco o soldado revolucionário que, ferido de morte pelos governistas, virá expirar à vista das mulheres (e dos espectadores), inflamando a cólera. Eis, enfim, a vítima expiatória transcendendo o *plano da fabulação*, descendo sobre o cenário, integrando-se ao presente "dramático" e assumindo uma imagem crística – um enviado de Deus que veio ao mundo terreno para sacrificar-se pelos homens. Temos aqui o primeiro derramamento de sangue da ópera.

---

47 ANDRADE, Mário de. *Café* – O Poema. In: TONI, Flávia Camargo. Café, *uma ópera de Mário de Andrade...*, *op. cit.*, p. 230.

Feita essa exposição da vítima sacrificial, em todos os seus principais traços e desenvolvimentos, já podemos identificar outro papel decisivo no ato sacrificial: o de sacrificante. Tomando a seção recém-mencionada, na qual o chefe revolucionário expira diante das mulheres e de outro soldado, a própria configuração da luta nos indica como sacrificante o soldado governista que o feriu. Se retrocedermos às manifestações anteriores da vítima sacrificial, devemos determinar como sacrificantes os deputados na "Câmara-ballet", incriminados na fala da Mãe, e os novos e antigos donos da fazenda de café, isto é, as classes proprietárias nas suas duas formas: antiga agrária e nova financeira e urbano industrial. Em suma, a classe economicamente dominante e seus representantes, apontados em conjunto como responsáveis diretos pelas queimas de café e pela fome dos trabalhadores, e representados pelos soldados governistas na luta do último ato.

Essa estrutura sacrificial apresenta, como não podemos deixar de notar, um caráter *sui generis*, que se explica em grande parte pela sua articulação com a arquitetura dramática, cujo eixo não é o sacrifício e a mediação entre o profano e o sagrado, mas o conflito dramático entre protagonistas e antagonistas. O sacrificante pratica o ato sacrificial acidentalmente, ou seja, sem a intenção consagradora própria aos rituais tradicionais de sacrifício. Em princípio, ele age enquanto antagonista, e não sacrificante, de modo que a violência sacrificial nasce do conflito dramático e, por extensão, da própria estrutura conflitiva da sociedade, mimetizada pelo princípio dramático da unidade da ação, e se prolonga à esfera e à temporalidade sagrada, que surge como um *Deus ex machina* a favor dos trabalhadores. Por consequência, os sacrificantes não possuem a ambivalência que tradicionalmente lhes é própria – participar do profano e do sagrado ao mesmo tempo. Eles são apenas profanos, mera encarnação da ganância e dos interesses baixos e particularistas. Tal fato já não se pode afirmar das vítimas sacrificiais, que assumem qualidades sagradas e profanas, ora tendendo ao prosaico e à vida imediata, ora se aproximando do simbólico e do transcendente, mantendo um de seus traços tradicionais. Contudo, nem os sacrificantes, nem as vítimas sacrificiais apresentam qualquer ambivalência moral, já que os primeiros, como antagonistas, encarnam todo o mal, a morte e o vício, ao passo que as segundas, como protagonistas, representam o bem, a vida e a pureza. Eis outra diferença em relação ao sacrifício tradicional.[48] Assim, a necessidade de a vítima expiatória re-

48 Cf. GIRARD, René. *A violência e o sagrado*. Tradução de Martha Conceição Gambini. São Paulo: Editora Universidade Estadual Paulista, 1990. Contrariando a tese amplamente aceita de Marcel Mauss e Henri Hubert, segundo a qual a eficácia dos rituais de sacrifício seria apenas uma superstição daqueles que o praticam, o antropólogo e crítico literário francês defende a sua real eficácia enquanto forma de metabolização social da violência, da qual depende a fundação e manutenção das organizações sociais humanas. Ele argumenta que a ilusão de que se tratariam apenas de superstições irracionais deriva basicamente do fato de que, nas sociedades modernas, o controle da violência não é mais exercido por rituais de sacrifício, mas, sim, por sistemas jurídicos. Além dessa tese central, e como parte dela, uma das ideias que Girard defende é a de que as vítimas sacrificiais portam sempre uma ambivalência moral, já que elas carregam sobre si todo o mal a ser eliminado, mas, ao mesmo tempo – e justamente por isso –, possibilitam extirpar o mal que ameaça os homens. Essa tese ganha concretude ao longo dos vários tipos de sacrifício analisados pelo autor, dentre os quais poderíamos destacar, a título de exemplo, o sacrifício de

ceber sobre si toda a violência sacrificial não deriva de um deslocamento, na direção dela, de todo o mal espraiado pela comunidade, a exemplo do sacrifício tradicional, mas apenas da exigência de particularização da vítima cabal, para impedir a morte da comunidade inteira.

Um elemento que ainda nos falta examinar é o benefício sacrificial, isto é, aquilo que emerge como resultado do ato sacrificial e sem o qual haveria somente a destruição de uma vítima, não acompanhada de consagração. O benefício sacrificial pode ser a consagração de uma pessoa, de um vegetal, a fertilização da terra etc. ou até mesmo a profanação de algo cujo caráter sagrado impedia a utilização para fins profanos. No caso do ciclo de morte e ressurreição, no qual se baseia a estrutura mítica da ópera, o benefício é o ressurgimento da vida e a fertilização da terra. Com efeito, ambos estão presentes. O ressurgimento da vida dos trabalhadores lançados à fome está implicitamente associado ao renascimento do café – ainda que este praticamente não apareça no último ato – e, portanto, à fertilização da terra. Contudo, nesse último ato o benefício se manifesta menos no ressurgimento da natureza do que na transformação do *páthos* dos personagens. Isso pode ser percebido em um trecho da "Concepção melodramática", no momento em que um soldado revolucionário presencia a já mencionada morte de seu chefe e fica

> ... meio esquecido da luta, é o chefe do esquadrão dele que morre. Em pé, ereto, o rapaz sofre muito e mesmo num momento, num gesto raivoso de vergonha, limpa com as costas da mão a lágrima.

édipo a partir de *Édipo rei* e *Édipo em Colono*, de Sófocles, e o sacrifício dionisíaco, em *As bacantes*, de Eurípides.

> Mas o chefe se estertora na morte. Chega a visita da saúde. Para de tremer, vai erguendo o pescoço, se soergue nos braços da mulher que não existe mais para ele (...). Então o chefe repara no operário ali inútil, vendo ele morrer. Faz um gesto raivoso de ordem. O operário vai para obedecer, hesita, volta, beija a testa do chefe e parte, desaparecendo pelo portão. O chefe soergue mais o torso, dá um sorriso de esgar vitorioso e cai morto. A mulher chora soluçando sobre o corpo dele.[49]

Assim, diante do gesto enfático que o seu chefe lhe faz logo antes do último suspiro, o soldado vence a melancolia na qual estava mergulhado ao vê-lo morrer, reergue-se e volta rapidamente para a luta. Apresentada exclusivamente por meios visuais, essa pequena passagem mostra precisamente o momento em que o benefício sacrificial atinge o soldado revolucionário. Além disso, nela inscreve-se o risco de que o sangue sacrificial, em vez de purificar, propague-se descontroladamente, levando todos à ruína, isto é, de que o soldado padeça de melancolia e abandone a luta, levando à derrota dos revolucionários. No entanto, esse risco é afastado pela conduta exemplar do chefe, que influencia o soldado melancólico com o seu *êthos* guerreiro e a sua perseverança incondicional. O chefe não possui atributos apenas heroicos, como nos indicam os versos que anunciam a sua entrada em cena, mas também sagrados, que o ato sacrificial propaga na direção dos revolucionários.

---

49 ANDRADE, Mário de. *Café* – Concepção melodramática. In: TONI, Flávia Camargo. Café*, uma ópera de Mário de Andrade..., op. cit.*, p. 203.

Em nenhum lugar essa vida incendiada pela morte sacrificial se torna mais visível do que no *páthos* das mulheres, que "agora, com a visão do morto, perdem o medo, reagem sanhudas, animalizadas".[50] Até então, as falas femininas e toda a construção e movimentação do cenário acentuavam o medo, o susto e a retração como *páthos*. O ato se inicia, ainda sem nenhuma fala, quando um menino foge de uma casinha à esquerda do cenário e a sua mãe solta um grito que desencadeia uma série de reações de susto e retraimento das mulheres do cortiço. O grito da mulher faz aflorar essa tensão que antes era apenas latente e silenciosa. A partir de então, todas as luzes das casas se acendem e as mulheres se unem e se agarram umas às outras: "olhos fixos no maestro, formando um quadro-vivo com a expressão espetacular do pavor".[51] Essa atmosfera aflita se manifesta também no texto cantado que, na realidade, é menos um texto do que uma sucessão de palavras ou expressões de duas ou três sílabas repetidas – "chegou, chegou, chegou!", "É hora, é hora, é hora!", "Que susto, que susto, que susto". Intercaladas com essas pequenas células, aparece também um ou outro verso formado por orações completas de teor mais objetivo – "Meu homem combate na rua", "Estou nesta espera de angústia". O aspecto geral dessa fala se assemelha bastante ao do "Coral puríssimo" da cena anterior devido ao caráter expressivo e estático e à dicção ainda mais batida e entrecortada, correspondendo, assim, a uma maior tensão anímica. Outro texto muito seme-

50 ANDRADE, Mário de. *Café* – O Poema. In: TONI, Flávia Camargo. Café*, uma ópera de Mário de Andrade..., op. cit.*, p. 230.

51 ANDRADE, Mário de. *Café* – Marcação. In: TONI, Flávia Camargo. Café*, uma ópera de Mário de Andrade..., op. cit.*, p. 248.

lhante em ritmo e dicção aparece na "Estância da revolta", entoado pelas mulheres em conjunto com os revolucionários logo após a morte do chefe; no entanto, a mudança de *páthos* não pode ser mais clara:

> EU SOU AQUELE QUE DISSE:
> O segredo da paz se fez guerra!
> Chegou! Chegou! Chegou!
> O momento dos filhos da terra!
>
> O momento dos filhos da terra!
> Chegou! chegou! chegou![52]

No cenário, já não vemos mais as expressões de retraimento de antes, e sim a cólera guerreira se intensificando até a queda do muro do cortiço, quando a luta se faz visível aos espectadores pela primeira vez. A mudança trazida pelo ato sacrificial não se manifesta, pois, no desenvolvimento objetivo da luta, que se desenrola atrás dos muros do cortiço, mas apenas no lado subjetivo, isto é, nos afetos dos guerreiros.[53] É pela contaminação da cólera guerreira que o sagrado age sobre o humano. O modo como esse afeto reconfigura os pratos da

52 ANDRADE, Mário de. *Café* – O Poema. In: TONI, Flávia Camargo. Café*, uma ópera de Mário de Andrade...*, *op. cit.*, p. 230.

53 Quando a luta aparece em cena, o que vemos não é o caos nem a imprevisibilidade que são próprios à luta revolucionária, que desconhece qualquer *télos*, mas uma luta filtrada pelos princípios de ordem e equilíbrio que regem a concepção pictórica e coreográfica: "Alguns combatentes, em corpo-a-corpo entram pelo portão, brigam no palco. Entram pelas casinhas combatendo sempre. Cairá algum raríssimo, predeterminado, em lugar bem escolhido para não entulhar o palco". ANDRADE, Mário de. *Café* – Marcação. In: TONI, Flávia Camargo. Café*, uma ópera de Mário de Andrade...*, *op. cit.*, p. 250.

balança e conduz os revolucionários à vitória nos é tão oculto quanto a própria luta. Esse mistério tampouco pode ser desvendado pelo argumento realista de que, com a participação das mulheres, o exército revolucionário aumenta. Com efeito, as mulheres, em vez de se assomarem à luta, permanecem cantando "enraivecidas em cena visível" enquanto os homens estão "revoltosos por detrás do muro", onde a luta acontece. A própria revolução ganha, assim, uma qualidade mística, invisível aos olhos humanos e incomensurável com a razão, tornando-se inenarrável. Revolução passa a significar apoteose.

Quando a batalha se aproxima do fim, o muro do cortiço cai e a luta se torna visível aos espectadores. No entanto, as indicações de Mário de Andrade revelam uma preocupação não em representar a luta em si, mas em determinar a iluminação e a disposição dos elementos cênicos e dos personagens que circundam essa luta:

> Um novo clarão fortíssimo. O muro cai todinho. Se enxerga as casas, do outro lado da rua, janelas todas abertas, iluminadas, com gente incitando os revolucionários, atirando moringas, copos, potes, penicos (...), em cima da soldadesca.
> (...)
> O GRANDE CORAL DE GUERRA atinge o seu máximo de intensidade. Tudo se precipita em cena. Todas as janelas abríveis do outro lado da rua e no cenário de fundo, estão escancaradas, cheias de gente cantando incitantes, toda a cena está avermelhada pelos clarões dos incêndios, todo o casario dos arranha-céus de fundo iluminadíssimos em escarlate.[54]

54 ANDRADE, Mário de. *Café* – Marcação. In: TONI, Flávia Camargo. Café*, uma ópera de Mário de Andrade..., op. cit.*, p. 251.

Longe de indicar uma concentração dramática sobre os vaivéns da luta, as marcações de Mário de Andrade se detêm fundamentalmente na composição do cenário e na disposição do coro, isto é, das pessoas cantando pela janela, de dentro de suas casas. Há uma notável resistência do autor em apresentar cenicamente a luta, como ele próprio reconhece em sua "Introdução" ao *Café*.[55] Para Mário, o importante era definir o *páthos* da luta revolucionária, e não a luta em si: "Não conta o segredo aos grandes".[56]

Ao contrário das cenas anteriores, esta última narra um acontecimento central e decisivo: o ato sacrificial. Toda a cenografia e a iluminação, bem como todos os movimentos coreográficos, são construídos em função desse fato fundamental, que, conforme vimos, opera como um divisor de águas de dois estados afetivos diferentes. Essa centralidade de um acontecimento único permite, certamente, uma analogia com a macroestrutura do drama. Porém, há nessa luta algo místico, invisível ao olhar e incomensurável com a razão e que, a rigor, não pode ser narrado, explicado, comentado etc., mas apenas indicado por meio de signos opacos. Nesse sentido, não apenas estamos distantes da ideia da forma dramática, como também nos limites da épica, porquanto o próprio ato de narrar implica a construção de um universo literário imanente à experiência e à memória do narrador. Isso é o que distingue o narrador do profeta, do sacerdote, do médium etc.

---

55 ANDRADE, Mário de. *Café* – Introdução. In: TONI, Flávia Camargo. Café*, uma ópera de Mário de Andrade...*, *op. cit.*, p. 175.

56 ANDRADE, Mário de. *Café* – O Poema. In: TONI, Flávia Camargo. Café*, uma ópera de Mário de Andrade...*, *op. cit.*, p. 234.

Uma épica?

Uma vez expostas as linhas de continuidade que, derivadas do ciclo de morte e ressurreição, articulam internamente cada uma das cenas, bem como a sequência delas, retornemos, pois, à questão inicial do capítulo: afinal, estamos diante de uma épica? Vimos que a tendência à fragmentação da ópera em partes aparentemente estáticas e heterogêneas não apenas a afastava definitivamente da forma dramática, tal qual exposta no capítulo anterior, mas colocava em dúvida se poderíamos compreendê-la como uma épica, já que aparentemente não era possível identificar um foco épico. Com efeito, fissurado em múltiplos focos descontínuos, o eu épico tomaria a forma fragmentária do universo que ele representa, dissolvendo-se enquanto ponto de vista épico.

No entanto, o simbolismo de alguns elementos cênicos, que apreendemos por meio das indicações da "Concepção melodramática" e da "Marcação", porquanto sugere um outro regime de temporalidade, tendendo a superar esse caráter fragmentário, foi tomado como fio condutor da análise deste capítulo. Isso nos permitiu identificar um movimento comum – seja em cada uma das diferentes seções em que as cenas se dividem, seja na relação entre elas –, cujo esquema geral é a passagem do profano ao sagrado, ou melhor, o trajeto que ascende do impasse imanente ao dinamismo do sagrado. Além disso, vimos também que a ordem das cenas tampouco é fortuita, embora não responda ao encadeamento causal e à continuidade da ação, próprios ao drama. A sua sequência delineia uma progressiva mudança nas relações entre o profano e o sagrado, isto é, entre o mundo imanente habitado pelos personagens e a esfera transcendente que age sobre o primeiro. Esse processo se inicia com o movimento dos protagonistas em direção ao sagrado, na cena do armazém do porto, passa pela manifestação da atividade do próprio sagrado, na fazenda cafeeira, pela contaminação do profano pelo sagrado, na cena da câmara dos deputados, pela personificação do sagrado sob a forma de uma criatura messiânica, na cena do êxodo, e se encerra com a consubstanciação "dramática" do ato sacrificial, na cena da revolução. É possível, pois, apreender um foco épico que desmente, em uma camada mais profunda, a natureza fragmentária da textura de superfície, decorrente da dispersão do foco narrativo. Dessa forma, podemos intuir um ponto de vista a partir do qual se constrói uma visão coerente e uma narrativa, de certo modo, linear. Entretanto, esse foco capta no centro do seu olhar um elemento místico irredutível ao discurso narrativo, de modo que o eu épico avança, tal como a fala da Mãe em "Camara-ballet" sobre o terreno da profecia. E é desse protagonismo de forças míticas que surge o *tour de force* que superará, de modo transcendente, o impasse insolúvel por meios imanentes.

Assim, levando em conta a tendência ao fragmentário, de um lado, e o movimento unificador do mito, de outro, podemos encaminhar a questão sobre a pertinência ou não de se considerar *Café* uma obra épica, retomando e desdobrando a ideia de um dualismo formal, ideia esta já mobilizada anteriormente para caracterizar a tensão, presente em "Câmara-ballet", entre o regime "realista" da farsa e a transcendência mítica, encarnada sobretudo na fala da Mãe. Esse dualismo entre o mito e a farsa se amplia, ganhando aqui o sentido de outro dualismo, entre o uno e o fragmentário, de cujo equilíbrio depende a estrutura épica: se a tendência ao fragmentário fosse o único princípio de configuração formal, não haveria a possibilidade de constituição de um eu épico e de um ponto de vista narrativo, dissolvendo-se ambos em uma objetividade mosaica, estática e impermeável às ações dramáticas bem como a qualquer tipo de investimento subjetivo, até mesmo por parte de um narrador, que perderia qualquer ponto de apoio; já o princípio unificador do mito, pelo contrário, parece proporcionar as condições para a constituição da forma épica, na medida em que faz engendrar um movimento capaz de superar esse caráter fissurado e descontínuo, garantindo, assim, um foco épico e uma continuidade narrativa. Porém, esse movimento tensiona os limites da forma épica em outro lugar: já não pela tendência à fragmentação, mas porque traz em seu bojo dinâmicas e conteúdos inacessíveis por meio das faculdades humanas pressupostas pela forma épica e pelo ato de comunicação que esta forma estabelece entre narrador e receptor, tais como percepção empírica, memória e representação. Essa coexistência de expedientes épico-líricos e processos obscuros e sobrenaturais não é, entretanto, necessariamente incompatível com os pressupostos da épica. Tampouco o é o equilíbrio que tal coexistência garante entre, de um lado, o projeto ético do autor e o destino que ele desesperadamente deseja assegurar para seus personagens – e para isso mobiliza forças ocultas – e, de outro, os limites impostos por um mundo objetivo – cristalizado em forma literária – que se apresenta como fragmentário e refratário a qualquer forma de intervenção por parte dos personagens e até mesmo da mão autoral, reflexivamente apreensível na configuração diegética. Pelo contrário, sob o nome de ironia, uma tensão semelhante a essa tornou-se, aos olhos do filósofo Georg Lukács, um dos problemas centrais na configuração formal da épica moderna, ou seja, do romance:

> Como constituinte formal da forma romanesca, significa ela [a ironia] uma cisão interna do sujeito normativamente criador em uma subjetividade como interioridade, que faz frente a complexos de poder alheios e empenha-se por impregnar o mundo alheio com os conteúdos de sua aspiração, e uma subjetividade que desvela a abstração e portanto a limitação dos mundos reciprocamente alheios do sujeito e do objeto, que os compreende em seus limites, concebidos como necessidades e condicionamentos de sua existência, e que mediante esse desvelamento, ainda que mantenha intacta a dualidade do mundo, ao mesmo tempo vislumbra e configura um mundo unitário no condicionamento recíproco dos elementos essencialmente alheios entre si.[57]

De acordo com Lukács, a forma do romance nasceria, pois, desse confronto entre dois princípios de configuração: uma interioridade ativa em busca de realizar-se em um mundo refratário às suas aspirações e uma subjetividade reflexiva, que visaria a estabelecer a mediação entre interioridade e mundo em um processo de correção recíproca. Mais adiante, o filósofo húngaro reapresenta essa dinâmica como uma "interação entre dois complexos éticos", ou seja, entre uma "ética da subjetividade criadora" e a sua "autocorreção ética".[58] Não seria o caso aqui de esmiuçar essa complexa teoria da épica moderna, desenvolvida por Lukács, mas apenas realçar

57 LUKÁCS, Georg. *Teoria do romance*: um ensaio histórico-filosófico sobre as formas da grande épica. Tradução de José Marcos Mariani de Macedo. São Paulo: Duas Cidades; Editora 34, 2009, p. 74-75.

58 LUKÁCS, Georg. *Teoria do romance... op. cit.* p. p. 85.

o fato de que, para o autor, essa tensão é constitutiva da forma épica: sem essa interioridade ativa, ou essa "ética da subjetividade criadora", restaria apenas um mundo literário amorfo; e, na ausência de sua "autocorreção ética", essa energia criadora permaneceria apenas um gesto subjetivo abstrato, carente do desdobramento empírico e objetivo constitutivo da épica. Esse paralelismo entre a caracterização lukacsiana da épica moderna e nosso encaminhamento do dualismo entre procedimentos épico-líricos e míticos em *Café* parece indicar que o conceito de forma épica seria suficiente para a caracterização da forma e do sentido dessa ópera, conquanto fosse regulado pelos seus conceitos-limite, isto é, pelas ideias de drama, forma fragmentária e mito.

Entretanto, há um ponto a partir do qual o conceito de épica se torna insuficiente para a caracterização da ópera: trata-se do momento em que a tensão recém apresentada deixa de existir, isto é, em que o anseio do autor por salvar a vida dos seus personagens o leva a desrespeitar as regras do mundo literário e a acionar aquilo anteriormente denominado por nós como hybris do mito. Se até certo ponto a ópera é constituída por uma interação, às vezes tensa, entre dois sistemas de verossimilhança – um mítico e outro realista, em amplo sentido, ou mimético –, em dados momentos, há uma inflexão pela qual o primeiro engalfinha o segundo e o refuncionaliza segundo as suas regras próprias – a saber, as do ciclo de morte e ressureição – e, dessa forma, salva os personagens por meio de um salto para fora da vida natural e empírica. Eis o ponto em que a forma épica se converte em ritual místico e o autor-narrador deixa de contar uma história, e passa a praticar um ato religioso orientado a fins que extravasam os limites do universo literário, não obstante seja este universo o único objeto investido de interesses em um ato comunicacional entre narrador e receptor.

Essa hybris do mito – que distorce as regras do mundo literário, abandonando os limites da épica e solucionando, assim, o impasse dos personagens – parece nascer de uma profunda solidão ética de Mário de Andrade, de um sentimento segundo o qual o mito seria a única forma de mediação possível entre seu desejo enérgico de emancipação e humanização da sociedade e uma real condição das classes populares marcada pela quase total falta de autonomia e de possibilidade lutar pelo próprio destino, agravada pela extrema rarefação da luta de classes. Nesse sentido, o intuito de reforçar as formas universais e os laços coletivos mediante o retorno ao tradicional teatro cantado e à universalidade do mito também pode ser visto como a contraparte da objetividade e aderência social ao isolamento subjetivo do autor-narrador em meio a esse universo refratário à sua utopia. Uma objetividade que guarda, sem dúvida, mais relação com os vínculos comunitários e sociais, com base nos quais se erigem os rituais místicos, religiosos, sacrificiais etc., do que com o caráter mimético e representacional da forma épica. Entretanto, embora buscado como uma tentativa de transcender o abismo social por meio da intensificação dos vínculos coletivos, o que esse retorno ao coletivo e universal testemunha de maneira implacável é, antes de tudo, o isolamento social do intelectual, cujo projeto ético, político e social não encontra nenhum ponto de aderência no mundo histórico e social que tem diante de si como campo de realização.

Até certo ponto, ainda estamos, pois, no terreno da épica. Há um Eu épico que estabelece um foco narrativo, a partir do qual ele ordena e hierarquiza os elementos e determina uma progressão e unidade por trás da superfície de aparente fragmentariedade, análogas à unidade do eu enquanto foco subjetivo. Trata-se de uma épica que apresenta traços claramente modernos – e mesmo modernistas – em coexistência com traços antigos, os quais se manifestam sobretudo no recurso ao mito e ao teatro cantado; em outras palavras, que recontextualiza e ressignifica esses elementos pré-modernos e pré-burgueses segundo uma constelação moderna de problemas. No entanto, à medida que se suspendem as regras de verossimilhança do mundo natural e empírico, passando este a ser colonizado pelo regime de inteligibilidade da forma mítica, a forma épica é abalada em sua essência. Uma das apostas que parece estar por trás desse retorno ao mito é a de que o caminho à superação do capitalismo deveria passar por uma retomada das formas coletivas e pré-capitalistas, embora enquanto realidade estética, e segundo o seu sentido social concreto, essa desmesura, essa hybris do mito pareça muito mais indicar a incomensurabilidade entre o artista, com suas aspirações, e o mundo por ele habitado, pois, mesmo calcado na ideia de coletividade, tal retorno surge como o gesto desesperado de um eu isolado. Seja como for, é impossível deixar de reconhecer aqui uma dimensão ritualística, a qual, embora profundamente dependente da estrutura diegética da obra, não se deixa apreender completamente a partir do conceito de épica, devendo ser observada em outra chave, se desejamos compreender o sentido estético e social mais profundo dessa ópera e mais fiel ao contexto e às intenções artísticas dos quais ela nasceu.

3. Engajamento

Assunto, forma e espectador

O gênero épico pressupõe uma relação comunicativa entre o narrador e seus ouvintes ou leitores. "O narrador", observa Anatol Rosenfeld, "quer *comunicar* alguma coisa a outros que, provavelmente, estão sentados em torno dele e lhe pedem que lhes conte um 'caso'".[1] Assim, os seus destinatários se colocam em uma posição contemplativa diante da história narrada, da qual não participam e a qual, pelo contrário, representam como a de um terceiro. Esse foi o pressuposto fundamental da análise desenvolvida no capítulo anterior, em que concluímos com a observação de que *Café* transcende a narração e a memória em direção à revelação e à profecia, chegando ao limite da própria épica, o que se manifesta como impossibilidade da narração de um acontecimento oculto, que se dá para além do campo da experiência sensível e da apreensão racional. Ao mesmo tempo em que define os limites da épica, essa obscuridade aponta para a relação ritualística e, portanto, interessada da ópera, pela qual ela nega a própria ideia de obra de arte e se aproxima do culto religioso, esperando dos espectadores uma relação interessada, utilitária. Neste capítulo, vamos expor

1 ROSENFELD, Anatol. *O teatro épico, op. cit.*, p. 25. [Grifo do original.]

essa dimensão utilitária da ópera, a qual se associa não apenas ao seu sentido ritualístico, mas também, e principalmente, ao seu sentido político, de arte engajada.

Em linhas gerais, o engajamento artístico implica o direcionamento social ou político da arte, isto é, o seu compromisso com uma finalidade externa à própria obra. Assim, um dos primeiros problemas que vêm à luz é o do assunto, já que, em um nível mais superficial, é por meio dele que a arte se relaciona com a sociedade, a política e tudo o que lhe é externo. Com efeito, Mário de Andrade costuma dar grande importância ao assunto em arte. Assim, ao criticar a tese de Sérgio Milliet, segundo a qual o afastamento entre a pintura e o seu público é consequência do intelectualismo da arte – isto é, de um "excesso" de técnica –, o autor de *Café* lhe opõe outra tese: esse afastamento, afirma, remete a uma transformação que a arte sofreu ao deixar de ser aristocrática e passar a ser burguesa, transformação esta que "se processa justamente por uma mudança de temática, de assunto, e não propriamente de técnica":

> A aristocracia não provocaria jamais o divórcio entre a arte e o público (povo) porque justamente a arte era um dos processos dela se comunicar com o povo e se impor a ele. Daí a utilização preliminar e predominante do assunto, uma restrita e escolhida temática (...). O que ela [a burguesia] carecia justamente era se afastar, se distinguir do povo de que ela provinha. Daí o esoterismo de sua arte: uma temática que não a comunicava mais com o povo, temática só acessível à cultura livre e estética, a paisagem, a natureza-morta. Enfim: o abandono dos símbolos, o arrefecimento morno dos entusiasmos tradicionais.[2]

2 ANDRADE, Mário de. Pintores e pinturas. In: ______. *O empalhador de passarinho*, *op. cit.*, p. 229.

Mário de Andrade trata aqui povo e público como termos equivalentes. Poderíamos, assim, certamente objetar que a ruptura da arte burguesa com o povo não significou uma ruptura com o público, porquanto ela continuava tendo algum destinatário, ainda que burguês. No entanto, esse lapso não é gratuito, pois nos indica dois aspectos importantes do gesto artístico do qual nasceu *Café*. Primeiro, o desinteresse pelo público burguês, uma vez que o seu objetivo era se endereçar às camadas populares. Segundo, a importância fundamental, para esse propósito, de uma consideração sobre o assunto. O artista que pretendesse se comunicar com um público amplo, de extração popular e alheio aos padrões da arte burguesa deveria tratar de assuntos que lhe interessassem e dissessem respeito à sua vida. Eis o caminho que Mário pretendeu seguir em sua empreitada operística, conforme nos conta em um artigo posterior à finalização do libreto:

> Não havia necessidade nenhuma de "reformar" a ópera mais uma vez, como Gluck ou como Metastasio, ou como Wagner. Todas as reformas tinham sido inócuas e servido apenas a interesses particulares de gênios incontestáveis. O erro fundamental de um Gluck, como dum Ranieri de Cassalbigi e também de um Debussy, fora pretender nobilitar, elevar os mesmos assuntos de todos os outros (era sempre o confucionismo dos "valores eternos"...), quando o que carecia era escolher outros assuntos. Como Wagner fizera e por isso fora tão arianamente eficaz. Era preciso apenas observar as fontes mesmas do teatro cantado universal e buscar assuntos contemporâneos que tivessem para nós o mesmo interesse e a mesma possibilidade de coletivização e ensinamento. O Café! A imagem pulou. Não seria possível acaso tentar uma

> ópera de interesse coletivo, tendo como base de assunto o café?...[3]

A conveniência do assunto do café para uma ópera que pretendesse romper com o circuito burguês da arte de vanguarda e despertar o interesse das classes populares não se limitava ao seu significado econômico e social como símbolo de uma sociedade agrária passando por turbulências nem ao comovente e trágico espetáculo de suas queimas, mas residia, conforme vimos, sobretudo no seu papel fundamental enquanto base econômica de uma forma de vida coletiva, isto é, daquilo que "em diversas sociedades e civilizações pode ser chamado de racial, tribal, nacional, distrital ou soviet: a organização da humanidade em coletividades designadas pela geografia humana e pela antropogeografia".[4] Dessa vida coletiva organizada em torno do cultivo e do comércio do café, Mário de Andrade extraiu os protagonistas de sua ópera, que são identificados no libreto como personagens coletivos: "os colonos", "os estivadores", "as mulheres", "os casais", "as operárias", "os revolucionários" etc. Aqui já começamos a passar do assunto à forma.

Com isso, podemos delinear uma triangulação que define a natureza específica do engajamento artístico de *Café*, marca a particularidade da ópera em relação à maior parte da arte engajada do próprio Mário de Andrade e estabelece um modo relativamente original, pelo menos no Brasil, de

3 ANDRADE, Mário de. Do teatro cantado. In: COLI, Jorge. *Música final:* Mário de Andrade e sua coluna jornalística *Mundo Musical, op. cit.*, p. 103.

4 ANDRADE, Mário de. *Café* – Introdução. In: TONI, Flávia Camargo. Café, *uma ópera de Mário de Andrade*..., *op. cit.*, p. 167.

configurar o problema do engajamento artístico. Em termos ainda genéricos, a configuração estética de uma arte engajada levaria em conta, de acordo com essa perspectiva, três elementos inseparáveis: o assunto, a forma e a relação com os espectadores (o que inclui a determinação do público-alvo).

Ópera-coral

Em meio a um cenário histórico nacional e internacional hostil, marcado respectivamente pelo Estado Novo e pela Segunda Guerra Mundial, Mário de Andrade começou a sentir uma urgência do engajamento político da arte e um grande incômodo com a arte "abstencionista".[5] Isso o levou a abandonar um romance sobre a vida íntima de quatro "burguesinhos" a que estava se dedicando até 1940.[6] Pouco tempo depois, o escritor retomou o antigo projeto de uma ópera sobre o café iniciado em 1933, quase uma década antes. Essa retomada responde a uma necessidade de mudança de assunto, de abandono do tema da intimidade da vida burguesa em benefício de outro não apenas urgente como de grande alcance social. Mas tampouco bastou a Mário de Andrade essa

5 Cf. ANDRADE, Mário de. A elegia de abril. In: _______. *Aspectos da literatura brasileira, op. cit.*

6 "Em 1939 [Mário] começou a escrever um romance, de que me dava conta do andamento por carta, pois estava então no Rio. De repente, em 1940, me vem de lá um grito sofredor, em que ele desabafava: não podia mais continuar tecendo aquele tricô psicológico em torno de quatro burguesinhos, enquanto o mundo se destruía e o homem corria perigo. Largara o romance, que não retomou mais." ALVARENGA, Oneyda. Sonora política. *Revista do arquivo municipal*, São Paulo: Departamento do Patrimônio Histórico, n. 198, p. 12, 1990.

mudança de assunto, tanto é que o projeto do romance do *Café* foi igualmente abandonado. Mário só sentiu ter cumprido satisfatoriamente com o seu dever artístico perante o momento histórico ao escrever a ópera homônima, o que implicava também uma mudança de gênero, pois o romance já não era mais visto como adequado.

Porém, a ópera não era bem vista pelos modernistas, o que levou Mário a buscar legitimá-la por meio de uma defesa de certo modo truncada do gênero. Embora criticada em seu sentido restrito, ele a associou ao teatro cantado e, dessa forma, a estendeu a tempos, lugares e formas sociais diferentes daqueles em que ela se desenvolveu com esse nome.

> Na verdade a ópera sempre existira (...), e estava na base mais importante das forças que ordenam as sociedades. A ópera só tomara este nome no dia e no tempo em que, desrespeitando os seus princípios mais profundamente humanos e gerais, de definição coletiva de cultivo dos heróis, dos mitos da natureza, de rito e comemoração religiosa ou nacional, ela se tornara numa arma ostensiva de classe dominante. Ópio do povo, distanciamento dos ricos.[7]

Ao contrário da ópera *stricto sensu*, o teatro cantado abrangeria desde a tragédia grega dos tempos de Ésquilo, Eurípides e Sófocles, que "chegou a ser inteiramente cantada, nos teatros públicos"[8] até as cheganças, as congadas e o Bumba meu boi, isto é, as danças dramáticas brasileiras,

7 ANDRADE, Mário de. Do teatro cantado. In: COLI, Jorge. *Música final:* Mário de Andrade e sua coluna jornalística *Mundo Musical, op. cit.*, p. 101.

8 ANDRADE, Mário de. *Pequena história da música, op. cit.*, p. 31.

muitas então ainda vivas e sendo praticadas a poucos quilômetros de distância. Ao contrário da ópera, o teatro cantado seria uma forma universal. Não apenas por ser praticada pelo povo, mas também devido à sua onipresença no tempo e no espaço, já que esteve presente na Antiguidade, no período medieval, na Europa, fora dela e, inclusive, no Brasil. Assim, seja pelo interesse social ou humano dos seus temas, seja pela sua destinação à população como um todo, e não ao círculo estreito de uma classe, o teatro cantado fornece o modelo para o projeto de reforma da ópera abraçado por Mário de Andrade. Retornando a ele, a ópera se tornaria capaz de transcender o estrito círculo da elite intelectual e do espectador burguês e se dirigir à grande população, o que significa, basicamente, ao povo.[9] E retornar ao teatro cantado signifi-

9 Para além do teatro cantado, Mário de Andrade menciona uma influência mais direta a que recorreu na busca do tom adequado para a seção dramática "A discussão": os bardos celtas, cantadores populares da Idade Média que percorriam o mundo cantando. Segundo o autor de *Café*, "é provável que as suas cantigas de estação tenham influído nas festanças de primavera, usadas em maio". ANDRADE, Mário de. *Pequena história da música, op.* cit., p. 61. Ao contrário da música litúrgica que se praticava nas igrejas e que seguia preceitos bem mais restritos, as cantigas estariam, pois, associadas ao contexto profano e popular das festas, o que Mário provavelmente levou em consideração. Dessa forma, os poemas desses bardos parecem ter reacendido em Mário a inspiração bloqueada, não apenas em virtude do tom solene de suas narrativas épicas como também por terem sido verdadeiros cantadores populares, à maneira de Chico Antônio, cantador de coco que encontrou em sua viagem pelo Nordeste brasileiro (cf. ANDRADE, Mário de. *Vida do cantador*. Belo Horizonte, Rio de Janeiro: Villa Rica, 1993, p. 92), e à maneira dele próprio em *Macunaíma*, roman-

cava também retornar àquele "eterno e universal princípio místico de morte e ressurreição do deus da natureza, do sustento tribal que está na base duma infinidade de tradições e

ce construído por meio de uma justaposição de várias lendas, sobretudo populares. Partindo da leitura de Gilda de Mello e Souza sobre *Macunaíma* (SOUZA, Gilda de Mello e. *O tupi e o alaúde*: uma interpretação de Macunaíma. São Paulo: Duas Cidades; Editora 34, 2003), Flávia Toni enfatiza essa afinidade entre o romance modernista e as cantigas dos bardos, já que se tratava, em ambos os casos, de uma "narrativa épica dos poetas que contavam as histórias de seus povos" (TONI, Flávia Camargo. Café*, uma ópera de Mário de Andrade...*, *op. cit.*, p. 117), e com isso nos indica que, até mesmo onde o libreto mais parece se distanciar da linguagem popular, é precisamente dos cantadores populares que os textos extraem a sua tônica. Assim, Mário parece encontrar nos poemas de Taliesin, cuja influência se faz notar no "Coral do queixume", na "Imploração da fome" e na "Endeixa da Mãe" (cf. TONI, Flávia Camargo. Café*, uma ópera de Mário de Andrade...*, *op. cit.*, p. 115-6), o tom adequado para harmonizar, de um lado, os impulsos populares da ópera e o seu intuito de chegar ao povo e, de outro, a busca por um tom elevado que se distanciasse do realismo e adquirisse uma simbologia mais geral, menos localista e menos ligada às contingências do mundo prosaico. Em outras palavras, tratava-se de trazer um assunto popular, pois diz respeito à vida dos trabalhadores rurais e urbanos, para uma formulação "sublime". Ainda assim, permanece aberta a questão de quanto essa transposição não teria afastado o escritor daquele povo a quem pretendia se dirigir mais diretamente, isto é, dos trabalhadores paulistas do campo e da cidade afetados pela crise do café do final dos anos 1920 e jogados às ruas; de quanto essa tentativa de universalização da ideia de "povo", evidenciada por essa busca de longínquos cantadores populares, não teria distorcido a sua compreensão sobre o povo com o qual desejava se comunicar.

costumes etnográficos e folclóricos" e "talvez seja a própria inspiração primeira de todo o teatro cantado, na Grécia, na Ásia, na Idade Média e fundamenta as nossas danças-dramáticas de origem não erudita, os Congos, o Bumba-meu-Boi, os cordões de bichos e já eruditamente, os pastoris religiosos".[10]

Mas se, de um modo geral, a ópera enquanto tal é criticada por Mário de Andrade por ser uma arte burguesa, isso não significa que o autor de *Café* careceu de modelos operísticos. Se ele censura alguns de seus reformadores por terem partido de mudanças na técnica e na forma, deixando intocados os velhos assuntos, nem por isso deixa de enaltecer outros mais afins às suas convicções artísticas. Em uma crítica à ópera *Guilherme Tell*, de Gioachino Rossini, por exemplo, Mário enfatiza como a principal novidade da ópera uma mudança de assunto. *Guilherme Tell* data dos primeiros anos do século XIX – um período marcado, entre outros fatores, pelos movimentos de libertação nacional – e, não por acaso, tem por assunto o movimento de revolta do povo suíço contra o domínio austríaco, ocorrida no século XIII sob a liderança de Guilherme Tell. No tempo em que ela foi escrita, isso era uma novidade. As óperas sérias versavam basicamente sobre

10 ANDRADE, Mário de. Psicologia da criação. In: COLI, Jorge. *Música final:* Mário de Andrade e sua coluna jornalística *Mundo Musical, op. cit.*, p. 105. Em *Café*, Mário de Andrade aproveita das danças dramáticas não apenas o princípio de morte e ressurreição como também a sua natureza simultaneamente sagrada e profana, pois "todas [as danças dramáticas] são de fundo religioso. Ou melhor dizendo: o tema, o assunto de cada bailado é conjuntamente profano e religioso, nisso de representar ao mesmo tempo um fator prático, imediatamente condicionado a uma transfiguração religiosa". ANDRADE, Mário de. *Danças dramáticas no Brasil, op. cit.*, t. 1, p. 22.

temas mitológicos, e as cômicas tratavam de temas prosaicos. Até hoje muito mais conhecido pelas suas óperas *buffas*, Rossini se estabelece, no ano de 1824, em Paris, onde emergia o um novo estilo operístico "destinado a cativar o público relativamente inculto que enchia os teatros de ópera em busca de emoções e divertimento":[11] o *Grand Opéra*. Tratava-se de um tipo de ópera séria e ao mesmo tempo popular, que lotava os auditórios com apresentações de temas históricos, e não mais mitológicos. *Guilherme Tell* representou uma inovação importante em relação à ópera italiana e mesmo à francesa, contribuindo, ao lado de algumas das óperas de Meyerbeer, para fixar o estilo do *Grand Opéra*. O seu assunto estava a cinco a séculos de distância; no entanto, o tema da libertação nacional ligava presente e passado, de modo que as pessoas comuns certamente não tinham dificuldades em reconhecer nela os temas contemporâneos que as afetavam diretamente. Tratava-se, pois, de um estilo de ópera popular, destinada a um público amplo e pouco familiarizado com a ópera, o que se manifestava, em primeiro lugar, nos assuntos que lhe estavam associados, conforme ressalta Newman, um historiador da música em que Mário de Andrade se baseou para escrever sua crítica:

> Um novo tipo de assunto para ópera estava entrando na moda; o público achava-se cansado da mitologia clássica e queria ver no palco a vida do seu próprio tempo ou qualquer coisa que se lhe correlacionasse. As ideias liberais também andavam no ar,

---

11 GROUT, Donald J.; PALISCA, Claude V. *História da música ocidental*. Tradução de Ana Luísa Faria. Lisboa: Gradiva, 2007, p. 628.

> como resultado da fermentação política e social da época; a liberdade e a democracia eram idealizadas e os tiranos, mal vistos.[12]

Esse novo estilo operístico desenvolvido na França do século XIX teve duas características que parecem ter se convertido em modelos para Mário de Andrade. Uma delas é justamente a sua destinação ao grande público, não familiarizado com a ópera, que ia aos teatros em busca de entretenimento e produções espetaculares; isto é, o seu papel de trazer para o campo da cultura de massas um assunto que transcendesse as efemeridades que nele são usualmente oferecidas aos consumidores, e que fosse capaz de colocar em foco os grandes temas históricos e políticos contemporâneos que afetavam a vida de todas as pessoas. Embora esse traço não tenha sido explicitamente mencionado na crítica à ópera de Rossini, Mário certamente não foi indiferente a ele: o intuito de romper com a arte de vanguarda e de endereçar a sua arte ao povo encontra aqui um modelo histórico, do qual provavelmente derivou, pelo menos em parte, o teor espetacular e grandiloquente de *Café*, indicado na "Concepção melodramática". A outra característica da ópera de Rossini que Mário menciona explicitamente na crítica a *Guilherme Tell* e à qual também se refere na sua "Introdução" ao *Café* é a busca de assuntos que estivessem conectados com a vida das pessoas comuns, nos quais elas identificassem os seus próprios anseios, medos, dúvidas etc. Na ópera de Rossini, isso levou ao abandono dos assuntos mitológicos, ao passo que,

12 NEWMAN, Ernest. *História das grandes óperas e de seus compositores*. Tradução de Antônio Ruas. Porto Alegre: Livraria do Globo, 1943, p. 181.

para o escritor brasileiro, se tratava sobretudo de abandonar os temas burgueses, o "tricô psicológico". Para Mário de Andrade, o essencial era que essa mudança de assunto trazia uma consequência fundamental na técnica e na forma:

> O que interessa observar é que justo nesse segundo ato da revolta, que é o mais inspirado e genial, se deu o que, em gíria de teatro, é um ator ou personagem 'roubar' a importância de outro mais principal. Com efeito, na imponência coletiva da conjuração, o herói da ópera, Guilherme Tell, confundido com os outros inconfidentes que o cercam e mesmo o dirigem intelectualmente. (...) Porque o herói legítimo da criação de Rossini, [Ernest] Newman confere, 'é o povo suíço, no caso representado pelos que o dirigiram, e se tornaram a inteligência e a consciência do povo infeliz.[13]

O assunto da libertação nacional contra o domínio estrangeiro exigiu a construção de um novo tipo de personagem adequado às ideias de povo e de nação, representadas pela ópera: um personagem coletivo. Não se tratava de um novo personagem dramático – pois ele não agia – nem de um mero contemplador da ação, como o coro antigo, e sim de um personagem sobre o qual repousa a razão de ser dos atos do herói. O povo suíço, diz Mário, é o verdadeiro herói da ópera. Do ponto de vista da construção da ação, Guilherme Tell é sem dúvida o personagem principal, porém o fundamento de sua ação não se encerra em si mesmo, em sua consciên-

13 ANDRADE, Mário de. *Guilherme Tell.* In: COLI, Jorge. *Música final:* Mário de Andrade e sua coluna jornalística *Mundo Musical, op. cit.*, p. 338.

cia moral e autonomia, mas nasce dos anseios da população espalhada pelos vários cantões suíços pela libertação da pátria contra o domínio estrangeiro. Ele não age segundo a sua consciência e as suas convicções, mas a partir das exigências coletivas que o extravasam, e é, portanto, somente um porta-voz dos anseios e sofrimentos do povo suíço: aquele que os dirige e organiza, bem como os traduz em uma ação libertária. E o recurso técnico-formal utilizado para a transposição estética dessa ideia de coletividade é o coro. Por meio dele, a coletividade deixa de designar apenas um *assunto* e passa a determinar também um aspecto da *forma*.

Jorge Coli observa que essa valorização do coro pelo *Grand Opéra* foi possibilitada pela reforma do gênero dramático empreendida por Schiller, sobretudo na tragédia *A noiva de Messina*, cujo traço mais característico talvez tenha sido a retirada do coro de sua função tradicional apenas de contemplador da ação e a sua transformação em personagem. Assim, contemplador da ação e, ao mesmo tempo, personagem, o coro faz a ponte entre o mundo ideal do drama e o mundo real habitado pelo espectador; ora se envolve de modo particularista na ação, ora reflete sobre as paixões, os receios, os anseios e, assim, universaliza o sentido do que se sucede em cena e o torna comensurável com o mundo real. Em virtude dessa refuncionalização do coro, Coli comenta que o *Grand Opéra* representou "a ideia de um espetáculo suntuoso, onde os conflitos dramáticos entre os poderosos se entrelaçavam com o que poderíamos chamar de 'a coletividade'".[14] "Esses conflitos", continua Coli, "entre razão

14 COLI, Jorge. *Música final:* Mário de Andrade e sua coluna jornalística *Mundo Musical, op. cit.*, p. 327.

cívica, ou razão de estado, e interesses individuais, onde a 'coletividade' intervém através de massas corais, é um dos princípios schillerianos que estarão na origem do gênero da ópera histórica".[15]

Na "Introdução" a *Café*, Mário de Andrade justifica a natureza coral de sua ópera justamente enquanto um desdobramento do assunto coletivo:

> Não se tratava apenas de fazer uma ópera que interessasse coletivamente a uma sociedade, mas que tivesse uma forma, uma técnica mesma derivada do conceito de coletividade. Uma ópera coral, adivinhei. Um melodrama que em vez de indivíduos, lidasse com massas, em vez dos solistas virtuosísticos que foram sempre a morte do valor social da arte (...): em vez de solistas, coros, personagens corais, corais solistas. Enfim, uma ópera inteira exclusivamente coral.[16]

Esse caráter "exclusivamente coral" concebido por Mário de Andrade confere a *Café* um lugar próprio na história da ópera – como reconhece o próprio autor[17] – ou, mais preci-

---

15 COLI, Jorge. *Música final:* Mário de Andrade e sua coluna jornalística *Mundo Musical, op. cit.*, p. 328.

16 ANDRADE, Mário de. *Café* – Introdução. In: TONI, Flávia Camargo. Café*, uma ópera de Mário de Andrade...*, cit., p. 168.

17 "E logo, a ideia de tocar um assunto da vida coletiva é que me deu a ideia que, esta sim, me parece uma invenção minha e de certa importância: fazer uma ópera inteiramente coral. Em vez de personagens-solistas, personagens massas." ANDRADE, Carlos Drummond de. *A lição do amigo*: cartas de Mário de Andrade a Carlos Drummond de Andrade. Rio de Janeiro: Record, 1988, p. 197.

samente, do estilo operístico ao qual se filia. Com efeito, não se tratava mais de introduzir, por meio do coro, personagens coletivos que deslocassem o foco de atenção da ação dramática para a representação épica – portanto, antidramática – de coletividades, e sim de colocar no centro do drama justamente os "personagens massas".[18] Em *Café*, não vemos exatamente uma tensão entre a ação dramática e as forças coletivas que intervêm por meio do coro, mas a paradoxal equivalência entre drama e coro, o que, se por um lado transforma o próprio coro em personagem "dramática" – já que os protagonistas e antagonistas são grupos corais, e não indivíduos –, por outro lado se afasta da ideia mesma de ação dramática – embora não tanto da de conflito dramático –, porquanto esta pressupõe uma espontaneidade subjetiva que é incompatível com a essência

18 É impossível não nos lembrarmos aqui da peça *Homem-massa*, do dramaturgo expressionista Ernest Toller. Embora não exclusivamente coral, ela é concebida apenas por personagens coletivos, que representam tipos sociais universais, e não indivíduos dramáticos, nomeadas inclusive como universais: "homem", "mulher", "operário", "anônimo", "banqueiro", "escriturário" etc. (cf. MERKEL, Ulrich (Org.). *Teatro e política*: poesias e peças do expressionismo alemão: Georg Heym, Ernst Toller, Georg Kaiser. Rio de Janeiro: Paz e Terra, 1983). Eis aqui outra importante fonte de influência de *Café*. Esta pesquisa infelizmente fica devendo um estudo sobre as relações de Mário de Andrade e, especialmente, de *Café* com o teatro expressionista. Tendo-se em vista a quase inexistente produção de Mário de Andrade no âmbito da teoria e da crítica do teatro, a questão sobre a maior ou menor pertinência dessa aproximação poderia tomar, como ponto de partida, além, evidentemente, da análise comparada das peças, um estudo da biblioteca pessoal do autor brasileiro e da marginália de seus livros.

coletiva do coro.[19] Assim, embora na cena da câmara dos deputados apareçam personagens solistas (a Mãe e os deputados), estas nem por isso deixam de ser coletivas, pois não aparecem como indivíduos, e sim como representantes de grupos sociais ou, no caso da Mãe, como uma figura arquetípica. Assim, embora a rigor Mário não tenha realizado a ideia de uma ópera exclusivamente coral, pode-se afirmar que ele concebeu uma ópera exclusivamente coletiva, já que os indivíduos, enquanto tais, não tomam parte dela.

Em *Café*, o coro é um meio de representação de visões de mundo e perspectivas coletivas e populares, associadas às formas de vida organizadas em torno da economia do café, mas também da perspectiva das classes dominantes, que igualmente se apresentam em coro. Há, pois, uma correspondência entre o caráter típico dos diferentes personagens da ópera, que não respondem à liberdade individual, e sim à caracterização abstrata de um grupo social, e a ideia de coletividade estabelecida pela forma coral. Até mesmo os antagonistas, que agem de forma individual, são representados coletivamente por meio do coro, como para frisar que não se trata deste ou daquele proprietário e patrão, com seus traços individuais, mas da própria ideia abstrata de patrão, presente em todos eles, a despeito de suas idiossincrasias.

---

19 Seja pela maciça predominância do coro, seja pela sua natureza muito mais narrativa do que dramática – o que, como vimos, ainda se reforça pela presença de uma parte narrativa na "Concepção melodramática" –, *Café* se aproxima também do oratório; além disso, um dos vários nomes utilizados pelo próprio autor na tentativa de classificar o gênero de sua ópera foi "oratório profano". Cf. TONI, Flávia Camargo. Café, *uma ópera de Mário de Andrade..., op. cit.*, p. 110.

Contudo, ao mesmo tempo em que se desdobra da natureza coletiva do assunto, o recurso ao coro igualmente se explica pelo tipo de relação que se busca estabelecer com os espectadores. A coletividade que o coro representa é indeterminada, porque não se associa a um conjunto específico de pessoas, de modo que não altera a sua natureza o fato de ser composto de 5, 10 ou 30 pessoas. E uma vez que os personagens do mundo ficcional não se individualizam nem se diferenciam entre si, nada impede que as pessoas do mundo real também se sintam incluídas nessas coletividades abstratas. Justamente porque representa personagens abstratos, o coro converte-se em um meio de aproximação entre o espetáculo e o espectador. Até mesmo os antagonistas dramáticos, ao se tornarem abstratos, passam a representar, para o público de trabalhadores, o seu próprio antagonista real na luta de classes, de maneira que o seu conflito particular é representado enquanto um conflito geral. Essa inclusão do espectador em uma coletividade não se faz, vale notar, por meio do mecanismo projetivo da identificação, que o incitaria a espelhar-se em certos personagens, assimilando os seus afetos e comportamentos, mas pela tendência à dissolução das diferenças entre ele e os personagens. Não se espera que ele tome um indivíduo como modelo – inclusive porque a ópera carece de indivíduos –, e sim que ele se sinta incluído em um grupo em que nenhum indivíduo se destaca, em relação ao qual espectador e personagem se encontram mais ou menos na mesma posição. Aqui, Mário busca extrair o efeito unanimizador que atribuía ao coro desde o *Ensaio sobre a música brasileira*:

> Mas os compositores deviam de insistir no coral por causa do valor social que ele pode ter. (...) O coro unanimiza os indivíduos. Não acredito que a

> música adoce os caracteres não. Si nos tempos de Shakespeare adoçou já não faz isso mais não. (...) A música não adoça os caracteres, porém o coro generaliza os sentimentos. A mesma doçura molenga, a mesma garganta, a mesma malinconia, a mesma ferocia, a mesma sexualidade peguenta, o mesmo choro de amor rege a criação da música nacional de norte a sul. (...) É possível a gente sonhar que o canto em comum pelo menos conforte uma verdade que nós estamos não enxergando pelo prazer amargo de nos estragarmos pro mundo...[20]

Isso também explica a opção de Mário de Andrade pela forma coral adotada em *Café*, embora aqui ela já não tome esse viés nacionalista, que transparece na citação anterior, mas ganhe um tom ao mesmo tempo universalista – pois não se trata de "cantar historicamente uma revolução determinada", e sim de representar a revolução enquanto um princípio geral, "desgeografizado" – e classista, já que a unanimidade a que ela aponta passa pela destruição dos inimigos de classe.[21]

---

20 ANDRADE, Mário de. *Ensaio sobre a música brasileira*, *op. cit.*, p. 64-65.

21 Se, como mostra Telê Porto Ancona Lopez (*Mário de Andrade*: ramais e caminho. São Paulo: Livraria Duas Cidades, 1972), o pensamento de Mário de Andrade sempre esteve em certa sintonia com o marxismo, essa afinidade ainda se intensifica e se torna mais consciente com a derrocada das ilusões liberais e com a polarização entre fascismo e comunismo ao longo dos anos 1930 no Brasil e no mundo. No artigo "A música popular e a música erudita", publicado no jornal *Estado de S. Paulo*, em 30 de outubro de 1934, a partir de uma conferência apresentada alguns dias antes no Theatro Municipal, Mário de Andrade qualifica o nacionalismo como uma ideologia burguesa, e não popular, já que responderia à autoprofecia da burguesia em momentos em

A solução pela forma coral responde, em suma, tanto ao assunto coletivo quanto ao desejado efeito unanimizador sobre o público. Ela é decalcada do próprio assunto da ópera e, ao mesmo tempo, do tipo de relação que se busca estabelecer com o seu destinatário.

A diversão e as técnicas do inacabado

A preocupação com o viés utilitário da arte e a expectativa em cativar um público amplo, não frequentador dos circuitos culturais da elite, desdobra-se também em uma valorização da diversão e do entretenimento. A diversão é reivindicada, entre outros aspectos, como uma forma de manter o interesse do público, movendo-lhe os afetos e lhe propiciando pequenos prazeres, como relembra Mário em um artigo posterior à finalização do libreto, em que relata o seu processo de criação:

> Mas está tudo muito soturno, muito trágico e devo desfatigar o público de vez em quando... E si eu fizesse uma cena pândega, caçoando com as nossas câmaras de deputados, ótimo!

---

que ela está em risco. Nessas ocasiões, a burguesia se voltaria à cultura popular como forma de manter sua hegemonia, apresentando-a, pois, de uma maneira mais refinada e esculpida, portanto distorcida. Esse processo de refinamento burguês da cultura popular é visto por Mário de Andrade como um dos campos da luta de classes (Cf. ANDRADE, Mário de. A música popular e a música erudita. Conferência proferida no *321º Sarau da Sociedade de Cultura Artística*, Theatro Municipal, 23 out. de 1934. Arquivo do Instituto de Estudos Brasileiros, da Universidade de São Paulo. DRP019-0402).

> Surgiu a ideia do primeiro ato, que não tem nada que ver com câmara de deputados, mas vinha deduzida da preocupação de divertir um bocado o meu público e não acumular elementos dramáticos.[22]

Essa preocupação com o entretenimento já se faz presente em algumas de suas críticas de ópera de 1933. Ao se referir à ópera *Manon* (1884), de Jules Massenet, o autor de *Café* enfatiza a estreiteza do compositor e comenta que "a gente sai do teatro sem pensamentos profundos, ou, mais acertadamente, sem pensamento nenhum"; entretanto, reconhece que ela "diverte. E ópera em si já é uma coisa tão absurda, que *bem se pode afirmar que divertir é sua única finalidade*".[23] Algo semelhante pode ser observado em outra crítica do mesmo ano, sobre *Madame Butterfly*, de Giacomo Puccini, em que Mário aceita certas melodias "bem achadas" não porque sejam realmente inventivas e artisticamente interessantes, mas porque, diz ele, "fazem parte do que eu chamo de 'melodia digestiva', ótimas de ouvir por algum sexteto, enquanto se come e se conversa nalgum salão de jantar".[24] Nesses dois casos, a ópera é visada não em função de seus caracteres internos e sua simbologia, mas a partir da ótica

22 ANDRADE, Mário de. Psicologia da criação. In: COLI, Jorge. *Música final:* Mário de Andrade e sua coluna jornalística *Mundo Musical, op. cit.*, p. 106.

23 ANDRADE, Mário de. Theatro lyrico – iniciou-se hontem, no Municipal, a temporada italiana de ópera com "Manon" de Massenet. In: COLI, Jorge. *Música final:* Mário de Andrade e sua coluna jornalística *Mundo Musical, op. cit.*, p. 334.

24 ANDRADE, Mário de. Theatro lyrico – "Madame Butterfly" de Puccini. In: COLI, Jorge. *Música final:* Mário de Andrade e sua coluna jornalística *Mundo Musical, op. cit.*, p. 335.

de um público não iniciado, que vai ao teatro sem pretensões estéticas, apenas para se entreter. Não se trata exatamente de concessões ao público, que consistiriam em mera tolerância aos seus interesses mais mesquinhos, mas, mais do que isso, de uma reconsideração estética da ópera sob um novo olhar. Conforme observa Jorge Coli, essas críticas de ópera de 1933 servem como "uma espécie de laboratório, onde Mário de Andrade amadurece intelectual e instintivamente sua relação com a ópera". O que começa a se delinear nessas críticas e se mostra, depois, determinante na ópera *Café* é justamente o interesse no aproveitamento estético da perspectiva desse público amplo que vai ao teatro sem pretensões estéticas.

Contudo, a diversão torna-se aqui mais do que um meio extraestético de cativar o espectador. Certamente, em algumas seções ela é gratuita e não parece derivada de nada além da preocupação em divertir e "desfatigar" o público, conforme mencionado na citação anterior. É o caso do "Madrigal do truco", da cena do armazém do porto, bem como do "Mimodrama", da cena do êxodo, seções em que a diversão dos jogos e brincadeiras não assume qualquer função narrativa ou dramática, ganhando mais o caráter de um interlúdio que retrata os costumes populares em tom pitoresco. Mas nem por isso ela aparece de maneira fortuita e aleatória na sequência de cenas e seções da ópera. Pelo contrário, ela é encontrada, não por acaso, nas cenas mais lúgubres, que expressam o desespero dos trabalhadores jogados à miséria, mais do que o conflito propriamente dito, já que os antagonistas estão ausentes. Assim, se essas seções mais lúdicas não podem ser explicadas e justificadas do ponto de vista diegético, isso não significa que elas não respondem a nenhum princípio estético, pois essa alternância entre partes ligeiras e sérias, leves e pesadas, baseia-se na retórica do claro-escuro, sob matriz do qual a diversão e o entretenimento são absorvidos na ópera.

Além disso, há outras seções em que o entretenimento aparece de maneira mais complexa. No último ato, a diversão é intermediada pelo rádio, que mantém o seu formato usual, intercalando noticiário e entretenimento, trazendo informações novas sobre a revolução e, ao mesmo tempo, reproduzindo músicas fáceis. Há uma cena em que uma menina se entrega completa e quase hipnoticamente à audição de uma dessas músicas, a "varsa besta", ao mesmo tempo que a luta se intensifica atrás do muro, criando uma interessante disjunção, que perde, porém, muito de sua força no momento em que a mãe da menina desliga o rádio e empurra a filha para longe dele, como se passasse a mensagem de que o entretenimento é "mau", porque nos desvia do que realmente interessa. Ao contrário das duas seções supramencionadas, a "varsa besta" não tem a função de entreter ou divertir o público, e sim de fazê-lo refletir sobre a diversão e o entretenimento, de modo que estes se convertem em assunto e são, portanto, observados criticamente. Todavia, ao louvar a conduta exemplar da mãe, essa crítica adquire um forte acento moralizante e maniqueísta.

Na cena da câmara dos deputados, o tema da diversão transcende tanto a função de cativar o espectador quanto a tônica moralizante do episódio da "varsa besta", embora não exclua totalmente nenhum dos dois. O próprio coral reaparece na "Endeixa da Mãe", também desprovido da função congregacional a que se presta nas outras cenas, não apenas devido aos personagens individuais que nele aparecem, mas sobretudo porque nessa passagem o impulso unanimizador do coral aparece com os sinais trocados. A certa altura da fala da Mãe, os "deputados, e todos os demais coristas da farsa, principiam cantando o refrão coral da EMBOLADA DA FERRUGEM",[25] alheios ao comovente solo da Mãe, que se desenvolve em primeiro plano e atiça o povo das galerias. Há certamente um traço unanimizador nesse coral da "Embolada da ferrugem" sobreposto ao solo da Mãe, mas bastante singular. Primeiro, porque não se trata exatamente de um acolhimento do indivíduo isolado em uma *Stimmung* coletiva que apaga as diferenças individuais, e sim de uma contaminação hipnótica do ritmo da embolada, que embala todos os personagens farsescos em um estado pré-reflexivo e pré-subjetivo, de transe. Ela não une pessoas estabelecendo afinidades afetivas; antes, engendra um estado fisiológico de desindividuação. Segundo, porque essa hipnose coletiva é retratada em chave farsesca e, portanto, submetida a um juízo negativo, ao contrário do unanimismo coral, que o autor mobiliza também maciçamente em sua ópera.

Assim como todos os elementos farsescos da cena da câmara dos deputados, a "Embolada da ferrugem" também adquire a função de entreter o público com diversão e levá-lo às gargalhadas. No entanto, o entretenimento aparece aqui em dois níveis que devem ser distinguidos. Ele é o efeito geral da farsa sobre os espectadores, bem como o efeito da embolada sobre os personagens farsescos, pois estes também se entretêm com o seu ritmo, e isso lhes acentua o caráter cômico. Desse ponto de vista, a "Embolada da ferrugem" também submete o entretenimento a um juízo crítico, ao convertê-lo em assunto, a menos que não possamos compreender o efei-

25 ANDRADE, Mário de. *Café* – Marcação. In: TONI, Flávia Camargo. Café*, uma ópera de Mário de Andrade…, op. cit.*, p. 244.

to de transe desencadeado pela embolada como uma forma de entretenimento, isto é, uma maneira de desviar a atenção dos assuntos importantes em direção a um prazer gratuito que ganha, por isso mesmo, um acento negativo. Há um entretenimento de primeiro grau, que ganha esse acento negativo, e um de segundo grau, mais complexo e com alcance crítico, o qual é adotado como um princípio válido. "Embolada da ferrugem" tematiza, pois, uma forma de consumo cultural que produz efeitos deletérios, como o derretimento da razão e a dissolução da vontade, transformando a relação com o espectador em um assunto.

Esse efeito cômico não deriva apenas da gesticulação caricatural dos personagens, mas também se baseia em uma elaboração do próprio material: a embolada. Embolada é o nome que se dá às "estrofes solistas nas canções nordestinas de origem coreográfica. É um processo de tirar o solo nessas cantigas...".[26] Em sua forma mais comum, as suas estrofes de quatro versos se constituem de três redondilhas maiores precedidas por um "semiverso", de quatro sílabas. Essa metrificação lhe confere um movimento regular e contínuo, ainda reforçado pelo seu processo musical, que "consiste numa linha de andamento rápido, onde abundam as notas rebatidas, e construída num '*perpetuum mobile*', 'movimento perpétuo' em semicolcheias".[27] É desse ritmo constante e acelerado que a embolada extrai o seu poder encantatório – que aparece na "Embolada da ferrugem" sob a forma da pa-

26 ANDRADE, Mário de. *Dicionário musical brasileiro*. Belo Horizonte: Itatiaia, 1999, p. 199.

27 ANDRADE, Mário de. *Dicionário musical brasileiro*, *op. cit.*, p. 200.

ródia. Respaldando-se no conceito de dinamogenia, oriundo da fisiologia, Mário de Andrade atribui ao ritmo musical não apenas um efeito psicológico mas também um poder fisiológico: "Acelerando a dinâmica do ser, provocando no indivíduo estados cenestésicos violentos, ele ativa, desenvolve, aguça as faculdades fisiológicas",[28] sem referência às quais seria impossível compreendermos a natureza da embolada e do estado de encantamento em que ela deixa as pessoas, bem como a ambivalência que é inerente a esse gênero, já que se presta tanto à congregação dos indivíduos quanto ao derretimento patológico da razão:

> A consequência fisiológica do ritmo é coletivizar o ser e aguçar-lhe as faculdades. A sua consequência patológica é a bebadice, o depauperamento, a extirpação mesmo das faculdades da consciência e da razão, provocando assim, ora estado de sonolência, ora de encantação, ora de exaltação dionisíaca, bem próprios para aceitar qualquer absurdo.[29]

Em seus vários relatos sobre Chico Antônio – um cantador norte-rio-grandense que Mário de Andrade conheceu em sua viagem ao Nordeste entre novembro de 1928 e fevereiro de 1929 e que se tornou personagem central do romance *Café* –, o escritor enfatiza a beleza das emboladas e os seus efeitos benéficos, construindo uma imagem positiva do cantador e do tipo de civilização que ele, pelo menos em potência, representa:

---

28 ANDRADE, Mário de. *Namoros com a medicina*. São Paulo: Martins; Brasília: INL, 1972, p. 16.

29 ANDRADE, Mário de. *Namoros com a medicina*, *op. cit.*, p. 16.

> Saiu o coco 'Meu Baraio'. Era monótono e lindíssimo. A repetição incansavelmente invariável da linha curta, enfraquecia os corpos num descanso largado e aceitador. E Chico Antônio, doce e forte, com a voz tostada pela nasalação, voz fiel, voz verdadeira, Chico Antônio hipnotizava. Todos estavam na intimidade mais funcional da vida, eram apenas movimento; e essa força obscura, despercebida, da vida animal, se tornava por assim dizer palpável e gozável, nascendo do canto monótono.[30]

Essa passagem enfatiza as virtudes dessa prática social, que coloca as pessoas em um estado mais espontâneo e físico, suspendendo a tendência à intelectualização e à abstração própria às culturas ocidentais. No entanto, ao submeter a embolada ao distanciamento cômico, na "Embolada da ferrugem" o autor explora a sua ambivalência em uma direção crítica. Nessa seção, "o Deputadinho da Ferrugem fala enfim. Fala bem, fala verdade, e é tão gostosa a fala 'andantino grazioso' dele, que entre aplausos e gostosa satisfação toda a câmara entra no movimentinho suave se movendo pendularmente de cá pra lá, de lá pra cá".[31] Assim, esse prazer desinteressado e esse estado de leveza física associado à desintelectualização aparecem aqui com os sinais trocados, isto é, não mais como caracteres psicológicos dos indivíduos não contaminados pelos padrões reificantes da civilização ocidental, mas como caricatura das qualidades negativas da elite política, cujo descaso

30 ANDRADE, Mário de. *Café*. Rio de Janeiro: Nova Fronteira, 2015, p. 52.

31 ANDRADE, Mário de. *Café* – Concepção melodramática. In: TONI, Flávia Camargo. Café, *uma ópera de Mário de Andrade...*, *op. cit.*, p. 195.

transparece nos rodeios sem direção em torno de um assunto irrelevante, maquiados por uma bela construção poética:

Sobre a ferrugem
Das panelas de cozinha
Do país maior mistério
Diremos uma cousinha
O assunto é sério
Que as cozinheiras já rugem
Coléricas com a ferrugem
Das panelas de cozinha.

Sobre a cozinha
Com ferrugem na panela
Tragédia gloriosa e bela
Desta pátria queridinha
Olvide! Embora
Nossas palavras se sujem
No tremendal da ferrugem
Das panelas de cozinha.
(etc).[32]

O texto é prolixo, verborrágico. Fala muito e não diz quase nada, mas serve bem para desviar do tema do café. Não é casual que Mário de Andrade busque retratar essa fala prolixa, de um deputado que não tem nada a dizer e só vai a público em busca do aplauso. Há nisso um aproveitamento bastante criativo da embolada, muito longe apenas da assimilação neutra como técnica artística, mas perfeitamente em sintonia com as características do gênero. Comentando a sua primeira estrofe, Telê Porto Ancona Lopes observa que Mário:

32 ANDRADE, Mário de. *Café* – O Poema. In: TONI, Flávia Camargo. Café*, uma ópera de Mário de Andrade...*, *op. cit.*, p. 220.

> Consegue captar não só o ritmo, pela sucessão de sílabas abertas e fechadas, a métrica e o número de versos, como também o espírito do gênero: falar. Falar muito, mergulhar no éclan do verbo, descrevendo, enumerando ou divagando. (...) A intenção é crítica, mostrando o discursador sem finalidade objetiva, divagante, ausente da realidade. O poeta faz sua caricatura da temática da embolada, normalmente de exaltação individual ou ufanista.[33]

Assim, empregada sob coordenadas farsescas e associada a personagens cômicos, a embolada aproveita esse traço verborrágico e exaltador próprio ao "espírito do gênero" e lhe inverte os sinais, submetendo-o a um processo de estranhamento, que coloca em questão o *pathos* tradicionalmente associado ao gênero. A diversão transcende a mera função de cativar o espectador, tornando-se, como vimos, assunto. No entanto, desse modo a sua relação com o espectador assume um novo sentido, pois ela busca intervir sobre ele não mais visando a mera diversão gratuita, como um efeito, mas buscando despertá-lo para uma atividade reflexiva, estimulada por esse estranhamento. Com efeito, a "Embolada da ferrugem" toma uma forma de sensibilidade e de prática cultural intuitiva e imediata ao seu público, e a submete a um jogo de identidade e estranhamento, que estimula uma atividade reflexionante em nada parecida à tendência à abstração e dessensibilização própria, segundo Mário, à civilização ocidental.[34] Estamos próxi-

---

33 LOPEZ, Telê Porto Ancona. *Mário de Andrade*: ramais e caminho, *op. cit.*, p. 185-186.

34 Cf. ANDRADE, Mário de. Taxi: a linguagem I, II e III. In: _______. *Táxi e crônicas do* Diário Nacional. São Paulo: Duas Cidades, Secretaria da Cultura, Ciência e Tecnologia, 1976; e

mos daquilo que o autor denomina "técnicas do inacabado" que, segundo *O banquete*, são "mais abertas [do que as do acabado] e permitem a mancha, o esboço, a alusão, a discussão, o conselho, o convite" de modo que "maltratam, excitam o espectador e o põem de pé".[35] Desse ponto de vista, a "Embolada da ferrugem" é particularmente interessante, sobretudo porque a solução que ela apresenta caminha em direção diferente daquela a que tende a tônica geral da ópera, orientada segundo o princípio oposto, das técnicas do acabado, que são "eminentemente dogmáticas, afirmativas, sem discussão",[36] próprias, pois, à disciplina e ao ensinamento. A diversão aqui não conduz o problema a uma solução positiva; antes, faz com que ele ressoe sem direção predeterminada, como um acorde dissonante solto no espaço harmônico.

O recurso ao gênero da embolada sob esse prisma da gratuidade e da passividade amoral reatualiza, em novo contexto, um tema que, desde o início da atividade intelectual dc Mário de Andrade, esteve entre as suas preocupações, qual seja, o do impasse civilizacional do Brasil, que já em *Macunaíma* foi tratado de maneira bastante original. Em sua obra tardia, esse problema reaparece na caracterização de Chico Antônio no romance *Café*, livro que, segundo o autor,

> ... expõe principalmente a fragilidade, a impossibilidade de ajustamento perfeito de uma civilização importada e a incapacidade de ser dos indivíduos dessa civilização, o meu obsessionante problema

---

ANDRADE, Mário de. *O turista aprendiz*. Belo Horizonte: Itatiaia, 2002, p. 148-149.

35 ANDRADE, Mário de. *O banquete*, *op. cit.*, p. 62.

36 ANDRADE, Mário de. *O banquete*, *op. cit.*, p. 61.

> do "sem nenhum caráter", que me persegue em nós. Na verdade as únicas pessoas com "caráter" no livro, são Maria, (...) o nordestino colono e Chico Antônio em sua gratuidade de quase-escravo. (...) [Porém] Chico Antônio, assim que perde sua identidade de escravo-reflexo e toma alguma consciência de ser, se desmoraliza.[37]

O choque entre a civilização cristã ocidental e as civilizações pré-modernas e não ocidentalizadas não traz como resultado a conciliação entre manutenção da cultura tradicional e progresso material nem a deglutição do ocidental por parte do primitivo, conforme propunha Oswald de Andrade nos tempos em que o modernismo era mais utopia do que realidade, mas sim uma queda das pessoas que vivem sob formas não ocidentais e que não logram incorporar-se aos padrões ocidentais vigentes sem se desmoralizar. Essa queda é exemplarmente representada em uma passagem do romance *Café* (posteriormente incluída em *Vida do cantador*) sobre uma corrida de cavalos em Uberaba. O episódio se inicia quando, ao chegar à cidade, Chico Antônio simpatiza com o manga-larga de um italiano: começa a acariciá-lo, conquista a sua confiança e amizade, e estabelece com o cavalo uma relação de camaradagem que deixa as pessoas da cidade perplexas. Ao ver isso, o dono percebeu que o seu cavalo teria grande chances de vencer a corrida se fosse montado pelo cantador e lhe fez essa proposta por duzentos mil réis. Chico Antônio a aceitou. Porém, como começou a rondar o ambiente uma impressão geral de que,

37 ANDRADE, Mário de. Carta a Moacyr Wernek de Castro. In: FERNANDES, Lygia (Org.). *71 cartas de Mário de Andrade*. Rio de Janeiro: Livraria São José, s/d., p. 139.

montado por ele, o cavalo do italiano venceria a corrida, logo um rico fazendeiro, dono de um cavalo inglês de raça, chamou o cantador e lhe fez uma proposta de um conto de réis. Chico Antônio viu-se na iminência de uma traição. Ao aceitar a segunda proposta, sentia-se traindo, porém, não o italiano, dono do manga-larga, mas o próprio cavalo, que era "carne da carne dele", pois a sua vitória não seria glória pessoal, mas "vitória do cardão. Não era que ele, Chico Antônio, ficasse orgulhoso de vencer, quem vencia era só o cardão amigo dele, coisa grande o cardão vencendo o ingrêis!...".[38] Assim, pensando no cavalo amigo e, ao mesmo tempo, naquela soma de dinheiro com a qual jamais pudera sonhar, Chico Antônio:

> Estava atravessado de verdades contraditórias (...). Ficara impossível o cardão perder. Mas também era a coisa mais lógica desse mundo que o cavalo de raça ganhasse, muito mais bonito, e principalmente duma classe elevada. Pra Chico Antônio era óbvia, insofismável a superioridade social, moral, humana do senhor de engenho. Mas o cardão era cavalo bom, era companheiro. O moço, muito comovido, pensou nitidamente o sentimento "companheiro". Mas também era insofismável que tinha que ganhar o conto de réis. Agitadíssimo, não podia mais viver com a angústia frenética.[39]

Essa passagem apreende nuances das relações sociais pelo menos em dois níveis: na disputa entre o italiano que "penara para enriquecer"[40] e possuía um cavalo nacional co-

---

38 ANDRADE, Mário de. *Café, op. cit.*, p. 61.

39 ANDRADE, Mário de. *Café, op. cit.*, p. 64.

40 ANDRADE, Mário de. *Café, op. cit.*, p. 60.

mum, e o rico fazendeiro, com seu cavalo inglês; e na relação instrumental que, nessa disputa, ambos estabelecem com Chico Antônio. Sob esse cenário de jogo, do qual ele se torna uma das peças, Chico Antônio recebe a sua "formação moral", que se apresenta na forma de um impasse: de um lado, o seu modo espontâneo e imediato de sentir e se relacionar, alheio às tendências abstrativas do pensamento de tradição ocidental e ao cálculo de interesses; e, de outro lado, as pressões materiais da vida concreta, às quais a superioridade simbólica de tudo aquilo que é europeu – nesse caso, a do cavalo inglês sobre o nacional – e a superioridade do rico – ou seja, daquele de quem é mais fácil se conseguir dinheiro – servem como superestrutura.[41] Não há conciliação possível entre a vida tradicional e as pressões da sociedade moderna.[42]

---

41 É impossível não remetermos essa queda moral, resultante do deslumbramento diante do que é europeu, à cena de *Macunaíma* em que o herói trai o pacto feito com Vei, a Sol, de se casar com uma de suas filhas, e vai "brincar" com uma cunhã portuguesa.

42 Na primeira parte de *O turista aprendiz*, Mário de Andrade responde a uma amiga judia francesa comunista que se queixava da infelicidade social, argumentando que essa dor no Brasil é muito mais profunda, pois irrepresentável: "a dor, a imensa e sagrada dor do irreconciliável humano, sempre imaginei que ela viajara na primeira vela de Colombo e vive aqui. Essa dor não é a de ser operário, que não é de ser intelectual, que independe de classes e de políticas, de aventureiros, Hitlers e de covardes Chamberlains, a dor dos irreconciliáveis vive aqui. E se a Senhora não sente senão *liens* muito frágeis com esta América em que a Senhora desviveu três anos, é que lhe falta a puissance des valeurs éternelles. Vous n'avez que pensée, pensée grecque, pensée latine, clarté, soleil et pauvre nettété. Je ne peux que vous insulter très doucement, vous plaçant du côté de

A "Embolada da ferrugem" pode ser compreendida como um desdobramento posterior desse mesmo problema, porém agora submetido às exigências comunicativas da obra de arte pensada como instrumento político. Ao tomar a embolada como material, essa seção aproveita o valor tradicional de seu canto, que "exerce a função das encantações primitivas, canto de todos num rito de dinamogenias benfazejas",[43] mas o recontextualiza de tal modo que aquele camponês vinculado às culturas tradicionais, que o autor desejava que estivesse entre seu público, fosse capaz de reconfigurar o seu modo de percepção. Assim, a relação que ele estabeleceria com a embolada não seria mais aquela espontânea e intuitiva, própria ao homem tradicional, e a embolada não seria mais apenas "modo de ser", pois se tornaria objeto e estímulo de reflexão por parte daquele *é* desse modo. A assimilação da cultura tradicional aqui não é neutra, mas submetida à reflexão e ao juízo. Observada sob o crivo político e social e recontextualizada sob essas coordenadas estéticas, a embolada aparece como uma superestrutura conservadora, na medida em que a sua gratuidade e passividade encantatória se convertem, aqui, em fórmulas de eternização de uma sociedade baseada na exclusão social, apaticamente promovida pelas suas elites. E isso tudo ocorre em um dos momentos mais divertidos da ópera, possivelmente aquele que mais despertaria as gargalhadas.

---

la Minerve d'aurain. Moi, je m'en fous les vertes nébuleuses forestières. Mais je ne danse plus au chant rustique de Pan. Je me débats sous les mains encore trop puissantes de Diane. Mais, vraiment, elle exagère sa vertu. Très doucement". ANDRADE, Mário de. *O turista aprendiz, op. cit.*, p. 149.

43 ANDRADE, Mário de. *Os cocos*. São Paulo: Duas Cidades; Brasília: INL, Fundação Nacional Pró-Memória, 1984, p. 379.

Obra acabada e mito

Mesmo envolvendo aspectos morais, esse modo de tratamento da embolada não fornece ao espectador nenhuma direção moral ou política, mas apenas estímulos para a reflexão. Isso não impede, porém, que tal natureza inacabada e não direcional do plano cômico seja submetida a um acabamento e uma orientação moral bastante clara ao ser funcionalizada pelo mito. A relação entre farsa e mito e, por extensão, entre o cômico e o sério e entre o inconclusivo e o conclusivo se articula fundamentalmente a partir do já analisado contraste da "Endeixa da Mãe", que se manifesta também na textura musical. Inspirada na embolada *Andorinha preta*,[44] essa seção sucede a "Embolada da ferrugem" e, ao mesmo tempo, a inclui, pois esta é aqui retomada em coro por todos os deputados, jornalistas e serventes, num plano de fundo e com acompanhamento orquestral. A textura vocal dessa seção é constituída por três planos: o primeiro é o solo da Mãe, já analisado

44 A embolada *Andorinha preta* é composta de uma parte A, semelhante a um refrão-coral, e uma B, que é uma embolada cantada em solo. No entanto, essa música apresenta uma singularidade: a parte A é formada pela sobreposição simultânea de um plano coral, com melodia e ritmo de embolada, e outro plano solista, com uma melodia mais expansiva e passional. A "Endeixa da Mãe" aproveitará essa construção de dois planos simultâneos e ainda lhe acrescentará um terceiro plano coral, constituído pelas frases soltas do povo das galerias. Cf. ANDRADE, Mário. *Café* – Introdução. In: TONI, Flávia Camargo. Café*, uma ópera de Mário de Andrade*..., *op. cit.*, p. 174; TONI, Flávia Camargo (Org.). *A música popular brasileira na vitrola de Mário de Andrade*. São Paulo: Editora Senac São Paulo, 2004, p. 186; TONI, Flávia Camargo. Café*, uma ópera de Mário de Andrade*..., cit., p. 142.

no capítulo anterior; o segundo é essa continuação coral da "Embolada da ferrugem"; e o terceiro é a "Bagunçona coral" do povo das galerias mobilizado pelo ódio, que nada tem a ver com o passivo balanço estupefaciente da embolada; pelo contrário, é desritmado e pontiagudo como a fala dos camponeses na cena do embate com os donos da fazenda.

Já vimos no capítulo anterior que essa justaposição dos planos cômico e sério produzem uma ambivalência. Por um lado, o cômico desmistifica o sentimento de impotência e a fatalidade – ao localizar as suas causas no imobilismo voluntário das elites, e não em essências metafísicas universais –; por outro lado, o ritmo do mito, com toda a fatalidade que lhe é própria, tende a solucionar esse imobilismo pela via transcendente, isto é, por meio de uma intervenção externa. Em outras palavras, se o cômico parece definir o centro de referência da cena, já que ele circunscreve o contexto em que o sério se desenrola, explicando e relativizando a aparência universal e metafísica deste, o *télos* sacrificial, por sua vez, se eleva acima da gramática até certo ponto realista pressuposta nesse primado do cômico sobre o sério, superando-a e invertendo essa hierarquia. Retomada sob a perspectiva da relação entre obra e espectador, essa tensão se estende em direção a outra ambivalência, entre uma intervenção provocadora, sugestiva e suspensiva sobre o espectador, que demanda dele uma participação ativa e reflexionante, e uma afirmativa, conclusiva e fechada, que o coloca em posição mais passiva de receptividade. A tensão entre esses dois primados – o do cômico e o do sério –, bem como entre esses diferentes regimes de intervenção sobre o público, se harmoniza, entretanto, na medida em que tais opostos se integram em um mesmo processo, enquanto dois momentos que nele são relativamente distinguíveis: um mais provocativo e questionador, no qual a ressignificação da embolada em meio a um contexto cômico e em chave crítica adquire um papel importante, e um outro que aproveita os fios que foram desatados pelo anterior para atá-los novamente em um *topos* positivo e conclusivo.

Esse momento afirmativo e, por assim dizer, pedagógico nos leva de volta ao mecanismo sacrificial, o qual deve ser observado agora não apenas sob o viés da forma épica, mas também a partir do problema da relação entre obra e espectador. Se considerarmos a ópera não mais no seu aspecto diegético, mas segundo a recepção que pressupõe por parte do público, o mecanismo sacrificial ganha uma nova configuração, diferente daquela apresentada no capítulo anterior. De acordo com essa nova problemática, os dois extremos do ato sacrificial – o sacrificante e o beneficiário – devem ser procurados no mundo real, não ficcional. No que diz respeito ao sacrificante, um trecho da parte final da "Concepção melodramática" nos dá uma pista:

> Eu me sinto mais recompensado de ter feito esta épica. Dei tudo o que pude a ela pra torná-la eficaz no que pretende dizer, lhe dei mesmo com paciência os mil cuidados da técnica, pra convencer também pelo encantamento da beleza. Mas duma beleza que nunca perdi o senso, a intenção de que devia ser bruta, cheia de imperfeições épicas. Nada de bilros nem de buril. Pelo contrário, muitas vezes a perversidade impiedosa da ideia definidora por exagero, fiz acompanhar da perversidade tosca da voluntária imperfeição estética.
>
> Me sinto "recompensado" eu falei, não tive a menor intenção, nem sombra disso! de me dar por feliz. Como eu tenho uma saudade incessante dessa paz, dessa "PAZ" que os vitoriosos invocaram para um

> futuro mais completado em sua humanidade. Eu tenho desejo de uma arte que, social sempre, tenha uma liberdade mais estética em que o homem possa criar a sua forma de belezas mais convertido aos seus sentimentos e justiças do tempo da paz. A arte é filha da dor, é filha sempre de algum impedimento vital. Mas o bom, o grande, o livre, o verdadeiro será cantar as dores fatais, as dores profundas, nascidas exatamente desta grandeza de ser e viver.[45]

Essa passagem estabelece uma associação entre, de um lado, a eficácia e o poder de convencimento que Mário de Andrade desejava conferir à sua ópera, concebida como arte de circunstância e de utilidade social, e, de outro, o sacrifício da perfeição estética e da liberdade artística que esse direcionamento social implicava. Essa dimensão sacrificial que o engajamento assume em Mário de Andrade – e que já foi extensamente analisada pela sua recepção mais recente[46] – reaparece na ópera *Café* sob a forma de um antivanguardismo e um retorno a certos procedimentos artísticos tradicionais justificados pelo efeito passional que eles podem produzir sobre o público. Assim, o próprio autor torna-se sacrificante, na

45 ANDRADE, Mário de. *Café* – Concepção melodramática. In: TONI, Flávia Camargo. Café*, uma ópera de Mário de Andrade..., op. cit.*, p. 206.

46 A respeito disso, cabe destacar a pesquisa de FRAGELLI, Pedro Coelho. *A Paixão segundo Mário de Andrade*. 2010. Tese (Doutorado em Literatura Brasileira) – Faculdade de Filosofia, Letras e Ciências Humanas da Universidade de São Paulo, São Paulo, 2010 e de PASINI, Leandro. *A apreensão do desconcerto*: subjetividade e nação na poesia de Mário de Andrade. São Paulo: Nankin, 2013.

medida em que sacrifica a arte, compreendida essencialmente como livre expressão humana, em benefício da eloquência sentida como necessária a uma arte pedagógica dirigida às massas. Mário de Andrade não estava satisfeito com os seus textos, julgava-os defeituosos, mas buscava menos o valor poético dos belos textos do que o musical que, "se unindo como validade à concepção, faria a verdadeira obra-de-arte, a obra-de-arte 'teatro', a obra-de-arte destinada ao público".[47] Além disso, a atmosfera prosaica da cena de confronto entre os colonos e os donos da fazenda de café também o incomodava bastante. De repente, ele se vê surpreendido por ter imaginado poder tranquilamente "botar palavras de drama realista, puro século dezenove, numa tragédia com contorno (espiritual) que exigia textos, que textos!".[48] Na realidade, o que Mário se vê tendo que sacrificar não é, genericamente, o valor estético ou a liberdade estética, mas a poesia, não por acaso gênero associado à livre expressão subjetiva. Há certos tipos de poesia, afirma o autor de *Café* em uma carta a Henriqueta Lisboa, "que são necessariamente de ordem oratória e eloquente. Bem, isto já me parece um perigo, porque os pragmatismos, os pedagogismos (...) são terrivelmente antipoéticos".[49] Dessa maneira, o *páthos* próprio a uma obra de arte de certo modo poética – já que seu libreto é formado por uma sequência de poemas –, mas também pedagógica e dirigida ao grande público exigiria uma espécie de violência à própria essência da poesia.

---

47 ANDRADE, Mário de. *Café* – Introdução. In: TONI, Flávia Camargo. Café*, uma ópera de Mário de Andrade...*, *op. cit.*, p. 180.

48 ANDRADE, Mário de. *Café* – Introdução. In: TONI, Flávia Camargo. Café*, uma ópera de Mário de Andrade...*, *op. cit.*, p. 177.

49 ANDRADE, Mário de; LISBOA, Henriqueta. *Correspondência*. Eneida Maria de Souza (org.). São Paulo: IEB; Editora Peirópolis; Edusp, 2010, p. 89.

No final do capítulo anterior, vimos que o *páthos* engendrado como benefício do ato sacrificial é o colérico da revolta, da violência política. Porém, Mário de Andrade certamente não desejaria que essa violência política, praticada pelos seus personagens, fosse mero objeto de contemplação por parte dos espectadores, mas podemos supor que ele buscava justamente contagiá-los com esse *páthos*. Em outra carta à amiga escritora, datada do mesmo ano em que se deu o último impulso criativo da ópera *Café*, Mário se mostra profundamente indignado com o autoritarismo do Estado Novo e transfigura o seu ódio em desejo de violência política, ainda que não dirigida a um destinatário muito preciso:

> Afinal de contas não me seria desagradável botar uma bomba num conclave que reunisse Getúlio, Osvaldo Aranha, Góes Monteiro, Chico Campos, Plínio Salgado, e até o meu prezado amigo Capanema. Afinal de contas essa gente que é ditadura, que nazistizante como ideologia política, que é não se sabe o quê como forma de governo mansinho e amansado, e que acaba aderindo à força e de boa vontade ao imperialismo ianque, essa gente nos enche de ignomínia. Tem momentos em que sinto vergonha na cara, objetivamente o sangue sobe.
> Mas, positivamente, eu não tenho o menor jeito para o conluio, pra conspirações nem barricadas! Não nasci pra isso, não me eduquei nisso. E se já tive eu sei que "formidáveis" coragens morais, se já aguentei com sofrimentos miúdos e lentamente tricotados que exigiram tantos, tão infatigáveis e enormes heroísmos, não sei pegar numa espingarda! Tremo diante de um revólver![50]

50 ANDRADE, Mário de; LISBOA, Henriqueta. *Correspondência*. Eneida Maria de Souza (org.). *op. cit.*, p. 195.

Esse impulso para a violência política e, ao mesmo tempo, o trágico sentimento de incapacidade para praticá-la efetivamente parecem encontrar a equação perfeita na criação de uma grande ópera em que a cólera ganharia uma expressão sublimada, poupando o seu autor de pegar ele mesmo em uma espingarda, mas que vislumbraria, como efeito, uma violência política coletiva, praticada pelos espectadores, mobilizados pelo *páthos* colérico. Se seguirmos nessa direção, encontraremos o verdadeiro benefício sacrificial fora da ópera, pois ele seria, em última instância, a violência política real, praticada contra as elites políticas e, por extensão, econômicas. Em outras palavras, tratar-se ia da violência de um movimento popular insurrecional. Eis o impulso primaria e verdadeiramente político da ópera.

Assim, visto sob essa perspectiva mais ampla – que ultrapassa o plano narrativo interno –, o mecanismo sacrificial que descrevemos no capítulo anterior parece orientado a uma transformação de violência sacrificial em violência política, praticada pela vítima sacrificial. Na realidade, a violência praticada pelos antagonistas sobre os protagonistas não deixa de ser política, ainda que, com exceção do terceiro ato, ela seja apenas indireta. Manifestando-se nas queimas de café, na falta de pagamento aos colonos, na violência verbal e na indiferença, e trazendo, como consequência, a fome, o desespero, o sangue e a morte, essa violência é praticada por uma classe social contra outra e sem nenhuma intenção sacrificial. No entanto, conforme vimos, ela se transfigura, em violência sacrificial, estabelecendo uma relação com o sagrado. Na primeira cena, essa relação é bastante vaga e, posteriormente, ganha concretude à medida que o sagrado e o profano convergem, isto é, que a esfera da realidade e da vida comum vai sendo progressivamente penetrada pela dimensão e atividade sagradas. Esse caráter processual, que apresentamos no capítulo anterior, da mediação mítica entre um Eu épico e um mundo fragmentário que ele encontra como matéria literária, reaparece aqui sob novas coordenadas, ou seja, como um processo de imolação sacrificial praticado pelo autor, o qual submete a violência política maléfica a um rígido controle sacrificial a fim de produzir um efeito benéfico.

Isso reforça a hipótese do autor sacrificante. Segundo ela, os antagonistas, que na estrutura do enredo assumem acidentalmente o papel de sacrificante, seriam apenas um instrumento de que o autor se serve para direcionar ao adequado alvo político a *páthos* colérica resultante do ato sacrificial, isto é, de canalizar a destruição contra os antagonistas dramáticos e, por extensão, sociais. É curioso notar que há aqui algo da ideia marxiana sobre a ambivalência das ações dos capitalistas ao intensificarem a exploração do trabalho. Essas ações levam ao enriquecimento e à consequente acumulação de capital, mas também à insurgência coletiva da classe trabalhadora "que, cada vez mais numerosa, é instruída, unida e organizada pelo próprio mecanismo do processo de produção capitalista".[51] Apesar de o forte otimismo histórico de Marx estar ausente em Mário de Andrade, transparece nesse intrincamento entre sacrifício e luta de classes a ideia de que, por meio do controle sacrificial, a "ambição dos gigantes da mina" e a consequente violência opressora das classes dominantes contra os tra-

51 MARX, Karl. A assim chamada acumulação primitiva. In: ______. *O capital*: crítica da economia política, livro I. Tradução de Rubens Enderle. São Paulo: Boitempo, 2013, p. 832.

balhadores engendra a sua própria "dialética", pois se reverte em violência libertária. No entanto, o que em Marx aparece como desdobramento imanente da situação objetiva da luta de classes, aqui ganha uma tônica tanto mítica quanto moral, sob matriz de uma luta entre o bem e o mal, que enrijece em dois polos separados conceitos morais que, nos rituais tradicionais de sacrifício, aparecem juntos, seja no sacrificante, seja na vítima. Em *Café*, conforme vimos, a vítima sacrificial carece dessa ambivalência moral, ao passo que o sacrificante – isto é, o autor – atenua o aspecto criminoso de seu ato violento ao atribuí-lo aos antagonistas, de tal modo que, quando os faz agir criminosamente, na realidade não está mais do que os fazendo agir segundo o seu próprio caráter.

De acordo com essa chave interpretativa, que identifica no mundo real, e não no ficcional, as duas pontas do mecanismo sacrificial – sacrificante e benefício –, a ópera *Café* se vincula ao teatro cantado não apenas devido à sua narrativa mítica, que faz referência ao ritual de morte e ressurreição, mas também porque pressupõe um público interessado, o qual se assemelharia mais aos fiéis diante de uma cerimônia religiosa do que a contempladores (ou consumidores) de obras estéticas. Essa mudança de perspectiva permite avançar a análise do mecanismo sacrificial da obra para além do ponto onde nos detivemos no capítulo anterior. Neste, o mito foi observado sob o viés da estrutura narrativa e do foco épico, revelando responder tanto pela unidade interna e pela temporalidade da narrativa quanto pela coerência do próprio narrador. Contudo, as condições de possibilidade dessa narração atingiram o limite, na medida em que o principal acontecimento da ópera – isto é, a própria revolução – aparecia como um fato inenarrável, devido ao seu caráter obscuro e misterioso e, portanto, à sua incomensurabilidade com a experiência sensível e com a razão. Tratava-se não exatamente de uma narração, mas de uma revelação. É justamente nesse ponto que a estrutura mítica transcende não apenas os pressupostos da épica como também os da obra de arte, compreendida como uma esfera relativamente separada da vida prática; e é também nesse ponto que o sacrifício exige ser observado menos como um princípio de organização da narrativa, do que como um tipo específico de relação instituída entre obra e espectador. Marcada pelo interesse prático imediato, e não pela contemplação estética, essa relação inclui a narração e o universo ficcional como um de seus momentos, mas os subordina ao interesse prático, tornando-se uma função dele.

Resta determinar as implicações estéticas dessa instrumentalização ritualística e política da ópera, isto é, especificar as soluções técnicas e formais que derivam dela. Essa perspectiva de análise ilumina outro eixo de articulação formal da ópera – de que a análise diegética do capítulo anterior não dá conta –, pois lida com questões externas ao enredo propriamente dito e dizem mais respeito à busca de um efeito específico sobre o público, por meio de uma espécie de imolação sacrificial.

Nesse sentido, tudo leva a crer que a música desempenharia um papel fundamental e seria responsável em grande medida pela empatia do público com os personagens e com a representação dos afetos que seriam, pois, tanto destes quanto daquele. É possível que uma das principais funções que Mário de Andrade buscava conferir à parte musical (ou pelo menos orquestral) da ópera fosse análoga à função pictórica dos quadros vivos, isto é, a de pintar afetos, como podemos ver em uma indicação musical logo no início da "Concepção melodramática": "A orquestra, de sopetão, está agitadíssima, desagradável, quase tão irrespirável como o turbilhão que agita interiormente os estivadores".[52] Com efeito, é difícil negar que o autor esperava da música um efeito fortemente expressivo, pois tudo indica que, de modo geral, ele concebeu os movimentos da orquestra como exteriorizações das agitações anímicas dos personagens. Além disso, ele também visava despertar no público esses mesmos afetos. Isso porque um dos traços que atribuía à arte musical era, conforme já vimos, o seu efeito fisiológico sobre o corpo, e não apenas psicológico,[53] razão pela qual a música estimularia certos estados psicofisiológicos nos seus ouvintes, e estes, por sua vez, estabeleceriam com ela um tipo de relação não objetual. Em um ensaio sobre as nuances históricas do conceito de expressão musical, o musicólogo alemão Carl Dahlhaus caracteriza essa relação da seguinte forma:

> Os sons, entendidos como estímulos no sentido fisiológico-psicológico, desencadeiam reflexos, suscitam sentimentos que o ouvinte não objetiva, mas percepciona de imediato como os seus próprios, como intervenção no seu estado anímico. Sente-se exposto à música, em vez de se lhe contrapor na distância estética.[54]

---

52 ANDRADE, Mário de. *Café* – Concepção melodramática. In: TONI, Flávia Camargo. Café*, uma ópera de Mário de Andrade..., op. cit.*, p. 188.

53 ANDRADE, Mário de. *Namoros com a medicina*, cit., p. 16.

54 DAHLHAUS, Carl. Transformações da estética do sentimento. In: ______. *Estética musical.* Tradução Artur Morão. Lisboa: Edições 70, 2003, p. 32.

O interesse de Mário de Andrade nos efeitos fisiológico-psicológicos da música, que o leva a preferir a música pura de Chopin à romântica tendência à representação de ideias extramusicais,[55] vem perfeitamente ao encontro da ideia de uma obra que devesse servir como instrumento de mobilização política do público, e não como objeto de contemplação estética. Entretanto, esse efeito fisiológico direto e pré-objetivo sobre os ouvintes, que Mário valorizava na música, não implicaria a ausência de conteúdos, símbolos ou conceitos. O autor de *Café* observa que o ritmo marcial, indicado para a cena do êxodo, é usado sempre que os compositores "pretendem exprimir uma fatalidade má que nos subjuga, um decreto perverso do destino, uma punição que nos escraviza",[56] não por acaso exatamente o assunto dessa cena. Todavia, esse mesmo ritmo, associado não às maçantes repetições de notas (próprias, por exemplo, a uma marcha fúnebre), mas à linha melódica ascendente, ganha um sentido de todo diferente, embora também associado à fatalidade: "a passagem dum som mais grave para um mais agudo ativa a dinâmica do corpo", conferindo a esse ritmo marcial uma dinâmica de ascensão por graus melódicos ou pequenos saltos, que "mais se equipara ao passo a passo com que avançam as massas e as vontades voluntariosas, pouco sentimentais".[57] Não é por

---

55 Cf. ANDRADE, Mário de. Romantismo musical e Atualidade de Chopin. In: ______. *O baile das quatro artes*, *op. cit.*

56 ANDRADE, Mário de. Músicas políticas III. In: COLI, Jorge. *Música final:* Mário de Andrade e sua coluna jornalística *Mundo Musical*, *op. cit.*, p. 130.

57 ANDRADE, Mário de. Músicas políticas III. In: COLI, Jorge. *Música final:* Mário de Andrade e sua coluna jornalística *Mundo Musical*, *op. cit.*, p. 133.

outra razão que esse motivo rítmico usado como símbolo de infortúnio é também "incansavelmente utilizado pela dinâmica entusiasmante dos hinos políticos",[58] simbolizando a liberdade e a fraternidade.

No terceiro dos seus quatro textos sobre músicas políticas, publicados no rodapé "Mundo musical" da *Folha da Manhã*, Mário de Andrade busca explicar por que algumas dessas músicas são logo esquecidas e outras permanecem longamente na memória coletiva, ainda que mudando de texto ou até indo parar nas "trincheiras inimigas", e mesmo que ninguém se lembre de seu autor original. Para isso, ele faz o inventário de uma série de caracteres rítmicos e melódicos e os sistematiza por meio de uma análise comparada das mais diversas canções e hinos coletivos de guerra, o que o leva a observar um traço comum entre eles: o seu caráter afirmativo e conclusivo, dos quais depende a energia guerreira dessas músicas. Assim, além da supramencionada combinação rítmico-melódica hínica, são enumerados diversos caracteres, quais sejam: a ársis de uma nota, antecedendo outra nota sobre um tempo forte e ilustrada pela imagem do pontapé inicial; a tésis final, com a qual "Não só a gente afinca o pé no chão e não arreda caminho, 'non passarán!', como se convence espiritualmente do valor da resistência, e recusa os convites conformistas do desânimo";[59] a escala maior heptatônica – utilizada pela assim chamada música semierudita, mas raramente pela

58 ANDRADE, Mário de. Músicas políticas III. In: COLI, Jorge. *Música final:* Mário de Andrade e sua coluna jornalística *Mundo Musical, op. cit.*, p. 130.

59 ANDRADE, Mário de. Músicas políticas II. In: COLI, Jorge. *Música final:* Mário de Andrade e sua coluna jornalística *Mundo Musical, op. cit.*, p. 129.

folclórica –, que aumentaria o dinamismo da música; os compassos binários (ou quaternários) análogos à binariedade da própria marcha de guerra; e o término na nota de repouso da tonalidade, que contraria uma forte tendência da música folclórica nacional a terminar a melodia em outras notas da tríade de tônica que não a fundamental (frequentemente a terça), gerando um efeito de vagueza e indecisão.

Isoladamente, essas observações não nos permitem avançar muito sobre a análise da ópera, pois os caracteres musicais desta são apenas indicados de maneira relativamente vaga. Porém, consideradas a partir de alguns poemas do libreto, elas podem nos dizer algo. No conjunto desses poemas, o verso livre predomina sobre o medido, associando-se a diferentes discursos e registros de fala: aos poemas narrativos, à lírica, à fala prosaica, ao diálogo e à invocação ao grão do café, para mencionar os casos mais importantes. O verso medido, por sua vez, aparece menos frequentemente e, em geral, associado à fala e à dicção popular ou derivado da literatura folclórica, como no caso da embolada. Contudo, há duas passagens em que o verso medido aparece em outra tônica: nas três estrofes finais do "Coral do abandono", na cena da Companhia Cafeeira; e no "Hino da fonte da vida", que encerra a ópera em *Grand Finale*. Os seus versos possuem um caráter afirmativo e conclusivo, definindo ideias e estampando palavras de ordem, aproximando-se do tônus hínico, o qual é justamente reforçado pela regularidade métrica – de dez e sete sílabas, respectivamente –, que lhe confere um movimento resoluto. Não por acaso, Mário de Andrade indica, para ambos esses trechos, um caráter hínico – no segundo trecho, isso aparece inclusive no título do poema –, o que nos leva a pensar que ele os concebia não apenas como um grande coral harmônico homófono, conforme indica explicitamente, como também em consonância com as constâncias hínicas que, pouco tempo mais tarde, apresentou de forma sistemática nos seus artigos sobre músicas políticas, comentados anteriormente. Tudo nos leva a pensar que o fundamental nesses poemas é o *êthos* hínico, bem como os símbolos que lhe são próprios: coragem, perseverança, liberdade e fraternidade.

Esses decassílabos e essas redondilhas maiores, utilizados nas partes hínicas, representam, entre outras coisas, um retorno aos cânones artísticos tradicionais, que os modernistas geralmente percebiam como estorvos às novas exigências criativas e expressivas. Isso aparece, sem dúvida, de maneira bastante pontual e localizada, apenas nessas duas passagens. No entanto, já vimos algo análogo a respeito do equilíbrio entre o sério e o cômico, entre a atmosfera soturna e a leveza descompromissada dos jogos e brincadeiras. No primeiro capítulo, acompanhamos inclusive que esse mesmo princípio clássico de equilíbrio e proporção também está presente na composição pictórica do cenário e dos fundos pintados. Além disso, vale notar que a coreografia e o figurino dos personagens diferenciam estes entre casais e solteiros, distribuindo-os simétrica e equilibradamente segundo a idade e o sexo. Com isso, chegamos a um ponto nevrálgico, sem a análise do qual não poderemos determinar de maneira mais precisa a relação entre a intenção política da ópera e a sua realização formal: trata-se de uma associação específica entre antivanguardismo e arte de massas de teor político emancipatório.

Mário de Andrade desenvolveu esse tema de maneira mais detida em um ensaio introdutório que escreveu para o livro *Dmitri Shostakovich*, de Victor Seroff, lançado no Brasil em 1945, com a tradução de Guilherme de Figueiredo.[60] Trata-se de um texto bastante elogioso ao compositor soviético, mas nem por isso cego àquilo que identificava como falhas. O que nele mais chama atenção é o seu viés crítico: o autor rejeita um critério puramente formal, que julgaria as obras apenas do ponto de vista de sua construção interna, e orienta o seu juízo pelo parâmetro que lhe considera adequado, isto é, o da funcionalidade social e política das obras para o novo tipo de sociedade engendrada a partir da Revolução Russa de 1917, a cujo fortalecimento o compositor dedicava os seus esforços artísticos. O autor de *Café* inicia esse texto mencionando o estranho fato de um músico de formação erudita – cujas obras se filiavam, em grande parte, aos tradicionais gêneros da música pura, destinada aos restritos círculos burgueses – pretender, por meio de suas obras, "servir politicamente à comunidade dum povo sem classes", tarefa esta que, na visão do crítico brasileiro, ele logrou cumprir. O fenômeno a que Mário se refere é o da popularização da linguagem tradicional da música erudita. Em suas composições, Shostakovich lançava mão do sistema tonal e das formas e gêneros tradicionais (sinfonia, concerto, quarteto, quinteto etc.) com suas clássicas divisões em movimentos, submetidas a um plano tonal clássico, de tal modo que os diferentes movimentos de uma peça aparecessem nas tonalidades mais próximas (em geral subdominante, dominante ou relativa). E tudo isso em um momento em que as experimentações mais radicais levadas a cabo pelos músicos nas primeiras duas décadas do século – o atonalismo, o atematismo, a valorização do timbre em detrimento das alturas, a

60 ANDRADE, Mário de. Chostacovich. In: SEROFF, Victor Illich. *Dmitri Shostakovich*, *op. cit.*

tendência à indistinção entre som e ruído etc. – já atestavam que os cânones tradicionais não eram mais normativos como foram outrora. Tratava-se, em suma, de um compositor erudito, filiado diretamente à tradição burguesa da música pura, mas, ao mesmo tempo, paradoxalmente popular e engajado. A explicação para tal paradoxo aparece logo em seguida:

> Ele [Shostakovich] é um elo e talvez o primeiro fruto genial das circunstâncias do progresso mecânico que modificaram a manifestação, e consequentemente a concepção da arte da música, neste século. Nós estamos numa das esquinas mais agudas da evolução artística da música, e essa estrada nova foi aberta pela música mecânica. Postos em condição de serem explorados comercialmente e educativamente, o disco, o rádio, o cinema sonoro e demais instrumentos mecânicos, eles modificaram a qualificação da música erudita, que se tornou acessível a todos. E não tenho a menor pretensão, Deus me livre! de ser o primeiro a dizer isso.[61]

Estamos aqui às voltas com o mesmo tema tratado por Walter Benjamin no conhecido ensaio *A obra de arte na era de sua reprodutibilidade técnica*,[62] publicado pouco menos de uma década antes. Embora não apareça com esse nome no texto de Mário de Andrade, o fenômeno que, segundo ele, teria nos conduzido a uma "das esquinas mais agudas

61 ANDRADE, Mário de. Chostacovich. In: SEROFF, Victor Illich. *Dmitri Shostakovich*, *op. cit.*, p. 12.

62 BENJAMIN, Walter. A obra de arte na era de sua reprodutibilidade técnica. In: ______. *Magia e técnica, arte e política*: ensaios sobre literatura e história da cultura. Tradução de Sergio Paulo Rouanet. São Paulo: Brasiliense, 1994.

da evolução artística da música" é justamente a possibilidade técnica de reprodução mecânica – portanto ilimitada – dos objetos artísticos, sobretudo com o advento e desenvolvimento da fotografia, do cinema e, nesse caso particular, do rádio e das técnicas de gravação musical. Embora as técnicas de reprodução não afetem diretamente a produção (ou criação) artística, mas apenas a distribuição, tanto para Benjamin como para Mário de Andrade, a sua invenção e o seu desenvolvimento nem por isso deixam de afetar o sentido da arte. Se para Benjamin a consequência mais importante da reprodutibilidade técnica foi a perda da aura da obra de arte tradicional – isto é, de seu valor de culto, por oposição ao valor de exposição – e do caráter de singularidade e autenticidade que lhe eram atribuídos, para Mário de Andrade, por sua vez, o fundamental foi a possibilidade de restauração de um *êthos* artístico, o que "sempre existiu nas músicas de todas as culturas, desde as mais primitivas até as grandes civilizações não-cristãs", mas que "se dispersou e se perdeu inteiramente na música erudita, com o desenvolvimento do individualismo cristão e a fixação das sociedades de princípio democrático".[63] Mas aqui já estamos saltando algumas etapas. A consequência mais imediata do advento das técnicas mecânicas de reprodução é a popularização da música erudita, a expansão de seu público:

> Por causa dos instrumentos mecânicos, a música é a única, dentre as artes eruditas, que já conseguiu se tornar uma constância das massas, sem que tenha de desistir por isso de suas prerrogativas de refina-

63 ANDRADE, Mário de. Chostacovich. In: SEROFF, Victor Illich. *Dmitri Shostakovich*, *op. cit.*, p. 25.

> mento e erudição. Música e cinema se tornaram na atualidade, artes como foi o teatro nas civilizações da Antiguidade e na Idade Média.[64]

Trocando em miúdos, as técnicas de reprodução musical permitiram à música erudita ultrapassar o estreito círculo burguês em que ela era cultivada e se tornar uma arte de massas. Implícita nessa ideia está outra, menos neutra e mais afinada à tônica comunista desse ensaio, de que a "música mecânica" permitiu que as formas eruditas, as quais eram "exclusivas duma classe" (a burguesia), fossem desapropriadas dela e se tradicionalizassem nas massas.

Essas são as condições sob as quais a linguagem erudita e tradicional da música de Shostakovich teria se popularizado e se tornado uma arte de massas. No entanto, não obstante o seu olhar favorável à desapropriação e publicização de bens culturais da elite, a democratização da música e da cultura não é defendida por Mário como um valor em si mesmo, indiferentemente do teor dessa cultura, como se a distribuição massiva fosse sempre desejável independentemente daquilo que se distribui. O que ocorre é que os critérios estéticos sofrem uma torção, um deslocamento: eles não estabelecem uma avaliação dos procedimentos construtivos baseados na ideia do belo desinteressado, mas sim segundo a funcionalidade social que essa música, comunista e de massas, visa alcançar. Em primeiro lugar, Mário de Andrade apresenta alguns pontos de contato entre a linguagem erudita de Shostakovich e a da música popular conhecida pelos seus destinatários soviéticos. Desse ponto de vista, "as grandes estruturas de

---

64 ANDRADE, Mário de. Chostacovich. In: SEROFF, Victor Illich. *Dmitri Shostakovich*, *op. cit.*, p. 13.

gêneros e formas, e mesmo de processos fundamentais de composição sonora, melodia, polifonia, acompanhamento harmônico, imitação, etc." são mais interessantes do que os "pequenos refinamentos eruditos e individualistas", pois mais acessíveis às massas. O tonalismo também apresenta a vantagem comunicativa de ser perfeitamente compreensível pelo povo, que "emprega a tonalidade em seu folclore". Mário de Andrade censura, porém, a arquitetura tonal das peças, pela qual os diferentes andamentos possuem entre si afinidades tonais, e afirma, a respeito disso, que "Chostakovich demonstrou a boca entortada pelo cachimbo burguês, e cerceou a liberdade popular por meio dum eruditismo que não há por onde justificar", já que o povo "não fixa o som numa altura acusticamente determinada". Assim, em um primeiro nível, a música de Shostakovich é julgada segundo as mediações que consegue estabelecer entre os procedimentos eruditos e os códigos populares, isto é, é medida segundo a régua da música popular. O que lhe é incomensurável, Mário rejeita como supérfluo e burguês, adotando, assim, um critério que Theodor Adorno identificou no compositor húngaro Béla Bartók, provavelmente desconhecido do escritor brasileiro, embora muito afinado a ele, sobretudo pelas suas pesquisas em etnomusicologia e pela sua defesa de uma música erudita sempre calcada na música folclórica de seu entorno.[65]

Para além desse crivo, por assim dizer, da ressonância popular da linguagem erudita, há um segundo não apenas social, mas mais diretamente ético e político. Ao mencionar

65 ADORNO, Theodor. W. Sobre algunas obras de Béla Bartók. In: ______. *Escritos musicales V*. Tradução de Alfredo Brotons Muñoz e Antonio Gómez Schneekloth Madrid: Akal, 2011. Obra completa, v. 18, p. 296-297.

certos finais de peças de Shostakovich, tidos por alguns críticos como fracos, em comparação com a inventividade das outras partes, Mário aceita parcialmente a objeção, mas corrige o critério de valor, ao afirmar que "o que hesita muito nesses finais, não é propriamente a imaginação criadora, mas a solução demagógica adotada frequentemente pelo artista, de refrescar ou excitar a consciência comunista do ouvinte soviético...".[66] Assim, o segundo critério de valor estabelecido pelo autor de *Café* é a demagogia, que permitirá a Mário afirmar, a respeito dos elementos utilizados pelo compositor, que "uns são legítimos, outros são muito bem inventados, outros são menos legítimos e menos felizes, e outros aborrecíveis e repudiáveis".[67] Uma obra demagógica é aquela capaz de guiar o povo, de conduzi-lo a um ou outro caminho. Seria possível desdobrar esse critério demagógico em duas questões, que aparecem mais ou menos juntas. Em primeiro lugar, trata-se de saber se uma obra possui de fato esse poder de mobilizar o povo ou as massas e desencadear certos afetos e comportamentos ou se, pelo contrário, ela fraqueja e, ao buscar o fácil e o convincente, acaba resvalando para o "banal".[68] Em segundo lugar, é preciso analisar se o caminho ao qual a música conduz as massas é em si mesmo bom um mau, isto é, deve-se avaliar o seu *êthos*. A partir daí, Mário faz um inventário dos diferentes *êthos* que identifica nas várias músicas e trechos musicais do compositor. Nesse inventário, encontra-

66 ANDRADE, Mário de. Chostacovich. In: SEROFF, Victor Illich. *Dmitri Shostakovich, op. cit.*, p. 19.

67 ANDRADE, Mário de. Chostacovich. In: SEROFF, Victor Illich. *Dmitri Shostakovich, op. cit.*, p. 20.

68 ANDRADE, Mário de. Chostacovich. In: SEROFF, Victor Illich. *Dmitri Shostakovich, op. cit.*, p. 21.

mos o "*êthos* alcoólico" da degradação burguesa, visto como negativo na ópera *Lady Macbeth de Mtsenzk* – embora justificado pelo plano geral da tetralogia, da qual ela seria uma primeira parte e representaria os "crimes" e as "deficiências de sociedades não-comunistas",[69] sucedida por outras partes de exaltação do comunismo –, o *êthos* da "felicidade dionisíaca", o do "brinquedo bem humorado" – seja para descansar, seja para caçoar –, o *êthos* do renascimento da vida na primavera e, vale ressaltar, o peã e o treno. Estes últimos correspondem, respectivamente, à euforia e exaltação, própria às marchas e aos hinos, e ao lamento solene das peças fúnebres, isto é, aos dois *êthos* musicais distinguidos pelo autor nos seus textos sobre músicas políticas. Para além de seus altos e baixos, a música do compositor soviético é vista, em um balanço final feito pelo escritor brasileiro, como uma música que instiga uma saúde e uma convicção "que não se sujeita a nenhuma espécie de fracasso, não insinua nem de longe em nós as doces autopunições dos fracassados", convicção esta que se mantém inclusive nas partes de caráter sombrio, em que "a tristeza assume sempre uma forma de força, e a dor, uma promessa de vitória".[70] Assim como a supramencionada análise de Mário de Andrade sobre os símbolos evocados pelas músicas políticas, esse inventário dos *êthos* da música de Shostakovich se baseia nas propriedades dinamogênicas do próprio som, ou seja, em seus efeitos fisiológicos sobre os ouvintes, bem como nas convenções simbólicas e contextuais,

69 ANDRADE, Mário de. Chostacovich. In: SEROFF, Victor Illich. *Dmitri Shostakovich*, *op. cit.*, p. 27.

70 ANDRADE, Mário de. Chostacovich. In: SEROFF, Victor Illich. *Dmitri Shostakovich*, *op. cit.*, p. 32.

das quais dependem inclusive a sua interpretação como exaltação do comunismo.

Essa refuncionalização da obra de arte burguesa, concebida segundo a ideia da arte pela arte, pela qual ela retorna àquilo que Max Weber chamou de "emprego meramente prático-finalista das fórmulas sonoras tradicionais",[71] ilumina importantes aspectos da ópera *Café*. A relação da obra de arte com o público baseada não apenas na representação de conteúdos, histórias, afetos etc. mas também no estímulo de certos comportamentos morais, que o Mário de Andrade crítico e teórico encontrava tanto na música de Shostakovich quanto nas várias músicas políticas que tinha em conta ao escrever os seus ensaios sobre músicas políticas, tornou-se um princípio compositivo para o Mário de Andrade artista e escritor de *Café*. Toda a construção espetacular da ópera, indicada na "Concepção melodramática", deriva basicamente desses impulsos morais. No primeiro capítulo, vimos como a composição pictórica da cena do êxodo, segundo as regras clássicas da perspectiva, apaziguam o terror representado no primeiro plano. O equilíbrio da composição adocica a tragédia para aqueles que a estão apenas contemplando de fora, e a separação entre os planos de frente e de fundo cria uma ideia de esperança, simbolizada pelo horizonte ao fundo. Assim, as paixões destrutivas representadas em primeiro plano, a morte, a incompreensão, o absurdo e o sentimento do injustificável, experimentado pelos protagonistas, solucionam-se no *êthos* da esperança e da perseverança. Além disso, todo o

71 WEBER, Max. *Os fundamentos racionais e sociológicos da música*. Tradução, introdução e notas de Leopoldo Weizbort. São Paulo: Edusp, 1995, p. 86.

ritmo coreográfico e cenográfico da ópera como um todo, excluindo-se a cena da câmara dos deputados, traça uma curva de intensidade muito cuidadosamente concebida, por Mário de Andrade, por meio de um crescendo cênico, que envolve a música, a iluminação e as movimentações coreográficas. Isso ainda se intensifica no ato revolucionário, que parte do silêncio absoluto, da quase completa escuridão e de um palco vazio, e caminha lenta e progressivamente até o clímax, em que a luta dos revolucionários conquista a vitória. Em suma, toda a retórica coreográfica, cenográfica e musical visa, mais do que representar de quadros narrativos e estados afetivos, engendrar estados morais específicos no espectador.

Esse efeito moralizador é resultado da refuncionalização política e demagógica de certos procedimentos formais tradicionais, isto é, anteriores ao modernismo. O ilusionismo do palco italiano já cria as condições de receptividade para esse "trânsito" moral entre os personagens ficcionais e o espectador, incluindo este na sua espacialidade ficcional, organizada segundo as regras da perspectiva, a partir do ponto de vista não problemático do observador. A clássica ideia de proporção, que rege a organização espacial dos cenários e as composições pictóricas, submete o terror incompreensível e irracional, vivido pelos protagonistas, a um equilíbrio estético que os torna não apenas suportáveis como até mesmo doces. As disposições e as movimentações coreográficas da primeira cena, concebidas como *mimesis* do orgânico, respondem, conforme vimos, não a uma necessidade narrativa ou a alguma representação objetiva, mas à expressão de uma *Stimmung*, demandando do público uma participação afetiva e, ao mesmo tempo, conduzindo-o ao contexto sagrado, isto é, à oração ao café. A representação dos símbolos extrai também a sua força profética do tradicionalismo formal. O café, que aparece na primeira cena como um símbolo profético associado à esperança e, na segunda, representando a vida que definha; a laranja, que surge como antítese do café, representando a morte, o envenenamento do café e da vida que a ele se associa; o horizonte luminoso da cena do êxodo, que contrasta com a representação mortífera dos retirantes e aponta para uma esperança situada no além; a gramática fúnebre da marcha nessa mesma cena, que a associa aos símbolos da morte, bem como o tom eufórico e impetuoso do hino final, respaldado pelas redondilhas maiores e sugestivas de toda a gramática hínica sistematizada por Mário de Andrade: todos esses símbolos aparecem representados por formas sonoras, visuais e literárias sedimentadas em *topos*, daí a sua grande eficácia comunicativa. No entanto, justamente devido ao seu caráter simbólico, essas formas veiculam significados que transcendem os seus elementos sensíveis, gerando uma descontinuidade entre significante e significado. Enquanto símbolos, até mesmo imagens figurativas como a do café, da laranja e do sol no horizonte não representam os objetos de que elas são imagens – isto é, o café, a laranja e o pôr do sol. Porém, tampouco se trata apenas de uma simbolização dos afetos, ou seja, de uma transposição simbólica das vivências subjetivas. Associados à atmosfera da profecia e da fatalidade, pelo contrário, esses símbolos extravasam a subjetividade lírica e apontam para o transcendente, isto é, para o sagrado. A forma carrega em si mesma um conteúdo maior do que ela, irredutível à sua materialidade sensível. Em vez de representar o sagrado como conteúdo, ela própria se sacraliza, passando a ser um instrumento mágico. Essa ritualização da forma, que a afasta da função representativa, é justamente o que torna insuficiente uma análise da ópera partindo da ideia da épica, tal como desenvolvemos no capítulo anterior. Sob o pressuposto da representação e da narração, essa análise nos conduz, a certa altura, necessariamente ao irrepresentável e ao inenarrável – portanto, apenas a determinações negativas –, pois é assim que o místico e o sagrado se apresentam. Esse aspecto negativo só se torna compreensível enquanto um procedimento positivo se deslocarmos o ângulo de vista, observando a ópera não mais como uma épica – que supõe a representação – e, no limite, nem mesmo como obra de arte – que supõe uma esfera estética autônoma em relação a fins extraestéticos –, mas como uma espécie de objeto ritualístico, uma vez que a forma tende a adquirir, em certos casos, poderes mágicos.

Em consequência, a atividade que a obra solicita do espectador não é de representação, que supõe separação entre sujeito e objeto, mas, sim, de participação mística. Ele não é visado como um contemplador desinteressado, pois entra na zona de contaminação do benefício sacrificial – isto é, do *êthos* coletivo da guerra e da resistência – que atravessa a quarta parede. O espectador é convocado a participar dos afetos dos personagens e, desse modo, a se incluir na coletividade da qual eles participam. Uma vez convertidos em instrumentos ritualísticos, esses procedimentos formais mencionados anteriormente não se limitam a *representar* a angústia do abandono, a fatalidade da morte, a esperança e, posteriormente, a cólera, a euforia, a liberdade e a fraternidade, mas cumprem a função de *engendrá-las* no espectador por meio de processos místicos, levando-o a se angustiar, sentir a morte fatalmente pesando sobre si, ter esperança, encolerizar-se, enfurecer-se, amar a liberdade e desejar a união com os seus semelhantes, saindo do teatro permeado por esses afetos.

Eles não buscam a fruição de um contemplador individual e passivo, mas a contaminação de seu público pelo *êthos* guerreiro coletivo, e nisso reside o seu veio demagógico. Essa função moralizadora da arte se justificaria pela percepção, por parte de Mário de Andrade, da supramencionada crise civilizacional, que se tornou um dos principais temas de *Macunaíma*, mas sempre esteve entre as preocupações de seu autor, ainda que mais de maneira latente. Assim, diante do risco de um caminho formativo que degenerasse em deformação ou de uma formação moral invertida, que se completasse como desmoralização, era necessário, pensava o modernista, um guia moral do povo, capaz de conduzi-lo a uma integração harmoniosa aos padrões de modernidade. Essa integração dependeria não apenas da sua autocompreensão como uma coletividade unida mas também – e aqui a novidade em relação à utopia marioandradina dos anos 1920 – da guerra declarada às classes dominantes, que extrairia a sua força precisamente da união coletiva. Essa *demagogia*, essa condução moral do povo, deveria impedir que este, na luta pela sobrevivência, se integrasse à sociedade moderna como mero joguete das classes mais endinheiradas, a exemplo de Chico Antônio no malfadado episódio da corrida de cavalos. Assim, a solução para esse impasse civilizacional, decorrente tanto de uma assimilação destrutiva das populações relativamente pré-modernas nas dinâmicas da modernidade quanto da consequente deformação moral que isso acarretava, deveria ser buscada pela via moral, e daí a necessidade de uma obra de arte demagógica, moralizante.

A posição do artista engajado

À primeira vista, pode parecer que não há muita diferença entre o resultado buscado por Mário de Andrade em sua ópera e aquele que ele identifica na obra de Shostakovich. Em ambos os casos, os elementos técnicos são submetidos a um critério ético, pois devem engendrar no espectador uma disposição moral. No entanto, há uma diferença importante. No contexto soviético de Shostakovich, a revolução e a sociedade comunista eram elementos de uma experiência histórica real. Os ouvintes aos quais o compositor se dirigia haviam passado pela revolução e estavam vivendo em um novo tipo de sociedade, de modo que os valores revolucionários e comunistas, que, segundo Mário, seriam exaltados pela sua música, eram inerentes a eles, visto que se referiam diretamente à sua experiência histórica mais recente. A associação da sua música à revolução e ao comunismo se respaldava em convenções sociais específicas ao seu país, inclusive porque "todos os símbolos são convencionados. E carece não esquecer sempre que as massas soviéticas estão muito bem esclarecidas da sua ideologia e do que elas representam na sociedade contemporânea".[72] Não fossem essas convenções sociais e esse entendimento comum dado pelo contexto histórico dos países soviéticos, certamente não seria possível uma tal associação entre a música pura, frequentemente sem referências extramusicais, e a exaltação do comunismo e da revolução. Porém, no Brasil a situação era diferente. Esses símbolos relativos ao comunismo e à revolução não estavam instituídos na sociedade e dificilmente ultrapassavam o movimento operário e um círculo estreito das elites. De um modo geral, a população desconhecia as ideias socialistas, e as insurgências populares tinham menos relações com elas do que com

72 ANDRADE, Mário de. Chostacovich. In: SEROFF, Victor Illich. *Dmitri Shostakovich*, *op. cit.*, p. 24-25.

o messianismo. A ópera de Mário de Andrade deveria, pois, não apenas exaltar esses valores, mas, antes, instituí-los, trazendo à consciência popular noções como as de exploração, classes sociais, luta de classes e revolução socialista. Assim, além do viés demagógico, a ópera possui um sentido também pedagógico e, mais do que isso, demiúrgico. Em suma, se a demagogia de Shostakovich tinha como pressuposto uma relação relativamente orgânica entre artista e povo, já que ambos compartilhavam símbolos comuns e estavam afinados ideologicamente, em um país como o Brasil, então com recente passado escravagista, essa relação era muito mais problemática, e a distância entre artista erudito e povo era significativamente maior, o que, aos olhos de Mário de Andrade, parecia cobrar do artista um gesto mais unilateral.

Esse sentimento da distância e da falta de solo comum entre o intelectual e o povo, que frequentemente aparece como um dos traços do amor fraternal de Mário de Andrade, pesou sobremaneira ao escritor modernista e deixou as suas marcas em alguns dos poemas de *Café*, sobretudo dois: "Coral do êxodo" e "Hino da fonte da vida". No primeiro, o que se observa é uma tensão entre conteúdo e forma, que se torna explícita na última estrofe:

> Que mando fatal me encaminha?
> Quem sangra meus olhos? Quem arma o meu braço?
> Quem age por mim contra o meu próprio horror da
> matança!
> É a fonte da vida
> Que ordena vingança.
> Vingança![73]

73 ANDRADE, Mário de. *Café* – O Poema. In: TONI, Flávia Camargo. Café*, uma ópera de Mário de Andrade...*, *op. cit.*, p. 228.

O Eu lírico é possuído, aqui, por uma força sobrenatural que lhe retira do controle dos seus atos e de seu próprio corpo, que sangra os seus olhos, arma os seus braços e age por ele e a despeito dele. Assim como no "Coral das famintas", o eu também se mutila em olhos e braço que, não controlados pela vontade subjetiva, tornam-se órgãos da vontade de um outro. No entanto, nesses últimos versos da cena "O êxodo", a linguagem mantém a hierarquia sintática, distinguindo sujeito, verbo e predicado, de modo que o Eu lírico não se confunde com o sagrado, mas, antes, o representa como um terceiro com o qual se depara. Ele enuncia a pergunta pelo outro, isto é, por aquele que age por meio do seu próprio corpo – "quem sangra meus olhos? Quem arma meu braço" etc. – e, em seguida, traz a resposta objetiva: "É a fonte da vida". O seu corpo é possuído por uma força externa a ele, mas não a sua consciência: esta não se deixa contaminar pela força mística de desindividuação e continua operando as distinções entre sujeito e objeto, entre o eu e o outro, a ponto de poder nomear quem é esse outro que lhe possui o corpo. Se retomarmos os últimos versos do "Coral das famintas", devemos nos lembrar que ali não apenas o corpo mas também a própria linguagem atesta a dissolução individual do Eu lírico. Nesses versos do final de "O êxodo", o corpo igualmente responde a uma força transcendente, atestando a dissolução do eu e a sua fusão com o sagrado, mas, ao mesmo tempo, distancia-se desse fenômeno. Tudo se passa como se o Eu lírico se clivasse em uma consciência e um corpo, cada qual sujeito a um regime diferente. O corpo é engalfinhado pelo transe de possessão mística e adquire virtudes sagradas e sobrenaturais, frente às quais se torna heterônomo; porém, a sua consciência descreve o processo que se passa com o seu próprio corpo, como se ocorresse a um terceiro que ele apenas observa, qual um narrador em terceira pessoa. Em outras palavras, o transe de possessão que ele mesmo experimenta é paradoxalmente designado como se fosse vivenciado por outrem.

A linguagem aqui se destaca da perspectiva daquele que a emprega, por meio da fala, e de sua experiência mais imediata. No momento em que os camponeses atingem o limite do desespero – que, inassimilável pela linguagem, dissolve-se em uivos, gemidos e em gestos exclamativos – e se veem possuídos por uma força incompreensível, a linguagem se reintegra como por um salto de mágica, gerando essa clivagem entre a experiência imediata e a consciência que a apreende. Trata-se provavelmente da passagem em que mais se faz ver a mão autoral intervindo na obra, pois o Eu lírico não expressa uma das facetas da visão de um personagem ou de um grupo, mas, pelo contrário, anuncia a visão do próprio autor, que se sobrepõe à dos personagens e se apresenta como uma perspectiva mais abrangente. O mesmo desajuste que vimos, no capítulo anterior, entre o Eu épico enérgico e um mundo literário sem sujeitos reaparece aqui como um desajuste interno à fala de um grupo de personagens, decorrente do fato de que esta parece ser artificialmente atribuída a tais personagens, já que a sua forma não condiz com o conteúdo, ou seja, com a experiência de esgotamento da linguagem representativa e de desindividuação mística que eles vivem. Assim como na lírica que encerra a cena do conflito entre os camponeses e os donos da fazenda, a linguagem parece incapaz de fazer frente ao sentimento de uma extinção brutal e silenciosa, à qual os camponeses estão condenados. E nesse mesmo momento, a voz destes deixa de responder pela sua própria consciência, passando a responder pela de um terceiro. Porém, enquanto na cena do conflito esse terceiro é explícito, pois aparece pela mudança do "eu" para o "tu", isto é, pelo deslocamento do ponto de vista do Eu lírico, aqui ele surge implicitamente nesse paradoxo da fala. E esse terceiro que se manifesta aqui, substituindo a consciência e a linguagem que faltariam aos camponeses, não é exatamente o sagrado, conforme ainda poderia ser dito da cena do conflito. O sagrado está representado como conteúdo: é a fonte da vida, origem do mando fatal, aquele que "sangra meus olhos", "arma meu braço" etc. Esse terceiro não pertence ao mundo ficcional, nem mesmo como *Deus ex machina*; pelo contrário, parece ser a própria voz autoral manifestando-se sem mediações, aproveitando a fala dos camponeses para dizer exatamente aquilo que ela quer dizer, ou seja, para passar a "lição" que julga necessário passar, instruindo, assim, não apenas os personagens da ópera, mas também o espectador, revelando-lhe de maneira didática e translúcida qual é o verdadeiro sentido da sua fúria, para que ele não se confunda e, sobretudo, não se "desmoralize".

Tudo acontece como se o autor detivesse um saber que falta aos seus personagens e, por extensão, aos seus desejados interlocutores; como se o seu campo de visão mais amplo lhe permitisse enxergar aquilo que o povo não seria capaz por si só ou, pelo menos, possibilitasse dar uma forma clara àquilo que este só pode perceber de maneira intuitiva – daí a função pedagógica, que explica, em grande parte, a estranheza desses versos –; como se a consciência do artista fosse maior do que a do povo, se não em extensão, em clareza analítica e em orientação moral. A fraternidade e o impulso anticapitalista não evitam, portanto, certo tom paternalista da posição do artista em relação ao povo. Há uma hierarquia claramente estabelecida – ainda que provisória, pois, uma vez cumprida a sua função, o povo já estaria instruído, o que a tornaria dispensável – que se justifica não tanto pela dominação e pelo sentimento de superioridade do pai em relação ao filho, mas sobretudo pelo amor paterno, pela responsabilidade paterna diante dos "filhos". Como observou Leandro Pasini em relação à religiosidade de alguns poemas de Mário de Andrade, trata-se de um paternalismo bastante *sui generis*, que não se associa exatamente ao patriarcalismo e à conservação dos moldes tradicionais da família, mas à ideia de fraternidade, que o aproxima mais do maternalismo devido à

> ... ausência de violência em sua natureza, no modo de lidar com o real e com a organização da vida. Enquanto o paternalismo, como derivação abrandada do patriarcalismo, é um modo sutilmente violento de verticalização social, o modelo maternalista de Mário é fundamentalmente uma forma de horizontalidade.[74]

Esse maternalismo se consubstancia na imagem arquetípica da Mãe, na cena da câmera dos deputados, sobre a qual converge todo o sofrimento dos seus filhos e cuja impotência não é menor do que a deles. A Mãe não é aquela que disciplina e domestica os filhos, impondo-lhes verticalmente uma ordem, e sim aquela que os representa – inclusive politicamente. Contudo, essa mesma Mãe reaparece no hino final da ópera assumindo o mesmo tom demagógico que vemos no final da cena do êxodo, igualmente associado ao símbolo da fonte da vida:

74 PASINI, Leandro. *A apreensão do desconcerto...*, *op. cit.*, p. 208.

Eu sou a fonte da vida
Do meu corpo nasce a terra
Na minha boca floresce
A palavra que será.

EU SOU AQUELE QUE DISSE:
Os homens serão unidos
Se a terra deles nascida
For pouso a qualquer cansaço.

Eu odeio os que amontoam
Eu odeio os esquecidos
Que não provam deste vinho
Sanguíneo das multidões.

É deles que nasce a guerra
E são fonte da morte
Eu sou a fonte da vida:
Força, amor, trabalho, paz.[75]

Além do emprego da métrica tradicional e dos elementos hínicos, ambos já mencionados anteriormente, o que vemos aqui não é mais o longo discurso narrativo, expressivo e acusatório da "Endeixa da Mãe", mas uma fala pedagógica, em que a Mãe se apresenta como uma demiurga, a qual faz engendrar a terra que será "pouso a qualquer cansaço" e "a palavra que será", trazendo uma distinção valorativa: condena "os que amontoam" e os individualistas "Que não provam deste vinho/Sanguíneo das multidões", que engendram a morte e a guerra e que são, portanto, destinatários do ódio da Mãe; e louva os valores vitais, repetidos na última estrofe: "Força, amor, trabalho, paz". Trata-se do único coral da

75 ANDRADE, Mário de. *Café* – O Poema. In: TONI, Flávia Camargo. Café*, uma ópera de Mário de Andrade..., op. cit.*, p. 233.

ópera cujo Eu lírico não coincide com a perspectiva da coletividade – ainda que diga respeito a ela –, pois o seu texto está claramente construído a partir da perspectiva da Mãe, que se refere aos "filhos" e aos inimigos em terceira pessoa e que pode ser vista como porta-voz do autor e de sua mensagem. Assim, ao mesmo tempo em que celebra a união fraterna e horizontal entre os operários revolucionários vitoriosos, esse final também coloca a Mãe em uma posição hierárquica perceptível não apenas nesses elementos textuais do poema mas também na centralidade dada a ela na composição pictórica da cena. Esse quadro final faz uma referência à tela de Delacroix denominada, não por acaso, *A liberdade guiando o povo* (1830). Se essa hierarquia não apresenta em seu bojo a violência do paternalismo, como forma de manutenção da obediência e da fidelidade ao "pai", isso não implica pura e simples horizontalidade. Pelo contrário, o gesto final da ópera confirma o seu papel afirmativo, instrutivo e moralizador e, desse modo, o caráter unilateral da relação entre artista e povo. Nada resta aqui dos impulsos disruptivos das "técnicas do inacabado" que, na "Câmara-ballet", cobravam do expectador uma atitude reflexiva.

O elemento problemático dessa demagogia, que a de Shostakovich, apresentada por Mário de Andrade, desconhece, está no fato de ela instituir uma clivagem entre a perspectiva dos personagens e a da própria obra, correspondendo esta aproximadamente à da Mãe. Essa clivagem aparece de modo cristalino na passagem final do êxodo comentada anteriormente, em que a fala dos personagens não pode mais ser atribuída aos próprios personagens, como expressões imanentes da sua situação, mas a uma consciência exterior a elas, que se faz ouvir de modo definitivo no hino final. O intuito de trazer à linguagem aquilo que aparece como espanto e, desse modo, como incompatível com a ela, nasce de uma atitude pedagógica, senão demagógica, que pode ser legítima. O problema surge na justa medida em que trazer o espanto à linguagem implica saltar para fora dessa consciência espantada, que permanece enquanto tal intocada e inerte à linguagem. Não são os personagens que, condenados à sua própria aporia, redescobrem a linguagem, ainda que contando com a mediação de um tutor-artista, mas é o próprio autor que encontra, no seu acervo, uma linguagem para retratar os seus personagens. O resultado que se poderia esperar disso é o de que o povo – que idealmente ocuparia as cadeiras da plateia – fosse seduzido a adotar uma linguagem, guiar-se por símbolos e assumir comportamentos que, por mais eloquentes, grandiosos e aparentemente libertários que fossem, seriam incompatíveis com a sua experiência e com a sua consciência, formada na relação com o mundo objetivo, que aparece na ópera cada vez mais hostil, e não é por outra razão que o mito surge como única forma de solucionar essa incompatibilidade, aproximando distâncias incomensuráveis.

A passagem da consciência empírica e imanente dos personagens a essa consciência maior que os guia, correspondente à passagem do treno ao peã, da morte à ressurreição e do profano ao sagrado. Ela consubstancia um salto místico que não apenas destrói e supera o profano em direção ao sagrado, como é próprio do sacrifício, mas também abandona a perspectiva e o horizonte concreto dos personagens – construídos de modo mais ou menos realista, mesmo com todo o lirismo e toda a simbologia – em direção a outros que lhes são estranhos, salto este possibilitado pela instrumentalização mística e demagógica da forma. Não há como negar a força dessa operação e, consequentemente, a sua possível eficácia enquanto forma de mobilização política. De fato, tudo parece concebido para que os espectadores saíssem do teatro nesse estado de cólera, despertados pelos valores de liberdade e fraternidade, e dispostos botar tudo abaixo, repetindo, assim, um efeito semelhante ao da apresentação da ópera *Masaniello* (1828), de Daniel Auber, em Bruxelas, que levou, como nos conta Mário de Andrade, à expulsão dos holandeses da Bélgica.[76] Entretanto, essa energia acumulada pela ópera, que ganha o sentido de um *páthos* revolucionário, é vazia de objeto, pois não corresponde nem pode ser dirigida a nenhuma práxis, tendendo a se dispersar. Assim, por mais apoteótica e eficaz enquanto mobilização de afetos políticos, e ainda que ela levasse os seus espectadores a amarem euforicamente a liberdade e a se revoltarem em nome desses valores, a ideia de liberdade proposta pela ópera é abstrata, pois é condicionada justamente pelo salto místico para fora do universo da experiência imanente, ao qual a práxis se refere. A magnitude colossal dessa energia política engendrada sobre os espectadores é diretamente proporcional ao fechamento do horizonte de práxis política. Eis o paradoxo: uma obra que se pensa essencialmente como práxis política e como arte de circunstância tende a liquidar sua potência política emancipatória pelos mesmos meios com que o seu autor desejava maximizá-la.

Aqui caberia uma comparação de *Café* com o final de um conto de Mário de Andrade em que a mesma solução pelo amor

---

76 ANDRADE, Mário de. *Guilherme Tell*. In: COLI, Jorge. *Música final:* Mário de Andrade e sua coluna jornalística *Mundo Musical, op. cit.*, p. 338.

e pela solidariedade fraternal ganha uma feição muito diferente. Um conflito entre fazendeiro e trabalhadores rurais, similar ao que vemos na cena da Companhia Cafeeira S.A., aparece também, ao seu modo, em "O poço", que integra o livro *Contos novos* (1947) do autor. Não estamos mais em um ponto de produção de mercadorias para a exportação, mas em um pesqueiro em área rural, às margens do Rio Mogi, que serve de lazer ao fazendeiro Joaquim Prestes. O conflito se inicia com um incidente banal: enquanto mostra a um convidado o andamento das obras de um poço que os seus funcionários estão construindo para suprir o local com água potável, o fazendeiro se debruça para ver a água no fundo e, em razão desse gesto, a sua caneta-tinteiro cai no poço. Em consequência, os seus funcionários se veem imediatamente obrigados a atenderem aos caprichos do patrão e resgatá-la, ainda que sob as condições mais adversas. A partir de então, vemos a cólera crescente dos funcionários, a autodemissão de um deles, que causou um grande espanto no ricaço que "nunca imaginara que num caso qualquer o adversário se arrogasse a iniciativa de decidir por si",[77] e finalmente chegamos ao clímax. Semelhante ao momento do sacrifício do terceiro ato da ópera, esse clímax ocorre quando, vendo Albino, um trabalhador fraco e doente que ficara incumbido da função de descer ao poço, em um estado moribundo, fora de si mesmo, incapaz de falar, devido ao frio e ao cansaço, o seu irmão José reage:

> Se virou para Joaquim Prestes. Talvez nem lhe transparecesse ódio no olhar, estava simples. Mandou calmo, olhando o velho nos olhos:

77 ANDRADE, Mário de. *Contos novos*. São Paulo: Martins, 1976, p. 90.

> — Albino não desce mais.
>
> Joaquim Prestes ferido desse jeito, ficou que era a imagem descomposta de furor. Recuou um passo na defesa instintiva, levou a mão ao revólver, berrou já sem pensar:
>
> — Como não desce!
> — Não desce não. Eu não quero.[78]

Essa passagem é análoga ao momento final do conflito entre fazendeiros e trabalhadores na cena da fazenda de café, em que ambos quase chegam a se enfrentar, os donos pegam as suas armas e os camponeses se munem de paus e enxadas, mas acabam por não se confrontar. Porém, no conto, José reage. Não avança sobre o adversário, mas faz aquilo que não era esperado da sua posição de subordinado quase desprovido de humanidade – isto é, expressa a sua vontade, decide e se impõe, mesmo colocando-se em risco. Joaquim Prestes fica sem chão. Todo o seu poder tremeu nas bases com a violência do olhar de José, até que, saindo pela tangente, acabou por ceder: "Não vale a pena mesmo". A perseverança de José na resistência aos abusos do fazendeiro contra o seu irmão em estado mortífero afirma aquilo que parecia impensável à sua condição: a autonomia. Evidentemente, não em um sentido de emancipação de classe ou algo similar, mas, modestamente, a autonomia reivindicada como condição para afirmar a sua humanidade, isto é, para se negar como mero instrumento de trabalho ao inteiro dispor das vontades e arbitrariedades de um patrão. É precisamente isso que deixa o fazendeiro desorientado e desmoralizado, a ponto de ter que, pela pri-

78 ANDRADE, Mário de. *Contos novos*, *op. cit.*, p. 92.

meira vez, pleitear o seu reconhecimento moral perante os seus funcionários: "... não sou nenhum desalmado...".

As analogias entre "O poço" e *Café* vão além da temática do conflito entre trabalhadores rurais e proprietários. Em ambos, a opressão e a destruição se revertem em uma afirmação da autonomia da parte oprimida, ainda que em proporções muito diferentes; essa reversão da heteronomia total em autonomia também só se cumpre no momento em que a vítima da opressão está à beira da morte e atinge um estado de sofrimento sub-humano que a impede até de raciocinar e de falar. Com isso, nos dois casos a violência libertária não advém como resultado de uma decisão, mas como uma necessidade, uma fatalidade – poderíamos dizer, transpondo uma frase de *Café*, que José "se revoltou pela incapacidade de não se revoltar", e o que alimenta a resistência à opressão é, nos dois casos, o amor fraterno, esse amor que acolhe os sofrimentos do outro como próprios e pelo qual se arrisca a vida. A Mãe e o herói vingador de *Café* reaparecem aqui, de alguma forma, na figura de José, que não apenas enfrentou sem hesitações o inimigo mas também, depois de este perder as bases, manteve o olhar sério e firme enquanto os demais riram "pra aliviar o ambiente", dissolvendo cinicamente a tensão do que havia ocorrido.

No entanto, as semelhanças terminam aqui. A vitória colossal e apoteótica da revolução na ópera, que advém a despeito das condições imanentes proibitivas, responde ao protagonismo de forças ocultas. A passagem da condição de submissão à de liberdade se efetua por meio de um processo sacrificial análogo. Contudo, na ópera, a violência e a luta revolucionária aparecem como ideias abstratas, incapazes de orientar a práxis, como se elas fossem um fim em si mesmas.

Em “O poço”, o que está em jogo é muito mais modesto. Quase poderíamos dizer que se trata da afirmação da humanidade dos oprimidos. Sem horizonte revolucionário, sem perspectivas de instituir novas formas de sociedade, sem a retórica apoteótica, a perspectiva política que ele abre é a da elevação dos proletários à condição das abelhas – as únicas que não obedeciam às ordens de Joaquim Prestes. Autonomia, com certeza, mas infimamente mais modesta do que aquela implicada na superação da sociedade de classes e da dominação social e econômica. Direito à desobediência, quando a obediência assume um caráter mortífero. Porém, aqui a cólera, a fraternidade e a liberdade convergem em um ato concreto de desobediência, em uma situação determinada e contra um adversário também determinado. Trocando em miúdos, trata-se de um ato que se dá nas relações interpessoais – sendo, nesse sentido, “dramática” –, e não de um valor abstrato. Assim, a figura sacrificial da vítima, bem como o caráter heroico do irmão, conduz, ao contrário das funções equivalentes em *Café*, à práxis. Ao contrário de *Café*, esse conto abre caminhos – por mais limitados que estes sejam – ao tornar pensável algo que parecia impensável – a não obediência, a possibilidade de se resistir a uma opressão sem limite – como se ele ensaiasse uma resposta à questão: o que aconteceria se eu simplesmente deixasse de me submeter? Trata-se de uma questão palpável, comensurável com a experiência representada, ao contrário dos conceitos morais em *Café*, os quais permanecem abstratos.

O sentido do engajamento artístico na ópera *Café* foi exposto, neste capítulo, a partir de três eixos: o assunto, o espectador e a forma. A equação entre eles não é sempre igual. O coral, como *forma* de representação de um assunto coletivo e como um dispositivo unanimista, estabelece uma equação relativamente simples, ao passo que os jogos de estranhamento que vimos na "Embolada da ferrugem" complexificam essa equação, tensionando criticamente os seus elementos. Em ambos os casos, o assunto determina a objetividade da obra – isto é, o seu lugar próprio entre o autor e o público – seja ele objetivo – descrevendo espaços e pessoas, representando o enredo e a própria narrativa histórico-mítica – ou reflexivo – tematizando criticamente certos comportamentos estéticos ou patológicos. Em outras palavras, o assunto é o terceiro da relação entre autor e espectador, aquilo que lhe confere espacialidade. No entanto, alguns dos procedimentos formais que descrevemos neste capítulo tendem a dissolver a objetividade do assunto e priorizar o aspecto utilitário, instrumental da forma. O deslocamento do critério diegético em direção à preocupação com as relações entre a obra e o público indicam essa relativização da objetividade épica. Mas essa dissolução só se consuma na medida em que a própria forma adquire um valor mágico, deslocando-se da função representativa à utilitária, instrumental. Tanto os afetos quanto os comportamentos morais não aparecem mais como conteúdos representados, e sim como efeitos buscados pela operação mágica da forma. A essa perda de importância do assunto e da representação corresponde, do lado do espectador, uma nova postura diante da obra e do espetáculo, não mais objetivadora, representativa ou reflexiva, e sim passiva, pré-subjetiva e fusional, pela qual, relembrando as palavras de Dahlhaus – que podem ser estendidas para além da música –, o espectador "sente-se exposto à música, em vez de se lhe contrapor na distância estética".[79] O triângulo assunto-forma-espectador perde, assim, um de seus vértices, e o

79 DAHLHAUS, Carl. Transformações da estética do sentimento. In: ______. *Estética musical*, *op. cit.*, p. 32.

assunto torna-se apenas subsidiário de uma equação entre a forma e o público, pela qual a primeira adquire essa natureza instrumental e extraestética e o segundo se apresenta, correlativamente, como partícipe pré-estético. Não apenas a dimensão diegética como também a própria esfera estética tende, com isso, a se anular. Em "O poço", José é José e Albino é Albino. A possível identificação do leitor com esses personagens não suprime a sua objetividade e alteridade, pois eles continuam sendo pessoas que habitam um universo literário, separado do seu universo real. A identificação é, sem dúvida, fundamental, mas nem por isso suprime as dimensões estética e temática como mediações objetivas entre artista e espectador – ou, nesse caso, entre artista e leitor. Em *Café*, essa dimensão estética objetiva – cuja riqueza e cuja complexidade o capítulo anterior demonstrou – tende a se dissolver, uma vez submetida ao utilitarismo da magia e à eficácia do efeito.

Conclusão

As exposições, análises e reflexões que ocuparam as páginas anteriores nos levam a encontrar em *Café* uma obra extremamente híbrida, multifacetada, composta de diferentes camadas e concebida a partir de pressupostos artísticos heterogêneos, mas, ao mesmo tempo, una, redonda, fechada e conclusiva – coerente na sua incoerência. O uno e o múltiplo, o orgânico e o artificial, o tradicional e o moderno aparecem nela intrincados em relações de interdependência das quais deriva toda a sua complexidade, complexidade esta que a natureza fortemente teleológica da ópera não é suficiente para aplainar em favor do uno, orgânico e tradicional. Tampouco é fácil um juízo de valor categórico que dê conta dessa complexidade. É verdade que sua intenção mais imediatamente política, de mobilizar os seus expectadores e levá-los à euforia, à cólera insurrecional, gira em falso em virtude do caráter abstrato dos valores e símbolos que as acompanham, ou seja, de sua descontinuidade em relação à vida imanente, testemunhando o isolamento social do artista precisamente ali onde ele julga estar mais próximo dos extratos populares e subalternos e mais engajado em suas causas. Essa inversão revela uma fraqueza do ponto de vista da práxis, mas nem por isso deixa de valer enquanto testemunho da situação social do artista engajado. Muito de sua estranheza altissonante e triunfal deriva desse trágico projeto de uma aliança com as classes populares. Além disso, por trás desse direcionamento demagógico e moralizador abstrato, há alguns procedimentos que reatualizam, de um modo bastante original, certos temas da estética, em geral, e da dramaturgia, em particular, os quais valem por si mesmos, ainda que apareçam subordinados ao *télos* da ópera. Como esses temas não desapareceram do horizonte da arte e da dramaturgia – inclusive, no Brasil, ganharam extensão e alguma sistematicidade mais tarde –, é possível esperar que as conclusões desta tese transcendam a obra que ela tomou como objeto e ressoem em outros lugares.

Um desses temas é o drama. Embora absolutamente não caiba a ideia do drama como pressuposto formal, como um *nómos*, é inegável que a ideia do drama é mobilizada de diversas maneiras. Ela está pressuposta na concepção cenográfica, não apenas em virtude do palco italiano e da visão frontal em perspectiva, mas também pela retórica cenográfica, que perfaz o contorno externo da curva dramática, mesmo que esta esteja ausente enquanto dinâmica interna de conflitos interpessoais. O drama assume aqui um sentido tradicionalista, associado ao efeitismo espetacular – portanto, de certo modo, ao teatro comercial – e a uma demagogia de inspiração soviética, mas cujo sentido concreto se modifica em terras brasileiras.

A estrutura do conflito entre opressores e oprimidos, bem como a sua solução no terceiro ato, deriva também do drama, ou melhor, da ideia da unidade da ação. Diferentemente da épica, que com frequência se detém nos detalhes e episódios particulares, o drama, em seu sentido estrito, funcionaliza todas as suas partes a partir de um *télos*. Tudo gira em torno de um único conflito e, quando este chega ao desfecho, ele se encerra. No caso de *Café*, trata-se de um conflito abstrato, pois não se materializa por meio dos diálogos interpessoais, como em uma forma dramática, mas surge como uma espécie de pano de fundo que dá o contexto geral de todas as cenas, sendo levado ao desfecho, no terceiro ato. Esse conflito dramático central entre protagonistas e antagonistas é homólogo ao conflito social que a ópera busca retratar, entre opressores e oprimidos, de modo que a estrutura geral da ação dramática se presta à *mimese* de uma estrutura social, extraestética. Dessa cristalização da luta de classes na forma do conflito dramático, a ópera extrai muito de sua riqueza – sobretudo em "A discussão" e em "Câmara-ballet". Porém, isso tende também, sobretudo no terceiro ato, a um esquematismo mistificador e potencialmente conservador.

O episódio do embate entre os camponeses e os donos da fazenda de café é a parte cujo texto mais se assemelha ao drama, pois é a única concebida como um diálogo entre partes em conflito. Contudo, aqui, conforme vimos, o diálogo não engendra um movimento de tipo dramático, mas apenas expõe de maneira imanente e intuitiva uma ideia que o antecede, marcada pelo fatalismo e pelo tom profético. Por meio do diálogo, a dimensão simbólica e universal penetra o mundo prosaico e contingente da vida imediata. Para Mário de Andrade, o diálogo se prestaria a isso, já que possibilitaria uma relação intuitiva e pré-reflexiva com as ideias e os conceitos, como o autor defende, ao falar sobre as danças dramáticas do Brasil:

> Em vez da descrição, que é um mecanismo intelectual mais complicado e completo, abrangendo o assunto por mil lados, o povo prefere criar na forma de diálogo, de que ele tem a amostra fácil no mecanismo cotidiano das suas comunicações. O diálogo evita a análise psicológica, evita a descrição de gestos

> e de ambientes, facilita a síntese dos recontos, sem que haja propriamente desistência de elementos tão importantes como psicologia e descritividade, pois que ele os implica a todos.[1]

Esse uso do diálogo "dramático" como um modo de exposição relacional e conflitual dos tipos e caracteres sociais é talvez um dos traços mais salientes do "drama" marioandradino. Encontramo-lo já nas "Enfibraturas do Ipiranga", também composto de massas corais, em *O banquete* e também, à sua maneira, na ópera cômica *Pedro Malazarte*, escrita pelo autor em parceria com o compositor Mozart Camargo Guarnieri. Não estamos diante de uma das tentativas de salvação do drama – para usar uma expressão de Peter Szondi –, mas de uma via de ressignificação do drama enquanto forma de colocar em relação recíproca certos gestos sociais antagônicos, de modo a enfatizar a descontinuidade, a incomunicabilidade e o choque que há entre eles, em vez de apresentá-los isolada e abstratamente. O diálogo dramático se torna, aqui, uma cristalização estética não da mecânica dos conflitos interpessoais, mas da ideia de um antagonismo sem conflito, em que as perspectivas opostas se desdramatizam ao se retraírem como planos gestuais heterogêneos e incomunicáveis.

Não obstante essas ressonâncias e ressignificações da ideia do drama, o libreto é de natureza claramente antidramática, não apenas porque carece de qualquer desenvolvimento dramático como também porque o seu caráter fragmentário impede a constituição de sujeitos dramáticos coerentes e autoidênticos. As falas dos protagonistas – e até a dos antagonistas –, além de serem coletivas, são completa-

1 ANDRADE, Mário de. *Danças dramáticas no Brasil, op. cit.*, t. 1.

mente diferentes nos vários poemas, oscilando de registro e de tipo de discurso, sugerindo personagens multifocais, sem a coerência e unidade exigidas de um sujeito dramático. Na "Introdução" de *Café*, Mário de Andrade não oculta a sua intenção de se distanciar do drama realista do século XIX, embora esse afastamento do *estilo realista* revele também, entre outros aspectos, um *espírito realista*, espirito este que julgaria haver mais "realidade" nesse conjunto de fragmentos heterogêneos e relativamente dispersos – por meio do qual um artista pertencente à elite intelectual representa as classes populares, seus medos, desejos, impasses etc. – do que em um drama ilusionista, formado por personagens autoidênticos, retratados de uma maneira unifocal, que não coloca em questão o ponto de vista do observador.

A predominância do coro, a justaposição de quadros e poemas relativamente independentes e, em muitos casos estáticos, além das longas narrações de partes como "Coral do queixume", "Endeixa da Mãe" e "Coral da vida", são alguns dos principais aspectos que nos levam a um segundo tema: a épica. Se compreendermos esta como um conceito de estilo, certamente deveríamos considerar *Café* uma obra épica, haja vista a predominância, nela, dos elementos que caracterizam esse estilo. Contudo, como a análise desenvolvida aqui interessou-se mais em apreender o princípio geral da forma e o espírito mesmo da obra do que em descrever exaustivamente os seus elementos, ela partiu de um conceito mais profundo de épica. Segundo esse conceito, uma obra épica é aquela que nasce do ato de narrar, ou contar uma história, e por meio do qual, ao contrário do drama, se faz sentir a presença do narrador, isto é, daquele que a viveu ou que dela soube por terceiros e que, em todo caso, a tem na memória; é aquela cuja essência e cujo princípio formal deriva desse ato. Assim, dois critérios foram considerados para avaliar em que medida *Café* se aproximaria ou se distanciaria da épica: a possibilidade de se apreender uma unidade interna, ou melhor, um foco épico, análogo à unidade do narrador e condicionado pela possibilidade deste de atribuir ordem e sentido à história que ele conta; e a imanência do universo narrado em relação à experiência ou, pelo menos, à consciência do narrador, pois este só pode narrar uma história que conheceu direta ou indiretamente – ou pelo menos só a parte conhecida dessa história. Quando a épica avança sobre atos ou fenômenos milagrosos, invisíveis e imponderáveis, a natureza do discurso já é outra, e o seu sentido passa a ser não apenas – ou não mais – o de exposição, relato, comunicação etc., mas, sim, o de revelação. Vimos que o primeiro critério confirma a natureza épica da ópera, ao passo que o segundo a relativiza, pois indica que esse conceito não é suficiente para apreendermos o seu sentido completo, o qual deriva de uma equação mais complexa que, sem negar necessariamente a épica, envolve a relação com o espectador enquanto um dos problemas concernentes à própria criação artística, transcendendo, assim, as preocupações de ordem estética e incluindo aquelas que dizem respeito à função social, ainda que de uma maneira bastante tateante e experimental.

É significativo também que, ao contrário do teatro épico de Brecht, por exemplo, a forma épica não se associa, em *Café*, ao realismo, pois não deriva do intuito de sedimentar na forma estruturas, processos e relações sociais, como em Brecht. Pelo contrário, o movimento que conduz da fragmentação à unidade épica – exposto em detalhes no segundo capítulo – corresponde ao abandono do espírito realista em direção ao mito ou, mais precisamente, à forma do ciclo de morte e ressurreição. Isso não adquire, contudo, o sentido de uma ilusão escapista, como talvez poderia parecer, mas o de uma utopia em que a ideia de uma vida plena e realizada, justamente pelo descompasso com a vida real, não deixa de ter um lado profundamente melancólico. Nesse sentido, a apoteose do último ato de *Café* se aproxima da sublimação de Macunaíma, herói transformado em constelação e convertido ao brilho bonito – mas inútil – das estrelas.[2]

O mito introduz um regime não realista que transpõe os limites postos pela matéria histórica e passa a operar a partir do princípio formal abstrato e universal do ciclo. Não obstante esse primado do mito sobre a realidade, não é possível afirmar sem mais que ele a dissolve. "Câmara-ballet", certamente a cena mais modernista da ópera, baseia-se, conforme vimos, justamente nesse dualismo, que poderia dispensar a solução triunfal e apoteótica. Trata-se de um dualismo entre o sério e o cômico, em que ambos aparecem relativizados, pois um corrige o outro. O plano sério traz o testemunho do sofrimento dos protagonistas, a rememoração e simbolização da experiência, bem como o investimento no sagrado, ao passo que o plano cômico, concebido à maneira farsesca, promove o desencantamento, a desmistificação do elevado e do universal, a dessacralização do sagrado e a personificação das forças impessoais, apontando as causas imanentes, prosaicas e contingentes no lugar das secretas e metafísicas. Em outras palavras, o plano cômico atua como um princípio de reali-

2 Cf. PASTA JÚNIOR, José Antônio. Tristes estrelas da Ursa – Macunaíma. *Cadernos Porto & Vírgula*, Porto Alegre: Secretaria Municipal de Cultura, n. 4, p. 27-32, 1993.

dade que corrige a *hybris* do mito, encarnada sobretudo na fala da Mãe, enquanto o plano sério apreende a perspectiva dos oprimidos, impedindo, assim, um pessimismo ascético e conformista a que o tom farsesco possivelmente levaria se estivesse desassociado dessas incursões épico-líricas.

Um terceiro tema que esteve no centro desta pesquisa, ainda que nos dois primeiros capítulos tenha aparecido apenas de maneira implícita, é o *engajamento*. Ao contrário dos conceitos anteriores, este foi delineado e desenvolvido a partir dos próprios textos teóricos e críticos de Mário de Andrade. O objetivo não foi apresentar uma visão panorâmica sobre esse conceito na obra do autor, mas sim observar como ele opera em *Café*. A chave interpretativa desenvolvida para encaminhar essa questão foi a separação do problema geral do engajamento em três níveis – assunto, forma e relação com o espectador – e a análise dos diferentes tipos de interação que eles estabelecem entre si. Vimos que há um modo de interação, por assim dizer, linear, de adequação de forma ao assunto e de ambos ao estado de lirismo coletivo que se busca; uma relação de tensionamento entre eles, em que o efeito se torna também um assunto; e, por fim, uma instrumentalização da forma que tende a dissolver a mediação do assunto em benefício de uma gramática do efeito. Assim, mesmo desenvolvida a partir da análise de uma obra específica, espera-se que essa chave interpretativa possa render frutos na análise de outras obras que, dramatúrgicas ou não, remetam ao problema do engajamento artístico.

Referências

A BÍBLIA DE JERUSALÉM. São Paulo: Edições Paulinas, 1993.

ADORNO, Theodor W. Sobre algunas obras de Béla Bartók. In: ______. *Escritos musicales V*. Tradução de Alfredo Brotons Muñoz e Antonio Gómez Schneekloth. Madrid: Akal, 2011. Obra completa, v. 18.

ALVARENGA, Oneyda (Org.). *Cartas Mário de Andrade e Oneyda Alvarenga*. São Paulo: Duas Cidades, 1983.

______. Sonora política. *Revista do arquivo municipal*, São Paulo: Departamento do Patrimônio Histórico, n. 198, p. 7-44. 1990.

ANDRADE, Carlos Drummond de. *A lição do amigo*: cartas de Mário de Andrade a Carlos Drummond de Andrade. Rio de Janeiro: Record, 1988.

ANDRADE, Mário de. *Amar, verbo intransitivo*. Rio de Janeiro: Nova Fronteira, 2013.

______. *Aspectos da música brasileira*. Belo Horizonte; Rio de Janeiro: Villa Rica Editoras Reunidas, 1991.

______. *Aspectos da literatura brasileira*. São Paulo: Martins, 1978.

______. *Aspectos das artes plásticas no Brasil*. Belo Horizonte: Editora Itatiaia, 1984.

______. *Café*. Rio de Janeiro: Nova Fronteira, 2015.

______. *Carta ao pintor moço*. São Paulo: Boitempo, 1995.

______. Chostacovich. In: SEROFF, Victor Illich. *Dmitri Shostakovich*. Tradução de Guilherme Figueiredo. Rio de Janeiro: O Cruzeiro, 1945.

______. *Contos novos*. São Paulo: Martins, 1976.

______. *Danças dramáticas no Brasil*. São Paulo: Martins, 1959. 3 t.

______. *Dicionário musical brasileiro*. Belo Horizonte: Itatiaia, 1999.

______. *Ensaio sobre a música brasileira*. São Paulo: Martins; Brasília: INL, 1972.

______. *Introdução à estética musical*. São Paulo: Hucitec, 1995.

______. *Macunaíma, o herói sem nenhum caráter*. Rio de Janeiro: Nova Fronteira, 2013.

______. *Música de feitiçaria no Brasil*. Belo Horizonte: Itatiaia, 2006.

______. *Música, doce música*. São Paulo: Martins, 1963.

______. *Música e jornalismo*: Diário de S. Paulo. Pesquisa, estabelecimento do texto, introdução e notas de Paulo Castagna. São Paulo: Hucitec; Edusp, 1993.

______. *Namoros com a medicina*. São Paulo: Martins; Brasília: INL, 1972.

______. *O baile das quatro artes*. Rio de Janeiro: Nova Fronteira, 2012.

_______. *O banquete*. São Paulo: Duas Cidades, 1977.

_______. *O empalhador de passarinho*. Belo Horizonte: Itatiaia, 2002.

_______. *O turista aprendiz*. Belo Horizonte: Itatiaia, 2002.

_______. *Obra imatura*. Rio de Janeiro: Nova Fronteira, 2013.

_______. *Os cocos*. São Paulo: Duas Cidades; Brasília: INL, Fundação Nacional Pró-Memória, 1984.

_______. *Os contos de Belazarte*. São Paulo: Círculo do Livro, s/d.

_______. *Os filhos da Candinha*. Rio de Janeiro: Agir, 2008.

_______. *Padre Jesuíno do Monte Carmelo*. Rio de Janeiro: Nova fronteira, 2012.

_______. *Pequena história da música*. São Paulo: Martins, 1953.

_______. *Poesias completas*. Rio de Janeiro: Nova Fronteira, 2013. 2 v.

_______. *Sejamos todos musicais*: as crônicas na 3ª fase da *Revista do Brasil*. São Paulo: Alameda, 2013.

_______. *Táxi e crônicas do* Diário Nacional. São Paulo: Duas Cidades, Secretaria da Cultura, Ciência e Tecnologia, 1976.

_______. *Vida do cantador*. Belo Horizonte; Rio de Janeiro: Villa Rica, 1993.

_______; GUARNIERI, M. Camargo. *Pedro Malazarte*: ópera cômica em 1 ato (libreto). São Paulo: Ricordi, s/d.

ANDRADE, Oswald de. *A morta*. São Paulo: Globo, 1995.

______. *O rei da vela*. Rio de Janeiro: MEDIAfashion, 2008. (Coleção Folha Grandes Escritores Brasileiros).

AMARAL, Aracy (Org.). *Correspondência Mário de Andrade & Tarsila do Amaral*. São Paulo: Edusp; IEB, 2001.

ARISTOTLE. Poetics. In: BARNES, Jonathan (Ed.). *The complete works of Aristotle*. New Jersey: Princeton University Press, 1995.

BASTIDE, Roger. *Poetas do Brasil*. São Paulo: Edusp; Duas Cidades, 1997.

BENJAMIN, Walter. O autor como produtor. In: KOTHE, Flávio R. (Org.). *Walter Benjamin*. São Paulo: Ática, 1991.

______. A obra de arte na era de sua reprodutibilidade técnica. In: ______. *Magia e técnica, arte e política*: ensaios sobre literatura e história da cultura. Tradução de Sergio Paulo Rouanet. São Paulo: Brasiliense, 1994.

BUCCI, Magno Clodoveo. *Teatro universitário*: uma contribuição à educação do olhar, do sentir, do pensar, do fluir. 1994. Tese (Doutorado em Artes Cênicas) – Escola de Comunicações e Artes da Universidade de São Paulo, São Paulo, 1994.

BÜRGER. Peter. *Teoria da vanguarda*. Tradução de José Pedro Antunes. São Paulo: Cosac Naify, 2008.

BURNETT JR., Henry. Adorno e Mário de Andrade: duas visões da criação pela música. *Viso*: *Cadernos de Estética Aplicada*, Rio de Janeiro, n. 8, p. 85-97, jan.-jun. 2010.

CANDIDO, Antonio. Artista e sociedade; Jornada heroica. In: COLI, Jorge. *Música final:* Mário de Andrade e sua coluna jornalística *Mundo Musical*. Campinas: Editora da Unicamp, 1998.

______. *Literatura e sociedade*. Rio de Janeiro: Ouro sobre Azul, 2014.

______. Literatura e subdesenvolvimento. In: ______. *A educação pela noite & outros ensaios*. São Paulo: Ática, 1989.

______. Mário de Andrade. *Revista do Arquivo Municipal*, São Paulo, n. 198, p. 69-73, 1990.

CASTRO, Moacir Werneck de. *Mário de Andrade*: exílio no Rio. Rio de Janeiro: Rocco, 1989.

COLI, Jorge. *Música final:* Mário de Andrade e sua coluna jornalística *Mundo Musical*. Campinas: Editora da Unicamp, 1998.

CONTIER, Arnaldo Daraya. *Brasil novo* – música, nação e modernidade: os anos 20 e 30. 1988. Tese (Livre-docência em História) – Faculdade de Filosofia, Letras e Ciências Humanas da Universidade de São Paulo, São Paulo, 1988.

COSTA, Iná Camargo. *Sinta o drama*. Petrópolis: Vozes, 1998.

CUI, César. *La musique en Russie*. Paris: G. Fischbacher Éditeur, 1881.

DAHLHAUS, Carl. *Estética musical*. Tradução Artur Morão. Lisboa: Edições 70, 2003.

DAVID, Ernest. *Études historiques sur la poésie et la musique dans la Cambrie*. Paris: Imprimerie Nationale, 1884. Reimpressão: Forgotten Books, s/d.

DUARTE, Pedro. A vanguarda modernista brasileira. *Viso: Cadernos de Estética Aplicada*, Rio de Janeiro, n. 11, p. 107-120, jan.-jun. 2012.

EURÍPIDES. *As bacantes*. In: ______. *Ifigênia em Áulis, As fenícias, As bacantes*. Tradução do grego, introdução e notas de Mário da Gama Kury. Rio de Janeiro: Jorge Zahar, 2002.

FABRIS, Annateresa. O muralismo de Portinari. *O Estado de S. Paulo*, São Paulo, 2 jun. 1990, Cultura.

FERNANDES, Lygia (Org.). *71 cartas de Mário de Andrade*. Rio de Janeiro: Livraria São José, s/d.

FLORES JR., Wilson José. *Modernização pelo avesso*: impasses da representação literária em *Os contos de Belazarte*, de Mário de Andrade. Cotia: Ateliê Editorial, 2015.

FRAGELLI, Pedro Coelho. *A Paixão segundo Mário de Andrade*. 2010. Tese (Doutorado em Literatura Brasileira) – Faculdade de Filosofia, Letras e Ciências Humanas da Universidade de São Paulo, São Paulo, 2010.

______. Engajamento e sacrifício: o pensamento estético de Mário de Andrade. *Revista do Instituto de Estudos Brasileiros*, São Paulo, n. 57, p. 83-110, dez. 2013.

FUNDAÇÃO PADRE ANCHIETA. *Café: ópera-coral* de Mário de Andrade. São Paulo: TV Cultura, gravação realizada no Theatro Municipal de Santos, set. 1996. 1 DVD.

GIRARD, René. *A violência e o sagrado*. Tradução de Martha Conceição Gambini. São Paulo: Editora Universidade Estadual Paulista, 1990.

GLEBOV, Igor. Moussorgsky, mucicien-dramaturge. *La Revue musicale*, Paris: Édition de la Nouvelle Revue Française, n. 6, p. 216-243, 1er avril 1928.

GROUT, Donald J.; PALISCA, Claude V. *História da música ocidental*. Tradução de Ana Luísa Faria. Lisboa: Gradiva, 2007.

KOSSOVITCH, Leon. As artes plásticas: Mário de Andrade e seu método. *Revista discurso*, São Paulo: Departamento de Filosofia da Universidade de São Paulo, n. 1, p. 83-94, 1970.

LAFETÁ, João Luiz. *1930*: a crítica e o modernismo. São Paulo: Duas Cidades; Editora 34, 2000.

LEIBOVITZ, René. *Histoire de l'opéra*. Paris: Buchet; Chastel, 1987.

LOPEZ, Telê Porto Ancona. Cronologia geral da obra de Mário de Andrade publicada em volume. *Revista do Instituto de Estudos Brasileiros,* São Paulo, n. 7, p. 139-172, 1969.

______. *Mário de Andrade*: ramais e caminho. São Paulo: Duas Cidades, 1972.

LUKÁCS, Georg. *Teoria do romance*: um ensaio histórico--filosófico sobre as formas da grande épica. Tradução de José Marcos Mariani de Macedo. São Paulo: Duas Cidades; Editora 34, 2009.

MARX, Karl. A assim chamada acumulação primitiva. In: ______. *O capital*: crítica da economia política, livro I. Tradução de Rubens Enderle. São Paulo: Boitempo, 2013.

MAUSS, Marcel; HUBERT, Henri. Ensaio sobre a natureza e a função do sacrifício. In: MAUSS, Marcel. *Ensaios de sociologia*. Tradução de Luiz João Gaio e J. Guinsburg. São Paulo: Perspectiva, 2015.

MERKEL, Ulrich (Org.). *Teatro e política*: poesias e peças do expressionismo alemão. Georg Heym, Ernst Toller, Georg Kaiser. Rio de Janeiro: Paz e Terra; Instituto Cultural Brasil-Alemanha, 1983.

MICELI, Sérgio. Intelectuais e classe dirigente no Brasil (1920-45). In: ______. *Intelectuais à brasileira*. São Paulo: Companhia das Letras, 2001.

MORAES, Marco Antônio (Org.). *Correspondência Mário de Andrade & Manuel Bandeira*. São Paulo: Edusp; IEB, 2001.

MUSSORGSKY, Modest. *Boris Godunov*. Opera guide. London: John Calder; London Riverrun Press; New York, 1982.

NEWMAN, Ernest. *História das grandes óperas e de seus compositores*. Tradução de Antônio Ruas. Porto Alegre: Livraria do Globo, 1943.

NIETZSCHE, Friedrich. El nacimiento de la tragedia o helenismo y pesimismo". In: ______. *Nietzsche I*. Tradução de Germán Cano Cuenca. Madrid: Editorial Gredos, 2009. Biblioteca de Grandes Pensadores.

______. *O caso Wagner e Nietzsche contra Wagner*. Tradução, notas e posfácio de Paulo César de Souza. São Paulo: Companhia de Bolso, 2016.

OLIVEIRA, Francisco de. *Crítica à razão dualista/O ornitorrinco*. São Paulo: Boitempo, 2013.

OLIVEIRA, Sergio Alberto de. *Café* de Mário de Andrade: estudos sobre a ópera-coral. *XVI Congresso da Associação Nacional de Pesquisa e Pós-graduação em Música*. Brasília: Universidade de Brasília, 2006.

PASINI, Leandro. *A apreensão do desconcerto*: subjetividade e nação na poesia de Mário de Andrade. São Paulo: Nankin, 2013.

PASTA JÚNIOR, José Antônio. Tristes estrelas da Ursa – Macunaíma. *Cadernos Porto & Vírgula*, Porto Alegre: Secretaria Municipal de Cultura, n. 4, p. 27-32, 1993.

PRADO, Décio de Almeida. *O teatro brasileiro moderno*. São Paulo: Perspectiva, 2009.

RIEGO, Christina Barros. *Do futuro e da morte do teatro brasileiro*: uma viagem pelas revistas literárias e culturais do período modernista (1922-1942). São Paulo: Hedra, 2010.

ROSENFELD, Anatol. *O teatro épico*. São Paulo: Perspectiva, 2018.

SANTOS, Sérgio Ricardo de Carvalho. *O drama impossível*: teatro modernista de Antônio de Alcântara Machado, Oswald de Andrade e Mário de Andrade. 2002. Tese (Doutorado em Literatura Brasileira) – Faculdade de Filosofia, Letras e Ciências Humanas da Universidade de São Paulo, São Paulo, 2002.

SCHILLER, Friedrich. *Teoria da tragédia*. Tradução de Flavio Meurer. São Paulo: Editora Pedagógica e Universitária, 1992.

_______. *A noiva de Messina ou os irmãos inimigos*: tragédia com coros. Tradução de Antônio Gonçalves Dias. São Paulo: Cosac Naify, 2004.

SCHWARZ, Roberto. *Que horas são?* São Paulo: Companhia das Letras, 2006.

SILVA, Flávio (Org.). *Camargo Guarnieri*: o tempo e a música. Rio de Janeiro: Funarte; São Paulo: Imprensa Oficial de São Paulo, 2001.

SOUZA, Eneida Maria de (Org.). *Correspondência Mário de Andrade & Henriqueta Lisboa*. São Paulo: Edusp; IEB, 2010.

SOUZA, Gilda de Mello e. *O tupi e o alaúde*: uma interpretação de Macunaíma. São Paulo: Duas Cidades; Editora 34, 2003.

______; CANDIDO, Antonio. A lembrança que guardo de Mário. *Revista do Instituto de Estudos Brasileiros,* São Paulo, n. 6, p. 9-25, 1994.

SZONDI, Peter. *Teoria do drama moderno (1880-1950)*. Tradução de Raquel Imanishi. São Paulo: Cosac Naify, 2011.

TONI, Flávia Camargo. A endecha da Mãe: um canto fúnebre por Mário de Andrade. *Manuscrítica*: revista de crítica genética, São Paulo, n. 11, p. 153-163, 2003.

______ (Org.). *A música popular brasileira na vitrola de Mário de Andrade*. São Paulo: Editora Senac São Paulo, 2004.

______. Café, *uma ópera de Mário de Andrade*: estudo e edição anotada. Tese (Livre-docência em Linguística, Letras e Artes) – Instituto de Estudos Brasileiros da Universidade de São Paulo, São Paulo, 2004. Disponível em: <https://www.teses.usp.br/teses/disponiveis/livredocencia/31/tde-13052013-145910/publico//flaviacamargotoni.pdf>. Acesso em: 23 dez. 2014.

______; MORAES, Marcos Antonio de. Mário de Andrade no *Café*. *Estudos Avançados,* São Paulo: IEA, v. 13, n. 37, p. 261-264, 1999.

WEBER, Max. *Os fundamentos racionais e sociológicos da música*. Tradução, introdução e notas de Leopoldo Weizbort. São Paulo: Edusp, 1995.

WISNIK, José Miguel. *O coro dos contrários*: a música em torno da Semana de 22. São Paulo: Duas Cidades, 1983.

_______. O minuto e o milênio. In: _______. *Sem receita*. São Paulo: Publifolha, 2004.

Materiais consultados no arquivo do Instituto de Estudos Brasileiros da Universidade de São Paulo

Cartas de Mário de Andrade

A Antonio Candido:

– 18 de janeiro de 1943. MA-C-CA575.

– 26 de novembro de 1944. MA-C-CA576.

A Antonio Leal Sá Pereira:

– 10 de novembro de 1943. MA-C-CAMMA499.

A Cassiano Ricardo:

– 25 de outubro de 1936. MA-C-CAL516.

– 5 de novembro de 1936. MA-C-CAL517.

A Francisco Mignone:

– 20 de março de 1940. MA-C-CAL338.

– 5 de maio de 1942. MA-C-CAMMA339.

– 6 de outubro de 1942. MA-C-CAMMA340.

A Gastão Bettencourt:

– 23 de novembro de 1941. MA-C-CAL-140.

A Luciano Gallet:

– 4 de maio de 1927. MA-C-CA231.

A Prudente de Moraes Neto:

– 20 de janeiro de 1933. MA-CAMMA489.

CARTAS A MÁRIO DE ANDRADE

De Antonio Candido:

– 16 de janeiro de 1943. MA-C-CPL6596.

De Francisco Mignone:

– 18 de outubro de 1942. MA-MMA-021-027.

– 31 de dezembro de 1942. MA-MMA-021-357.

Outros materiais

ANDRADE, Mário de. A Fosca. *Revista Brasileira de Música*, v. 1, 2º fascículo, 1934. DRP-019-0082.

______. A música popular e a música erudita. Conferência proferida no *321º Sarau da Sociedade de Cultura Artística*, Theatro Municipal, 23 out. de 1934. DRP019-0402.

______. *Evocação do grão pequenino; O que farei agora que o café não vale mais; Acaso não vês que o ponteiro está chegando na hora?* [Inclui transcrições de poemas de Taliesin.] MA-MMA-021-031-032.

Anexos

Anexo I – Trecho de poema de Taliesin[1]

Ecoute, ô petit porc: bienheureux petit porc!
Ne recherche pas le sommet des montagnes,
Cache-toi soigneusement dans les bois,
De peur que le prince chrétien Rhydderch ne te voie.
Pour moi, je prédis, et cela se réalisera,
Qu'en Bretagne un prince hardi
Viendra aussi loin qu'Abertaradr,
Et les Cambriens seron prospères.
Son nom est Llewelyh, de la race de Gwynedd,
Qui ne sera jamais surpassé.

Ecoute, ô petit porc : ne dors pas trop longtemps.

---

1 Fonte: TONI, Flávia Camargo. Café, *uma ópera de Mário de Andrade..., op. cit.*, p. 115-116. As transcrições feitas por Mário de Andrade de poemas de Taliesin revelam que o escritor modernista tomou este poema como fonte de inspiração para "Imploração da fome", bem como outros do mesmo bardo como fonte de inspiração para as seções "Endeixa da Mãe" e "Coral do queixume". Todas essas transcrições estão disponíveis também no Arquivo do Instituto de Estudos Brasileiros da Universidade de São Paulo (IEB-USP), Coleção Mário de Andrade, Série Manuscritos, MA-MMA-021. V. p. 80-82.

Un bruit lamentable m'apprend que nous verrons
De petits chefs de clans souillés de parjure,
Et des tenanciers avares et avides.
Quand la mer nous amènera des hommes revêtus d'armures,
Ayant sous eux des chevaux à deux faces,
Et deux piques à leur lances impitoyables,
Le champs demeureront stériles dans le pays de la guerre ;
La tombe vaudra mieux que la vie pour les vivant,
Quand les cors appelleront les hommes au combat ;
Et quand les fils d'Einion traverseront la mer,
Dur sera le jour pour ceux de Caes Sallawac.

Tradução:[2]

Escute, ó pequeno porco, bem-aventurado pequeno porco!
Não procure o cume das montanhas,
Oculte-se cautelosamente no bosque,
De medo de ser visto pelo príncipe cristão Rhydderch.
Pressinto, de minha parte, e isso se realizará
Que na Bretanha um príncipe audacioso
Irá às lonjuras de Abertaradr,
E os cambrianos serão prósperos.
Seu nome é Llewelyh, da raça de Gwynedd,
Que jamais será superado.

Escute, ó pequeno porco, não durma demais.

2 Tradução não poética, feita pelo autor visando apenas a compreensão do sentido.

Um ruído lamentável me anuncia que nós veremos
Pequenos chefes de clã manchados de perjúrio,
E poderosos avarentos e ávidos.
Quando o mar nos trouxer os homens vestindo
armaduras,
Com cabelos para os dois lados,
E duas pontas em suas lanças impiedosas,
Os campos permanecerão inférteis no país da guerra;
A tumba será preferível à vida para os viventes,
Quando as trompas chamarem os homens ao combate;
E quando os filhos de Einion atravessarem o mar,
Árduo será o dia para os de Caes Sallawac.

Anexo II – Dispositivos corais e musicalização[3]

Café

Dispositivos Corais

I Ato

1ª Cena: Companhia Cafeeira

a) Breve prelúdio soturno orquestral, dois minutos no máximo, evocando talvez os temas da marcha do êxodo e da vitória final, mas... em menor. O prelúdio se dissolve numa música clara, suave que leva à cena.

b) Coral Breve, só de vozes femininas a duas vozes enunciando o provérbio (Pode ser madrigal feminino) (frase)

c) Dueto coral entre donos e colonos

- Primeiro vozes masculinas contra vozes femininas das colonas
- Segundo masculina contra masculina
- Terceiro masculina contra mixto (frases e palavras soltas)

d) Grande coral mixto dos colonos se defendendo da bagunça[?], acabando com[?] só mulheres repetindo o provérbio e final só sinfônico (texto poético)

3 Fonte: Arquivo do Instituto de Estudos Brasileiros da Universidade de São Paulo (IEB-USP), Coleção Mário de Andrade, Série Manuscritos, MA-MMA-021. Embora ilustrativos a respeito das soluções musicais pensadas por Mário de Andrade, esses dois esquemas não se referem à versão definitiva da ópera, na qual a ordem das cenas dos dois primeiros atos foi intercambiada.

2ª Cena: Porto Parado

a) Madrigal da jogatina (só vozes de homens) (palavras soltas)

b) Coral masculino da insatisfação (texto poético)

c) Coral feminino pedindo dinheiro pra comida (frases e palavras soltas)

d) Grande coral mixto a 6 vozes (harmonia) pedindo pão (texto poético)

II Ato

1ª Cena: O Êxodo

a) Sinfonia da marcha pesada (toda a cena [ilegível] dos moços em marcha pesada.)

b) Coral do desânimo dos retirantes (texto poético) (coral 4 vozes mixto)

c) Interlúdio da marcha pesada

d) Coral do Êxodo
texto palavras e gritos em liberdade
coral 6 vozes mixtas a dois[4] coros

2ª Cena: Câmara dos Deputados

a) Quinteto dos serventes (madrigal; texto frases soltas, só homens)

b) Embolada (solo e coro só homens; texto poesia solo, coro frases soltas, terminando coral mixto)

c) Solo feminino (texto poético)

4 Riscado: "em duplo".

d) Solo e coral mixto (continuação da poesia solo, coral duplo, um de palavras soltas, outro de palavras soltas)

III Ato
Cena Única: Revolução

a) Solo instrumental soturno preparando a cena

b) Coro das mulheres medrosas (coral feminino em cânone, prestíssimo e pianíssimo conta medo da revolução, frases soltas)

c) Coro interno de luta (palavras soltas e frases) (coro masculino)

d) Ao lado da cena, interior de casa pobre uma menina liga o rádio. O muro cai, coral masculino de luta,[5] foge o primeiro grupo.

e) Interlúdio orquestral com voz falada do rádio em alto-falante. O espiquer conta o que está se passando na cidade, Prezados ouvintes, patriotas, já tomamos o rádio, o presidente fugiu do palácio, luta-se muito no Bairro Azul dos granfinos etc. Passam soldados fugitivos. A orquestra cresce. Um grupo de soldados tenta resistir, plena luta no palco (frases soltas de mulheres ou de homens, o rádio impassível, contando vitória. As frases soltas se multiplicam coral pleno e vitória, o rádio continua. A mocinha fecha o rádio com a vitória.

f) Coral final mixto, 6 vozes, (harmonia) Hino da vitória.

---

5 Riscado: "gue".

I Ato – 1ª Cena
Musicalização

1) Breve prelúdio orquestral de dois minutos

2) Soturno – espécie de pressentimento do que vai se passar – que de repente se transforma numa música clara, quase contemplativa, luz do sol do meio dia. No momento exato em que a música ficou clara, o pano abre com rapidez.

3) Madrigal feminino ou coral feminino, breve, sobre o provérbio: Laranja no café, É azeda ou tem vespeira.

4) Duo coral entre colonos e os donos: a Discussão.

a) Vozes masculinas (donos) contra masculinas (colonos)

b) Vozes masculinas (donos) contra femininas (colonas)

c) Vozes masculinas (donos) contra mixtas (colonos)

(De primeiro frases soltas, no fim palavras soltas)

4) Coral final de vozes mixtas, em música polifônica. A Despedida da Fazenda

Texto poético

5) Final da orquestra e uma voz repetindo o provérbio.

I Ato – 2ª Cena
Musicalização

1) Madrigal do jogo – Madrigal masculino primeiro a quatro vozes duplas, depois quando entrar os dois jogadores de morra, a seis vozes. O pano levanta brusco, sem intervenção orquestral e o madrigal si possível e não ficar tecnicamente muito difícil, é

a seco. No fim do madrigal a orquestra desanimada acompanha um estivador que entra pela abertura estreita da porta do fundo e no meio da cena, amarfanha com raiva o jornal e o atira no chão, se encostando triste numa pilha de sacos. Os jogadores, com a entrada do estivador do jornal tinham parado o jogo e todos se virado ansiosos para ele. Movimento coletivo de desanimo em cena. Um tira do bolso uns niqueis, conta, são poucos, morde o dedo com raiva.

2) Coral masculino da insatisfação – coro masculino a quatro ou seis partes, em polifonia. Texto poético.

3) Coral feminino das famintas[6] - polifonia, talvez com imitações? Fugato? Frases soltas.

4) Final – grande coral do Pão – seis vozes mixtas – coral em harmonia e não em polifonia, pra se tornar bem popular. Um hino, caracter hínico. Texto poético.

II Ato – 1ª Cena
Musicalização

1) Sinfonia Retirante – Trecho longo orquestral descrevendo

a) A tragédia da retirada (1ª parte lenta)

b) A chegada dos solteiros retirantes e sua cena muda (2ª parte allegretto)

c) E o crescendo de volta à marcha pesada que prepara a entrada dos casados retirantes (3ª parte, retorno à música inicial encurtada, ou música nova, mas insistindo no ritmo de marcha pesada).

---

6 Riscado: "pedindo pão"

2) Coral do Desânimo – Coral a 4 vozes mixtas – textos poéticos.

3) Interlúdio sinfônico da marcha arrastada[7] (trecho curto de orquestra voltando ao ambiente ritmo e trágico da marcha arrastada, preparando a chegada dos retirantes velhos e crianças).

4) Coral do Êxodo – Coral a dois coros, 6 ou 8 vozes mixtas – gritos e palavras em liberdade pra velhos e crianças – frases de desolação pra o outro coro de casados e solteiros.

II Ato – 2ª Cena
A mesa da presidência dos jornalistas são comparsas mudos
Musicalização

Nº 1: Quinteto dos serventes – Madrigal a 5 vozes de homens, sobre pedal vocal do deputado que faz discurso – texto em frases soltas.

Nº 2: Discurso da Embolada / Embolada – Solo e coro masculino, terminando em coral mixto – solo poesia métrica tipo embolada – coro frases soltas – coral mixto frases soltas.

Nº 3: A Endeixa da Mãe – Solo feminino – poema

Nº 4: Cantata da Bagunça – continuação do solo feminino anterior, em interferência de coral triplo:[8] o povo em frases soltas; os deputados[9] palavras soltas; os serventes, sílabas soltas em glossolalias.

7 Riscado: "pesada".

8 Riscado: "duplo".

9 Riscado: "presidência".

Anexo III – Correspondências inéditas sobre Café

Carta de Mário de Andrade a Francisco Mignone
São Paulo, 5 de junho de 1942[10]

Mignone, meu velho,

Esta vai datilografada deselegantemente, porque preciso guardar cópia por causa dos problemas expostos, sinão me esquece com esta minha cabeça...de ninguém. E si lhe respondo com algum atraso, não é esquecimento não nem descaso, mas quando sua carta chegou, eu estava afogado na Inglaterra, escrevendo um capítulo difícil como o diabo que tinha de entregar no dia 31. E entreguei mesmo no dia prometido, êta eu! Mas a coisa não saiu nada do meu gosto particular, ainda ontem reli, na esperança ansiosa de gostar e não pude mesmo gostar. É a tal de virtuosidade, sempre, o meu problema! Ah, meus amigos, "não é a minha amplidão que me desencaminha, mas a virtuosidade"! O que me desagrada no capítulo, não é que o que eu disse de crítico não seja o que realmente penso, mas a troca virtuosística de verdades que poderiam sair mais profundamente analisadas por uma tal muito grande habilidade em manejar os assuntos. Dei exemplos demais mostrando que sabia muita coisa. Eu sei que existe sempre algum mérito em citar tanta coisa e tantas artes diferentes, sem sair... da minha biblioteca e meus fichários. Sei também que era preciso já ter muito pensado

10 Fonte: Arquivo do Instituto de Estudos Brasileiros da Universidade de São Paulo (IEB-USP), Coleção Mário de Andrade, Série Correspondências de Mário de Andrade, Subsérie Correspondência Ativa, MA-C-CAMMA, n. 339.

sobre tudo isso da Inglaterra como dos outros países para ter tirado e podido salientar as três ou quatro verdades críticas que eu salientei. Mas, com a pressa que a coisa era exigida, fui obrigado a ficar muito na superfície, ganhar muitas linhas citando numerosos exemplos. Fiquei desagradado que vocês nem imaginam. Vocês? Por certo, pois mesmo escrevendo em assuntos só nossos, está claro que tudo é de Ti-Liddy também. Ora pois depois do domingo, no domingo tomei com um golpe de ar na carequinha e me veio de sopetão uma tosse danada, que de tamanha não me deixou trabalhar na segunda e na terça me pôs de cama. Hoje foi o primeiro dia que senti um bocado de milhora, milhora assombrada e desejadíssima porque amanhã tenho que fazer a minha conferência sobre o Movimento Modernista na Faculdade de Direito daqui. E agora vocês estivessem aqui comigo pra me sustentar. Estou um pouco desarvorado e não sei o que vai ser. Muitos estudantes daquela incrível faculdade ainda estão muito zangadinhos com o que eu falei deles e da mentalidade deles na "Elegia de Abril". E são gente barulhenta, que gosta de fazer barulho. E além disso a conferência ataca direto certos ideais políticos que ainda tem muitos partidários naquela incredibilíssima faculdade. Não sei o que vai ser, me sinto um pouco desamparado, queria vocês comigo aqui, estou sentindo precisão de vocês. Mas é triste estes quinhentos quilômetros de lonjura. E solidão.

Sua carta me entristeceu, mas juro que foi muito. Até quando lia, ia dizendo para mim: vou pedir pro Mignone não me escrever mais carta assim. Mas não se retenha não, amizade foi feita pra tudo e todas as ocasiões. Mas eu queria estar ai dia quotidiano, seguindo, escutando, discutindo, me iluminando. Isso de saber assim que você acabou mais um trabalho, que já tem mais outras canções que eu não ouvi, me deixa numa angústia. Mas como vai ser! E o que me irrita é imaginar que si vou no Rio, é por três, quatro dias, tudo se afoba, é muita coisa duma vez, e eu sou lento no pensamento, estou cada vez mais difícil de pensar, até as vezes agora me desanimo quando sento na mesa, imagino escrever um artigo mas me lembro que tenho que pensar. É certo que agora quando for aí teremos uma noite só pra nós, bem nós, até já fiz o plano da viagem: chego numa quinta de manhã ou sexta, conforme o que Liddy tiver para fazer no dia seguinte. Ela que mande a aprovação do plano. Si chegar quinta e ela tiver mais descanso no dia seguinte, irei jantar só nós três, e teremos a noite nossa, pra escutar suas coisas e conversarmos sobre, sem hora marcada. Si isto se der na quinta, reservo a noite de sexta pra outro grupo de amigos, e ficaremos com a noite de sábado pra nos reunirmos com os Terans. E conforme for, volto no domingo ou na segunda que mais não posso ficar. No caso de ir na sexta, ficaremos pra nós com a sexta (nós três) e o sábado ou o domingo pra reunião de conjunto com os Terans. Mandem me dizer que plano aprovam, pois preciso saber dele de antemão pra convocar os outros amigos.

E agora vamos ao nosso *Café*. Tenho matutado um pouco sobre ele e desde já imagino que preliminarmente temos que resolver uns tantos de problemas. Quando responder, basta indicar a numeração que vai abaixo, pois como falei, estou guardando cópia desta.

> *1) Problema Melodia* – O que toda a gente ataca na ópera é a facilidade melódica, que faz com que a gente saia do teatro "assobiando" como falam. Ora, este defeito incontestável da ópera é que, se tratando de um melodrama de visível, ostensiva e corajosa intenção social como é o Café, é que deve ser

convertido numa qualidade. O que é defeito no "E lucevan le stelle" tem de ser convertido numa qualidade específica da nossa ópera, quero dizer, nos momentos corais mais "sociais", como na vitória da revolução no final do terceiro ato, como no momento em que as mulheres dos estivadores invadem o armazém de café e pedem pão, em lugares assim, a melodia do coral tem de ser linda, gostosa e fácil. Pra que o povo do teatro a decore com facilidade e saia cantando elas pelas ruas. Já em outras passagens, como no coral cômico dos deputados, aí o seu trabalho coral pode ser mais difícil, pois que justamente isso tem de ser desagradável ao povo-massa e repudiado por ele. Aí você pode e deve ser mais erudito e virtuosístico. Mande dizer si concorda ou não.

2) Problema Ópera Coral – Você estava um bocado inquieto com uma ópera inteirinha coral. A coisa tem de ser assim si não perde a força conceptiva socializante. O que importa é variar ao mais possível o coral, tanto em sua concepção como na maneira de ser tratado. Justamente este é o grande problema estético do nosso trabalho, em que temos que não fracassar. Fugir do problema é que é uma covardia, uma confissão de fraqueza. E isto eu não posso admitir na nossa ópera. Vejamos de que maneira podemos variar o nosso coro:

> a) – Pelas palavras: nuns coros, nos mais turbulentos, imagino que em vez de um texto, darei apenas um certo número de palavras soltas. Você se aproveita das que precisar. Assim por exemplo, na cena da plena revolução final, antes da vitória e seu hino, enquanto a gentarada está brigando em cena, só fornecerei palavras soltas ou frases bem pequeninas. Noutros casos, só fornecerei frases com sentido completo. E só num caso raro fornecerei um texto completo.
>
> b) – Pelas vozes: dado o sexteto coral, é possível fazer coro só pra vozes femininas, coro pra vozes masculinas,

> coros mixtos. Coros a duas, a três, a quatro e a seis vozes. Coros de massas e coros madrigalísiticos, isto é cada voz sendo cantada ou por um grupo ou por um solista.
>
> c) – Pelo tratamento musical: aqui, você é que tem de decidir e sabe muito mais do que eu. Primeiramente você tem a polifonia e a harmonia. Eu imagino que, por exemplo, nos corais mais socializadores, a música deve ser tratada harmonicamente, nota contra nota, pra não prejudicar a audição do texto e pra poder ser facilmente decorada pelo povo. É o caso do hino de vitória final e do coro das mulheres pedindo pão. Já dentro da polifonia, você tem uma diversidade maior. Como base, você tem o baixo obstinado, o cânone, o fugato. E até a fuga, meu Deus.
>
> d) – Pelo inesperado: aqui é que está o busílis. Solo, verdadeiramente solo, só imagino pôr um na peça: é a fala da Mãe na cena da câmara dos deputados. Mas há possibilidade de variações inesperadas incríveis. No meio de um coral a seis partes, estourar de repente um solo de soprano, ou de tenor de uns oito ou seis compassos. E os interlúdios sinfônicos, e os silêncios musicais, e a entrada gradativa das diversas vozes, o diabo! Mande me sugerir mais processos de variar a concepção coral.

Aliás, quando falei da facilidade de certos coros mais socialísticos me esqueci de lembrar que si pode haver e deve, *facilidade coral*, você tem sempre a orquestra à mão, pra acompanhar essa facilidade coral com virtuosidade instrumental.

> 3) Problema tamanho – Este é o problema que me inquieta mais. Confesso que a concepção de uma ópera coral às vezes me parece tão audaciosa que fraquejo em dar três atos e um espetáculo inteiro a ela. Mas não será covardia. O importante, a meu ver, é não nos esquecermos de que estamos fazendo

um ESPETÁCULO. Em arte o sentido social é sempre uma ideia primeira e ao mesmo tempo uma finalidade. Mas carece não esquecer que essa ideia se realiza por meio da arte, que transpõe e justamente porque transpõe para um ideal é que critica e que nos provoca o desejo de uma vida milhor.

Você já viu que me preocupei desde início com o elemento espetacular da nossa ópera, tanto que lhe desenhei até os cenários. Temos que ser esperto, isto é, ser cabotinos, isto é, ser legitimamente artistas, sem nenhum pudor disso. Tudo quanto é elemento de beleza que não seja sensualmente baixo ou banal, pode e deve nos servir.

a) – Coro interno

b) – Crescendos cênicos. Quero dizer: em cada ato deve haver um momento culminante, assim como a ópera deve ter seus momentos culminantíssimos. Estes já estão bem determinados: são a cena da câmara dos deputados no primeiro ato, e a cena da revolução no terceiro. Si fracassarmos nestas duas cenas, estamos fo: (Não digo pra Liddy poder ler). Quanto ao primeiro ato, si terminar com a cena das mulheres pedindo pão aos seus maridos estivadores, creio que acabamos bem, não acha?

c) – Interlúdios. Imagino que a ópera deve principiar de sopetão, sem abertura instrumental. Como a primeira cena é idílica, a orquestra poderá levar o espectador a ela, sem preparação. Mas, e si fizermos uma cena ou parte de cena inteiramente muda, só comentada pela orquestra, que acha? Também a abertura deve ser levada para o início do segundo ato, bem preparatório e anunciador dos dramas que vão se passar. Mas depois disso não vejo interlúdio instrumental. Porque o crescendo deve ser tal, que dê ao espectador a impressão da rapidez e da fatalidade da concatenação das cenas, não acha mesmo. Então a revolução (que deve não estar preparada do espectador)[11] ela deve estourar estrompante, fulgurante, dominadora, avassaladora, cruel, desgraçada, maravilhosamente salvadora e criadora de um mundo milhor, não acha mesmo? Mande sempre dizer o que pensa de todas estas minhas imaginações. Precisamos estar "em um". A identificação tem de ser total. Si a ideia é minha, ela eu dei pra você, tirei de um pra dar pra outro, tirei do Guarnieri pra dar a você. Não questão de preferencia artística, no caso, mas questão de preferencia humana. Está claro que o Guarnieri não sofre menos que você, mas sofre diferente. Ele está demasiado convertido à música pura, e nesta sua personalidade ele sofre mais em si mesmo, ao passo que você sofre mais em humanidade. E nisto nós podemos nos identificar mais neste momento da vida humana. No grupo das canções de amor, Guarnieri fez agora alguma que eu reputo geniais, incomparáveis. E vez uma abertura em que, tive a impressão (uma audição é insuficiente) que pela primeira fez se resolveu com completa satisfação o problema do alegro brasileiro. Mas por estas mesmas purezas, si o Guarnieri me fizesse, me realizasse a ideia do Café, tenho absoluta certeza que sairia grã-fino, sem "a sujeira das impurezas da dor", que eu desejo ter, como falo na minha conferência de amanhã. Ah, e me'rmãozinho, si você imaginasse o que sofri pra confessar o final da minha conferência de amanhã. Mas você receberá ela logo e eu sei que há de me compreender. Não venha com pabulagens nem amolações. Eu preciso de alguém que dê vida a uma ideia realmente generosa e que nos dignificará a ambos. Eu tenho a impressão que depois de todo o grã-finismo purista da

---

11 No original consta: "Então a revolução 9que deve não estar preparada do espectador) ela deve estourar...".

> música deste nosso século, nós faremos alguma coisa de profundamente, de venenosamente humano. E nisso eu só posso contar com você. Mas também juro que é preciso uma completa e total identificação, um verdadeiro coroamento da nossa amizade – uma amizade que eu sempre desejei, que eu sei que você sempre desejou, mas que as nossas vaidades e também discreções impediam realizar. Mas que Santa Liddy realizou. Si nós fizermos esta ópera, irmão, ela só pode ser dedicada a essa "qu'il faut bénir et taire".

Me sinto iluminado. Eu queria largar de tudo! eu queria viver junto com você, dia por dia, enquanto *sofríamos* a NOSSA ÓPERA. Eu exijo[12] que nada constranja você, como juro em nenhum momento me acomodarei no constrangimento. É preciso uma identificação absoluta, porque toda a minha vida, tudo o que eu fiz, me parece um preparo para este grande grito de sofrimento dos homens que vamos fazer. E o sofrimento maior, o sofrimento grande vai ser de você. Meu papel só é grande porque a ideia é minha. Mas na verdade é você que tem de a realizar. O texto é fácil e por si quase que não adianta nada. Tudo dependerá de ocê. E nós cairemos sobre você. Prepare-se para sofrer–

> 4) Cena da câmara dos deputados – Ainda não escrevi nada dos textos, não só por excesso de trabalho f-d-p. como porque primeiro preciso da opinião e das ideias de você pra repartir bem o interesse pelo espetáculo inteiro. Mas duas cenas, as culminantes da ópera, já tenho bem visualizadas dentro de mim. Na cena da câmara dos deputados, pouco importa aqui a encenação) o que tem interesse é o contraste entre a comicidade grotesca, caricata mesmo, do coral (os deputados)

12 No original consta: "Eu exija".

e o solo trágico da Mãe viúva com os filhinhos. A cena principia como uma sessão mesmo de câmara dos deputados, o presidente batendo a campainha, um deputado fazendo um discursinho de merda sobre qualquer assunto sem importância, a ferrugem das panelas de cozinha por exemplo, enquanto os outros deputados leem jornais, ou conversam entre si. Mas falar em panela de cozinha provoca um aparte nas galerias, que importa a panela si não há o que cozinhar. E o assunto chega, é a decadência do café. É a falta de salários, a ausência de créditos, a desproteção, a falta de aposentadorias, a ignorância dos lares desprotegidos de assistência. Tudo grotesco e leviano, sem a menor dor deputadal. Aqui entra a Mãe com os filhinhos. É um deputado moço (os velhos são grã-finos) que a introduz, pra prestar seu depoimento. Está claro que é um soprano dramático ou contralto. E a Mãe num solo conta como é a vida que está passando. É o solo único verdadeiro e completo da ópera. Tem de ser belo, altissonante, cheio de gritos trágico em que a voz parece se quebrar de tanta dor. Ela não acaba de contar seu sofrimento (ou acaba, como você preferir) (mande dizer si prefere um solo com final ou com interferência do coral seguinte). Então os deputados começam a se agitar grotescamente, o público das galerias impreca dolorosamente. O presidente bate desesperado e em ritmo a campainha, pedindo silêncio. Tudo é grotesco, tudo é sátira da mais perversa, da mais malvada. Mas, como na cena do torneio dos Mestres Cantores, o canto da Mãe sobrevoa acima do tumulto grotesco nos seus enormes gritos de dor. (Se lembra do canto de Bragaenia no 2º ato do Tristão? Pra este final uma coisa assim: grandes frases largas, no agudo, pairando acima do coral grotesco. E o pano cai com rapidez sobre o tumulto.

5) Cena da Revolução – Esta surge inesperada, como falei. O pano sobe e só então principia a mística. Um palco vazio e sem decoração. É noitinha. Há um muro no fundo e por detrás do muro um lampião que ilumina fracamente a cena. Por detrás do muro passará uma rua de bairro topograficamente eleva-

do. O lampião não chega a iluminar bem a paisagem urbana que está por detrás: uma grande cidade, com seus imensos arranhacéus, sem perspectiva, que vão até o alto da cena. A música principia num rumor surdo e sinistro de coisas que estão se passando longo ainda. No palco, que representa evidentemente um fundo de cortiço ou casa coletiva surge uma mulher correndo atrás do filhinho[13] que fugiu e que ela procura proteger. Só orquestra em lento crescendo, onde se divisa desde já a futura linha melódica do hino de vitória. Surgem outras mulheres,[14] algumas com filhos nos braços ou puxados pela mão. Meninas adolescentes. De repente a orquestra, num crescendo rápido e brusco passará do pianíssimo pra um mezzo-forte já bem nítido. No pano de cenário do fundo, surge um clarão de incêndio. (o seu grande problema artístico é evitar tiro e realismos musicais). E é só no mezzo-forte que as mulheres principiam a cantar, contando e que há revolução e comentando. O crescendo é rápido e logo surgem umas vozes de homens correndo na rua por detrás do muro, em coro de fuga. São soldados do Governo. As mulheres se assanham e foge[m] assustadas. Mas outras vozes de homens, os revolucionários perseguem os soldados e se trava um combate na rua por detrás do muro. Mas outro clarão de incêndio surge no painel do fundo. Coral de homens por detrás do muro. Nisto a luta se torna tão violenta que (sem o estouro da bomba) uma bomba derruba grande parte do muro. Vê-se os homens lutando corpo a corpo em coro, atirando bombas, granadas, caem alguns mortos. No painel do fundo uma casa se ilumina toda, com pessoal gritando vitória que não se sabe ainda bem qual é. Não estão militarizados. E então de um dos lados dos bastidores pra onde todas as mulheres e adolescentes se recolheram, vem uma rajada de meninas e crianças cantando assustadas. E se colocam em quadros nos dois cantos do proscênio. Logo as mulheres feitas vêm ter com elas, para protege-las, formando

13 No original consta: "filhonho".

14 No original consta: "sirgem outra mulheres".

> quadros vivos corais. Também a luta da rua já passou pro lado de cá do muro destruído e os soldados e governamentistas recuam. Mais alguns morrem. Abrem-se novas janelas no painel de fundo. Surgem nelas mais gente se ajuntando ao coral. Mais clarões de incêndio no fundo. Surge um grupo na rua e entra em cena com uma bandeira vermelha, ou pelo menos branca e vermelha. Os soldados fogem e alguns são presos. A cena agora está toda iluminada, não só pelas luzes todas da ribalta, mas pela iluminação do painel do fundo, todo cheio de clarões de incêndio e de janelas com gente cantando. E estrompa o hino de vitória com três estrofes e refrão, altissonante, grandioso, com firmata final, sobre a qual o pano cai violento, acabando de repente.

Não posso mais, estou fatigadíssimo. Mande dizer depressa o que acha da concepção destas duas cenas. E também, não se esqueça, se tiver alguma ideia musical que goste, pode desenvolver à vontade, sem se incomodar comigo que porei as palavras depois. Não tem importância as palavras. Saberei encontrar bossas aceitáveis. O que interessa é a música divina.[15]

Não posso mais! Bebi três uísques e fumei não sei quantos cigarros. Como estará minha voz amanhã!... Mas não podia mais sem lhe escrever. Um abraço saudoso, mas saudoso que até dói pra vocês dois.

---

15 No original consta: "dinina".

Carta de Mário de Andrade a Francisco Mignone – São Paulo, 6 de outubro de 1942[16]

Ti-Miguinone,

São 9 horas da manhã e tou trabalhando no nosso Café. (Recebi ontem de noite a carta de ti-Liddychen, assim que puder respondo). Mas desde ontem estou preocupado em esclarecer um caso. Pelas suas últimas cartas, e sobretudo sobre o que você me falou a respeito da Iara nova, vejo que V. Está fazendo a tal de música livre, o livre movimento sonoro no tempo, sem temas, sem retornos de motivos, de temas, de leit-motiven, de melodias, etc., enfim sem arquitetura predeterminada. Confesso a V. Que lhe dou toda a razão. O que hoje sabemos, desejamos, e a evolução conceitual da música nos leva mesmo a isso. É positivamente um desacerto, prender o "espírito" musical do tempo, dentro de formas predeterminadas de arquitetura rítmico-melódica fixa, como sonata, aria-da-capo, etc. Creio que o importante a discutir esteticamente é que *também o "espírito"* dessas formas, que é universal e humano, permanece, embora não permaneça a fôrma. Quero dizer, certos elementos que *não são fôrma*, podem e devem permanecer, porque são humanos, universais e de todas as épocas. Não me lembro quem foi que disse, si foi Schoenberg, ou outro qualquer que uma melodia, uma frase, um tema, um motivo rítmico, dentro desta concepção de música livre, não deve se repetir nunca. Isto é que eu dis-

16 Fonte: Arquivo do Instituto de Estudos Brasileiros da Universidade de São Paulo (IEB-USP), Coleção Mário de Andrade, Série Correspondências de Mário de Andrade, Sub-série Correspondência ativa, MA-C-CAMMA, nº 340.

cuto e acho inexato. Não se trata de repetir, à maneira do leit-motif wagneriano, mas criado um elemento qualquer, uma base rítmica, uma frase melódica (coisas que por si ainda não são formas fixas, mas apenas elementos que tanto podem como não podem constituir uma forma rixa), não há razão nem psicológica nem muito menos criadora que impeça a sua repetição, num dado momento, desque esta repetição *não seja obrigatória*, mas puro elemento surgido do estado de musicalidade em que se está e que, si não volta obrigatoriamente, pode voltar livremente. Isto você encontra na música do mais primário indígena do centro da Austrália, como na Grécia da Antiguidade, no Gregoriano como numa sinfonia de Mozar, num madrigal de Monteverdi, num poema sinfônico de Berlioz, como numa obra contemporânea. Menos nas obras contemporâneas que se constituíram como princípio a obrigação (portanto forma fixa!) de não repetir elemento nenhum. Franqueza: é voltar a uma prisão como qualquer outra, não acha mesmo.

Digo isto porque fiquei matutando depois da carta que lhe mandei ontem, sobre aquela repetição do elemento textual-musical do provérbio: "Laranja no café, É azeda ou tem vespeira". Não se trata, não imagine, de um leit-motif que eu quis sugerir, Deus me livre! Se trata exatamente de um elemento intelectual, que surgido num momento, no seu sentido exato, depois vem naturalmente pela ação dramática e adquire um sentido sugestivo, advertidor, quase por assim dizer simbólico, que prepara o ambiente psicológico geral do assunto da ópera. Agora, você pode repetir ou não, faça o que bem entender. O texto será repetido, porque careço dele, mas V. pode fazer o que bem entenda.

Mas o problema não para aí. Si é certo que há uma contradição enorme em dentro do conceito da música contemporânea se fazer uma sonata ou uma aria-da-capo, na arquitetura fixa que tiveram no séc. XVIII, nem por isto, o espírito, o estado de espírito que, num determinado estado social-musical determinou as formas fixas de sonata e de ária, deixa de ser psicológico-musical, universal e de todos os tempos. Basta observar que a sonata e a aria sempre existiram, sem a forma-fixa delas setecentista. Si a forma-fixa da sonata ou da aria teve seu tempo, nada me impede, si sou músico, de ficar num estado de musicalidade sonatístico ou de canto solista. É por onde uma sonata de Scarlatti ou a sonata pra piano de você, são muito mais sonatas, muito mais sonatísticos que uma formalmente perfeitíssima sonata de Hummel, por exemplo. Isto é que me parece muito importante de estabelecer para a conceituação moderna de música como puro jorro sonoro no tempo. De fato não vejo motivo pra um compositor brasileiro pegar na forma fixa da modinha, da moda de viola ou da embolada, pra fazer uma ária triste ou alegre, mas, embora formalmente livre, sem os cortes rítmicos predeterminados, ele pode permanecer dentro do "espírito", dentro do estado-de-musicalidade da modinha ou da moda de viola.

É que eu estava agora determinando bem a cena da Câmara dos Deputados e me surgiu a maneira com que vou fazer o discurso sobre a ferrugem das panelas de cozinha, do deputado, que leva à explosão do povo das galerias e a chegada da mulher com os filhos. Ora me surgiu, fazer isso por meio de uma embolada, sob uma base rítmica, espécie de refrão obstinado, do coral dos deputados. Não sei si V. conhece um disco que é dos mais lindos, apesar do pistão besta, chamado “Andorinha Preta”, de Breno Ferreira. É Columbia, nº 22136-B, numeração brasileira. Imaginei uma coisa nesse espírito. Enquanto o deputado declama o seu discurso num espírito de embolada, o coro, mais pianinho, vai dizendo palavras sobre gripe que impediu de assistir algumas sessões e a ingratidão do Estado que desconta as faltas, outro sobre jogo-de-futebol, outro sobre amantes e presentes caros etc. Por exemplo:

O Estado é muito ingrato, não me paga as omissões!

E nessa base dos deputados corais, o deputado discursador[17] irá discursando:

Sobre a ferrugem
Das panelas de cozinha,
Do país maior mistério,
Vou falar uma coisinha;
O assunto é sério
As cozinheiras já rugem
Com horror da tal ferrugem
Das panelas de cozinha.

e assim por diante por várias estrofes até que o coro popular das galerias interrompe com gritos de cólera.

Observação: Este texto pode servir de base a V. mas não posso garantir seja o definitivo.

O texto será em geral em prosa, está claro. Neste caso porém é em verso metrificado e ritmado, por causa justamente da comicidade.

---

17 Correção conjectural. No original consta “discursados”.

Repare que nem só uma vez dou palavra que localize a peça no Brasil. Falo em estado, em país, em fazenda, em porto (não de Santos, como botei na carta de ontem), mas não haverá nenhuma referência direta ao Brasil. Só evoca o Brasil o título da ópera "Café, mas isto tanto podia ser na Colômbia, como na Arábia e até na ex-Abissínia mussolínica.

> Bom, chega, té-logo que vou continuar. Quer tomar este cafezinho comigo e o Zé Bento? Abraços pro dueto.

Mais uma notinha principalíssima: Estamos falando em conceituação moderna de música e muito entusiasmados por ela, mas carece não esquecer principalmente que não podemos fazer nem coisa musicalmente dificílima, por causa da impossibilidade de levar à cena, nem coisa esteticamente complicada por demais. Pode ser atonal si quiser, mas tem de ser popular, entendível, com frases melódicas francas, ritmos bem batidos. Não é possível a uma concepção positivamente socialista e de combate humano, dar uma solução estética individualista e refinada.

Carta de Francisco Mignone a Mário de Andrade – Rio de Janeiro, 18 de outubro de 1942[18]

Ti-Mário,

Não gostaria de escrever a você antes de reler todos os textos do *Café* porque acho que você está num período tão febril de trabalho e produção que seria fácil transformar em irritação com a intempestividade de uma pergunta ou sei eu mais o que.– Em espírito estou pertinho de você e quando chega uma carta com novo material leio tudo com uma avidez e sofreguidão do diabo.–

Não esqueça mesmo de me enviar os textos folclóricos juntando as músicas tradicionais para ver si posso aproveitar.

A linguagem que você escolheu – dos bardos celtas – deve dar uma força e uma solenidade mui adequada para certas situações que se tornariam ridículas, especialmente cantadas, com um linguajar quase popular.

Não se preocupe com o ritmo de certas passagens expressivas porque mesmo que você tenha apresentado um texto eu, caso for necessário, na hora, seguirei a linha melódica quando aparecer fácil, espontânea e natural.– Você que se arranje, depois, em me procurar um texto!

Para o quinteto dos "serventes" eu imagino uma coisa mais ou menos assim:

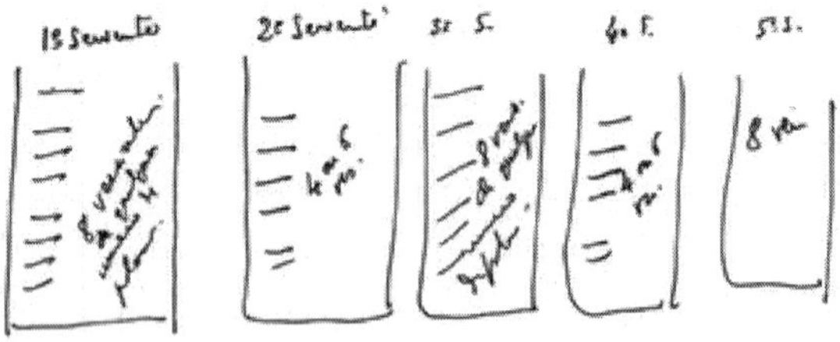

18 Fonte: Arquivo do Instituto de Estudos Brasileiros da Universidade de São Paulo (IEB-USP), Coleção Mário de Andrade, Série Manuscritos, MA-MMA-021-027.

Ao fim cantam todos os cinco numa polifonia completamente livre e louca. –

Vou dar um tema para a "embolada" que, talvez, inspire você para uma milhor versificação:

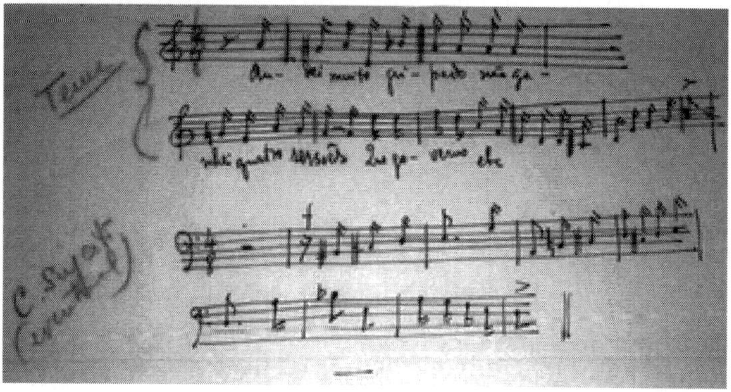

Escrevi demais! E traí o meu primeiro pensamento de não amolar a você durante a produção toda! Você me desculpe e continue, seu Mário, e que não interrompa a obra até a palavra "Fim" é o meu voto!

Pelo correio simples use a [ilegível] que você pediu e Liddy ao Sá Pereira –

Um Abraço quente e [ilegível]

do

Mignone.

Carta de Francisco Mignone a Mário de Andrade – sem local, sem data[19]

Mário, si você tivesse visto a expressão de rosto da nossa Ti Liddy e os pulinhos de alegria que ela deu quando teve em mãos o "Café" e depois a dedicatória você ficaria mais do que satisfeito da sua obra e do seu ato tão amigo e afetivo de dedicar essa obra a ela.– É que a Ti Liddy se sente um pouco dona desse poema. Vangloria-se de ter contribuído justamente à realização da mesma quer "xingando" quer [ilegível].[20]– Agora o ter chegado o nosso "Café" exatamente como presente de Natal causou-nos um contentamento difícil de expressar em frases espontâneas ou pensadas!

Naturalmente que li o poema todo com uma sofreguidão e um interesse que vinha [ilegível] há meses.– A primeira impressão, "sêo Mário", que tive é que nunca se escreveu no Brasil coisa milhor e que traduza e reproduza todo um quadro de vida verdadeira deste nosso Brasil.– Não achei o poema longo, não.– No "coral do queixume" você conseguiu boa e "sonante" poesia.– Si não há música e versos para a música em "minha terra perdeu seu porte de grandeza..." e "Ela era encarnada e audaciosa, Ela era negra e aquentava o meu coração." quer dizer que você ou que você [sic.] "tá bancando modesto" ou "precisa que a gente t-o diga e repita até você concordando! – Estou adorando esse "coral do queixume". Sinto musicalmente [ilegível].

---

19 Fonte: Arquivo do Instituto de Estudos Brasileiros da Universidade de São Paulo (IEB-USP), Coleção Mário de Andrade, Série Manuscritos, MA-MMA-021-357.

20 Hipótese: "insistindo".

"*Madrigal do Truco*" é de boa poesia e milhor técnica.– Ainda não o "vejo" musicalmente.– é coisa que tenho que trabalhar depois de trocar ideias e sugestões com você. –

"Coral das Famintas" e "Imploração da Fome", são de uma dramaticidade completamente "reussi"!– O que é que você quer mais de sua arte depois que se consegue isso? – Você não passa de um [ilegível] da própria obra! "Vámo lá", sêo Mário, quem fez coisa melhor em poesia no Brasil? Deixe de olhar pro lado e olhe cá nestes meus olhos! E baixe a cabeça concordando! – Juro, Mário, que não acredito que possa existir brasileiro culto, inteligente e artista que não entregue os pontos a você [final de frase ilegível].

"Coral do provérbio" tenho que reler, não me fixei, "Coral do abandono". Fiquei empolgado logo de entrar com:

> "Nos meus pés indecisos vão rolar as estradas
> A minha voz de porta em porta
> Há-de implorar o direito de vida
>
> (você diz que isso não presta prá "fazer" música? Vou mostrar exatamente o contrário. Dê tempo ao Mignone!].
>
> "No túmulo das estradas estão escondidos
> milhares de mortos de bocas abertas."

Você é escultor ou poeta? Em ambos os casos você seria grande seu... [ilegível]. E deixe de bobagens! Please!

A "embolada da Ferrugem" é de um cômico irresistível.– Musicalmente está, por enquanto, no caso do "madrigal do truco": Tenho que "brigar com você.–

"A endeixa da mãe": Estou gostando das várias versões.– Na literária há coisas aproveitabilíssimas também para a música – Nada quero adiantar pois desejo me identificar melhor com a poesia. Coisa que ainda não se verificou.

"Coral Puríssimo" – "Tá na música" 100% - Você escreveu mesmo versos para músico musicar! Não é por nada que você está no mundo da música desde criançola!

"Coral da vida" – Esse é difícil de realizar musicalmente.– Você vai me ajudar na [ilegível].– Como conceito, sentimento e realização gosto muito! O que sinto é um certo [ilegível][21] ou milhor dito: um certo reflexo de consumação de assimiladas leituras poéticas dos melhores clássicos.– Estou enganado? Sou fragílimo para emitir uma opinião que [trecho ilegível].– Não me queira mal e nem me "xingue" si por demais falei! –
Cenicamente, esse coral está muito bem situado e deve "vender" como teatro vivido.

Terceiro Ato. "Dia Novo", "Cânone das assustadas", "estância de combate" e tudo mais que se segue são de uma movimentação danada.– Aliás o [ilegível] com os seus coros em cena e o argumento tem que dizer si tens ou não talento. Si conseguir igualar-se à situação fará obra definitiva. Si não... acaba se f... todo!

21 Hipótese: "canibalismo".

Agora, será que no fim 1943 eu poderia retribuir tão lindo presente de natal a você?

> Em Fevereiro estarei [trecho ilegível] –
> O melhor 1943 "prá ocê" té [ilegível] deste 1943 tão pródigo (?) –
>
> Ciao
> Chico Mignone

Carta de Antonio Candido a Mário de Andrade – 16 de janeiro de 1943[22]

Muito obrigado, Mário de Andrade, pelo trabalho que você teve me enviando as suas obras... escandalosamente cantadas por mim através da minha vítima nestas circunstâncias: Gilda! Muito obrigado pela "Revista Nova" e, sobretudo, muitíssimo obrigado pelo que você escreveu no "Ensaio".

Como estou com a mão na massa, aproveito para falar de outro assunto. Antes de mais nada: *Eu* e Sainte-Beuve não nos damos bem com o teatro... Este aviso é uma precaução necessária, porque eu lhe vou falar alguma coisa sobre o "Café". No seu drama (?), portanto, sou capaz de apreender só os aspectos não teatrais. Não digo não-Dramático – porque abunda nele dramático não teatral, e, este, acho que percebo. O que eu disser, naturalmente que não terá grande interesse para você; tem para mim, porque a audição do "Café", foi, de fato, uma coisa que muito me deu que sentir e pensar.

Para começo, acho que o seu empreendimento resultou na maior obra que jamais viu ou sonhou ver a poesia Dramática no Brasil. Aliás, isto não é dizer muito, concordo... Mas eu acho, sinceramente, que ela é uma grande obra no plano universal.

Deixando de parte o lado de performance, de réussité formal, quero dizer a v. a razão mestra que me faz atribuir um excepcional valor ao seu Drama: há certos aspectos do Brasil que v. é o primeiro a fixar e a universalizar – isto é,

---

22 Fonte: Arquivo do Instituto de Estudos Brasileiros da Universidade de São Paulo (IEB-USP), Coleção Mário de Andrade, Série Correspondências de Mário de Andrade, Sub-série Correspondência passiva, MA-C-CPL6596.

dar a eles estado de arte, quer por via da sátira-poesia, quer por meio do patético. Ora, isto garante o caráter de superioridade artística que eu vejo no "Café". Ao mesmo tempo, esta superioridade, no caso, só é realmente possível porque v. tem um seríssimo fundamento ético para a sua obra. V. elevou à categoria da arte largos e dos mais profundos aspectos do Brasil; ao mesmo tempo, a realidade humana e, lâchons le mot, social desses aspectos, garante a eles uma universalidade que dá à sua obra direito à permanência. O caráter pitoresco, que é tão frequente em boa parte dos seus escritos, onde está no seu dele[?] lugar, desaparece aqui, onde poderia ser comprometedor. Pedaços como o do Truco servem p[a] dar uma nota de cor, coralizada no conjunto – o que areja e dá encanto.

Pela peça afora, v. tem certas trouvailles que são de uma *eficiência* extraordinária. É o caso, por exemplo, do –"Eu sou aquela que disse". Como eu comentava outro dia com Gilda, esta apóstrofe (??) recorrente, traz do fundo dos Tempos um obscuro tom bíblico, uma certa grandeza profética que muito serve para elevar as palavras da mulher.

E há coisas absolutamente novidades – como o "Cânone das Assustadas", às quais, também, você deu estado de arte.

Por outro lado, há um senão no "Café". São certos pedaços em que há um certo demagogismo (ausente, aliás, do espírito da peça) – não sei se voulu –, como na cena dos fazendeiros e dos empregados. Esta cena não peca pela grandiloquência do discurso dos comissários, como quer a Gilda. Muito pelo contrário, acho este um achado, uma valorização estética de certo tipo meta-brasileiro de retórica e de dialética. Peca, acho eu, pelo lado das apóstrofes dos camaradas, que soltam, aqui e acolá, umas tiradas que me deixaram muito *contrafeito* (registro a minha reação por não saber dar a razão exata dela).

Em suma, e deixando de lado a extraordinária beleza formal para só cuidar do *significado*, parece-me uma grande obra, porque é, de fato, um momento social, com os seus problemas humanos, elevado à categoria definitiva da arte – e não esta ("nunca jamais!"...) servindo de apoio à expressão do tal momento.

Neste ponto, deixe-me dizer, Mário de Andrade, como eu acho grande a sua evolução em face dos problemas sociais. V. fez o caminho inverso do habitual. Na primeira mocidade, a gente arde por eles em entusiasmos generosos... e platônicos – para ir se ajeitando, com a idade, num individualismo comodista, na grata contemplação do próprio umbigo. V. partiu do individualismo estético para, na idade em que normalmente se fica embalado no adagio pianíssimo da comodidade, entrar generosa e profundamente na dor que provocam aqueles problemas – como mostra este admirável "Café", e como já vinha mostrando há tempo muito escrito seu.

Há ainda muita coisa a dizer. Quem sabe falamos mais tarde a respeito? De qualquer forma, eu me senti aquela noite em sua casa (e creio que os outros comigo) como que iniciado numa revelação superior de poesia. Aliás, como esperar outra coisa do nosso "grande Mário nacional" – como diz o Ruy Coelho?

Muito cordialmente, e com gratidão,

Antonio Candido.
de Melo e Sousa

Agradecimentos

Agradeço ao meu orientador, prof. Henry Burnett, pelo interesse que sempre demonstrou em relação à minha pesquisa e pela autonomia que me concedeu. Também agradeço aos professores Jorge Coli e Ricardo Fabbrini, pela participação na longa banca de qualificação e pelas críticas e sugestões que ressoaram em mim por muito tempo e, ao último, também pelos atenciosos comentários na banca de defesa. Agradeço igualmente aos professores que, ausentes naquela, se dispuseram a participar desta, Eduardo Socha, José Miguel Wisnik e Maria Silvia Betti; e àqueles que tiveram uma participação pequena, porém decisiva, ao longo desse processo, em especial, Profa. Olgária Matos, Profa. Iná Camargo Costa, Profa. Flávia Toni, Prof. Celso Favaretto, Prof. Anderson Gonçalves e Maria Lívia Goes.

Agradeço aos funcionários da Unifesp que mantiveram toda a estrutura do *campus* em funcionamento, especialmente à Daniela Gonçalves, sempre disposta a auxiliar e orientar, e aos funcionários do arquivo do Instituto de Estudos Brasileiros (IEB). A Anete Rubin, Marina de Mello e Souza e Antonio Candido, que me autorizaram a reprodução de materiais de que detêm os direitos autorais.

Não poderia deixar de agradecer aos meus colegas da Editora Temporal, onde amadureci minha relação com a dramaturgia, o que se refletiu também nesta pesquisa: Gabriela Oliveira, Eloah Pina, Juliana Bitelli e Florence Curimbaba.

É difícil saber ao certo o quanto os meus amigos e colegas dos grupos de estudo de que participei contribuíram para esta tese, mas certamente mais do que eu mesmo poderia imaginar à primeira vista, o que confirma a natureza coletiva das ideias, mesmo em um trabalho tão individual como uma tese. Nesse sentido, quero agradecer aos meus companheiros do grupo de estudos Dialética no Brasil – de onde surgiu o embrião desta pesquisa –, especialmente à Cristina Daniels e ao Tércio Redondo; aos meus colegas do grupo de orientação, que se encontravam mensalmente na Unifesp; e aos meus amigos e companheiros do grupo de Teoria Crítica Brasileira, que se reuniam religiosamente no Majâz, Rodrigo Cerqueira, Cesar Marins, Eliane Arakaki e Leandro Pasini, este não só amigo querido como grande companheiro de ideias.

Quero agradecer também aos meus pais, Pérsio Freitas e Florence Curimbaba, que acompanharam essa trajetória com muito interesse, e às demais pessoas que estiveram ao meu lado durante a pesquisa, especialmente à Renata Garcia, que, durante muito tempo, acompanhou de perto os meus dilemas e angústias e seguiu praticamente linha a linha o andamento do texto, e ao Vinicius Pastorelli, pela nossa grande sintonia afetiva e intelectual.

Alameda nas redes sociais:

Site: www.alamedaeditorial.com.br
Facebook.com/alamedaeditorial/
Twitter.com/editoraalameda
Instagram.com/editora_alameda/

Esta obra foi impressa em São Paulo na inverno de 2021. No texto foi utilizada a fonte Georgia em corpo 10 e entrelinha de 15 pontos.